II ABERRATIONS
L'AVERTISSEMENT DE LA SORCIÈRE

Joseph Delaney vit en Angleterre, dans le Lancashire. Il a trois enfants et sept petits-enfants. Sa maison est située sur le territoire des gobelins. Dans son village, l'un d'eux, surnommé le frappeur, est enterré sous l'escalier d'une maison, près de l'église. *Aberrations* est sa nouvelle série, après *L'Épouvanteur* et *Arena 13*.

Ouvrage publié originellement par Penguin Books Ltd,
London
sous le titre *Aberrations : The Witch's Warning*

18, rue Barbès, 92128 Montrouge Cedex
ISBN : 979-10-363-0367-8
Dépôt légal : mars 2020
Première édition

Loi n° 49-956 du 16 juillet 1949 sur les publications destinées à la jeunesse.

ABERRATIONS

L'AVERTISSEMENT DE LA SORCIÈRE

Traduit de l'anglais (Grande-Bretagne)
par Marie-Hélène Delval

JOSEPH
DELANEY

bayard

1

VIEILLE NELL

Crafty s'arrêta, la bouche sèche, la peur au ventre : des pattes griffues avaient laissé dans la neige blanche des empreintes écarlates.

S'efforçant de maîtriser sa peur, le garçon s'avança jusqu'à la tombe – une stèle noire entourée d'arbres dénudés. Il n'y avait pas de vent ; pourtant les branches oscillaient vaguement, agitées d'une vie propre.

La terre noire avait été remuée. Pas de doute : c'était bien le logis de la sorcière morte, son refuge secret. C'était là qu'elle venait dormir quand elle était repue.

Son nom était gravé sur la pierre tombale :

VIEILLE NELL

Crafty inspira profondément, prêt à quitter les lieux. Il avait fait son travail. Il avait localisé l'aberration. Ce n'était pas à lui de l'affronter. Des courriers armés s'en chargeraient.

Mais quand il se retourna, le rassurant cercle bleu qui lui permettrait de regagner le château n'était plus là. Le portail avait disparu. Il était piégé dans le Shole.

Au même instant, un bruit monta de la tombe, une sorte de glissement, de suçotement : le sol bougeait. Une main grisâtre aux ongles durs, couverte de verrues, en sortit lentement. Elle s'éleva jusqu'au coude, les doigts s'ouvrant et se refermant comme pour saisir quelque chose. La deuxième main la rejoignit, aussitôt suivie de la tête et des épaules de Vieille Nell, et l'air s'emplit d'une forte odeur de terre et de viande avariée.

De longs cheveux gris poissés de glaise retombaient sur sa face ridée. Un profond sillon vertical se creusait entre ses yeux fermés. Soudain, elle ouvrit la bouche. Ses mâchoires garnies de trois rangées de dents pointues étaient celles d'un prédateur : cette créature se nourrissait de chair crue et se désaltérait de sang chaud.

Celui de Crafty se glaça dans ses veines. Vieille Nell souleva les paupières et le fixa. Il aurait voulu partir en courant, mais ce regard cruel l'épinglait sur place.

Alors une voix s'éleva, moitié grognement moitié coassement :

Tu vas recevoir ce que tu mérites !

Et elle tendit le bras vers lui.

Crafty s'éveilla en sursaut, le cœur aussi affolé que pendant son cauchemar. Il s'assit sur son lit, encore englué dans les images de ce rêve terrifiant, avec le sentiment que la sorcière venait de lui parler à l'oreille, qu'elle s'était tenue là, dans la chambre, penchée sur son corps endormi.

Ce n'était probablement qu'un rêve. Mais la sorcière, elle, avait bel et bien existé. Crafty n'avait pas oublié les paroles similaires qu'elle lui avait adressées quand elle était en vie. Avec ses camarades, Donna et Lucky – des mouches de porte comme lui –, ils étaient descendus jusqu'au cachot où elle était emprisonnée. Le trou noir et puant leur avait paru vide, tout juste occupé par un tas de chiffons sales au milieu de la pièce.

En voyant une jambe en dépasser, Crafty avait compris que c'était Vieille Nell, la sorcière, enchaînée à un anneau fixé au sol. Le tas de chiffons s'était assis lentement pour révéler un visage ridé, deux yeux semblables à de petits boutons noirs et une chevelure grise, emmêlée et crasseuse.

La curiosité les avait amenés là, et leur visite avait mal tourné. Elle les avait maudits tous les trois :

Recevez ce que vous méritez !

Crafty se demanda ce qu'il pouvait bien mériter. D'être dévoré par la sorcière, comme le rêve semblait l'annoncer ? Et Lucky ? Est-ce qu'il y laisserait sa peau comme tant de mouches de porte avant lui ? Comme la pauvre Donna ? Avait-elle mérité de mourir si jeune ?

Frissonnant, Crafty se leva et gagna la fenêtre. Dans le petit jour, il distinguait le bas de la colline, à travers les rues pavées de Lancaster, et la lisière du Shole, rideau noir qui pendait jusqu'au sol depuis les hauteurs du ciel.

Vieille Nell avait été transformée. Mais le bruit courait que d'autres sorcières avaient emporté son corps dans le Shole, où certains morts étaient ramenés à la vie. Ce rêve était-il plus qu'un simple cauchemar ?

Était-ce un avertissement ?

Tôt dans la matinée, Crafty et Lucky eurent droit à leur leçon habituelle. Avec un travail aussi dangereux, plus on en savait sur le Shole, plus on avait de chances de rester en vie.

Ce phénomène sinistre, une sorte de brouillard, s'étendait peu à peu sur le pays depuis environ soixante-dix ans. La plupart des formes de vie qui s'y trouvaient prises mouraient rapidement. Les rares survivants, transformés, devenaient des prédateurs aussi redoutables que monstrueux appelés *aberrations*. La lisière nord avait à présent atteint Lancaster. Ayant traversé le canal, elle menaçait le cœur de la cité et le château lui-même.

Or, les principales forces de résistance étaient basées au château de Lancaster. Là, le Corpus amassait le plus de connaissances possible sur le Shole. Cette équipe était composée de chercheurs, de manciens, de courriers et de quantité d'autres spécialistes. Au plus bas niveau, on trouvait les mouches de porte comme Crafty et Lucky. Les moins bien considérés étaient pourtant ceux qui formaient la ligne de front et affrontaient les plus grands dangers. Assistant les manciens de porte, ils pénétraient dans le Shole pour y ramasser des spécimens et en rapporter toute information utile. Crafty avait treize ans, Lucky un an de plus. Leurs chances de fêter leur prochain anniversaire étaient des plus minces.

La leçon du jour n'était qu'un jeu de questions-réponses. Si cela ne comblait pas leur avidité de savoir, c'était tout de même mieux que rien. Leur formation était assurée par Leticia Crompton-Smythe. Malgré son jeune âge, elle était la plus brillante chercheuse du château. Elle travaillait cependant habituellement comme mancien de porte de façon à étudier le Shole de près.

À peine plus âgée que les deux garçons, Leticia portait les cheveux très courts et affichait le plus souvent une mine sérieuse pour ne pas dire hautaine. Cependant ses rares sourires lui donnaient une expression bienveillante qui la rendait d'autant plus jolie. Bien que d'un rang très supérieur au leur, elle était désormais leur amie, et ils avaient le droit de l'appeler par son surnom, Click.

Tous les trois avaient un surnom. Celui de Pete Proudfoot était Lucky – Crafty en ignorait l'origine. Colin – le vrai prénom de Crafty[1] – avait reçu le sien de ses parents quand il était bébé. Au lieu de marcher à quatre pattes, il avait inventé une façon particulièrement futée de rouler sur lui-même pour atteindre ce qu'il désirait.

Son rêve lui revenant en mémoire, Crafty interrogea Click :

– Les mâchoires de la plupart des aberrations sont garnies de trois rangées de dents, en bas et en haut. Est-ce aussi le cas des êtres qui reviennent à la vie ?

– D'après ce qu'on a pu observer, répondit-elle, ceux que le Shole ramène à la vie n'ont pas la dentition des autres prédateurs, bien qu'ils se nourrissent aussi de chair crue et de sang frais.

Alors, pourquoi Vieille Nell avait-elle cette caractéristique, dans mon cauchemar ? songea Crafty, tout en sachant que le monde des rêves suit généralement sa propre logique.

Il s'apprêtait à poser une autre question quand la porte du fond s'ouvrit : le Chef Mancien pénétra

1. En anglais, *Crafty* signifie malin, futé.

dans la Salle d'Attente. Les sourcils froncés, il arborait une mine encore plus noire que sa longue robe. Visiblement, il était porteur d'une mauvaise nouvelle.

– Désolé d'interrompre votre leçon du matin, déclara-t-il d'un ton sinistre. Descendez dans mon bureau immédiatement ! Vous partez dans le Shole.

– Une urgence ? s'enquit Click.

– Oui, mademoiselle Crompton-Smythe. Il s'agit d'une *incursion*.

À ce mot, Click laissa échapper une brève exclamation. Crafty n'eut pas le temps de demander de quoi il s'agissait, le Chef Mancien avait déjà tourné les talons.

Tous trois se dépêchèrent d'enfiler leurs manteaux pour affronter le froid mortel qui régnait dans le Shole. Puis ils dévalèrent l'escalier menant au bureau du Chef Mancien.

Celui-ci invita Click à entrer.

– Benson et Proudfoot, ordonna-t-il, vous attendrez que j'informe mademoiselle Crompton-Smythe.

Et il leur ferma la porte au nez.

Crafty se tourna vers Lucky :

– C'est quoi, une incursion ?

– Ça veut dire qu'une saleté quelconque sortie du Shole s'est introduite dans le Monde Diurne.

Crafty se demandait de quelle sorte d'aberration il pouvait s'agir quand le marteau de porte en argent attira son regard. On aurait dit un crâne de chien doté de deux cornes.

Il le désigna du menton :

– Tu as déjà eu affaire à une de ces créatures ?

Lucky secoua la tête avec une grimace :

– Non, et c'est tant mieux !

Avec un froncement de sourcils, il poursuivit :

– Qu'est-ce que Bob Gingembre peut bien avoir à dire que nos oreilles n'ont pas le droit d'entendre ? On est toujours les derniers à être informés !

Le surnom du Chef Mancien n'avait rien à voir avec la couleur de ses cheveux. Il lui venait de son habitude d'offrir des biscuits au gingembre aux mouches de porte qui l'assistaient.

Crafty sourit. Lucky avait trois mois d'ancienneté de plus que lui. C'était peu, mais dans le genre de travail qu'ils effectuaient, la moindre expérience comptait. Lucky avait la main gauche amputée de deux doigts – gelés dans le Shole. Son nez cassé était resté de travers. Crafty ne lui avait jamais demandé comment c'était arrivé.

Tous deux restèrent silencieux. L'attente rendait Crafty nerveux. Il avait la bouche sèche et son cœur battait trop vite. Lucky devait être dans le même état.

Tel était leur sort, songea-t-il en s'efforçant de retrouver son calme. En dépit du danger grandissant, le travail continuait. Pour le moment, leur priorité consisterait à traquer et détruire une aberration qui avait pénétré dans le château par un portail alors qu'il n'était pas utilisé. Elle avait tué des manciens dans leur bureau. Il leur faudrait découvrir quelle était cette entité, comment elle avait pu franchir le portail – et la mettre hors d'état de nuire.

Click ouvrit enfin la porte et les invita à entrer. Bob Gingembre était à son bureau encombré de documents et parsemé de miettes de biscuits. Tous trois s'assirent en face de lui.

– Mademoiselle Crompton-Smythe connait la mesure de la menace. Mais vous, Proudfoot ? Savez-vous ce qu'est une *incursion* ?

– Oui, monsieur, répondit Lucky. Une aberration sortie du Shole a pénétré dans le Monde Diurne.

– Exact. Avez-vous entendu parler de la Dame Blanche ?

Lucky secoua la tête d'un air gêné :

– Non, monsieur.

Levant les sourcils, le Chef Mancien se tourna vers Crafty, qui secoua la tête à son tour. Les noms des aberrations étaient généralement rebutants. Or, la Dame Blanche évoquait quelque chose de noble.

– Eh bien, tant mieux, reprit le Chef Mancien, car nous tâchons de garder le secret sur ce genre de créatures pour ne pas affoler la population. Le Shole est déjà assez effrayant comme ça. Le nom complet de cette entité particulière est La Dame Blanche de Whittingham. Whittingham est un hameau au nord-est de Preston ; il y a trente ans, quand le Shole était encore à un demi-mile de distance, la plupart des habitants se sont enfuis. Les familles les plus pauvres sont restées. Un jour, une aberration ayant l'apparence d'une femme est sortie du Shole. Elle a parlé à des enfants qui jouaient au bord de la rivière, disant avoir un message pour leurs parents : s'ils lui amenaient leurs malades et leurs estropiés le lendemain matin, elle les guérirait.

– Qui serait assez stupide pour croire une promesse pareille ? s'exclama Lucky. Qui ferait confiance à une créature du Shole ? C'est complètement fou !

Le Chef Mancien le foudroya du regard. Il n'aimait pas être interrompu, et Lucky s'était montré insolent. Il n'était plus le même depuis la mort de Donna quelques semaines plus tôt, Crafty l'avait remarqué. Il parlait souvent sans réfléchir.

Tenant compte de l'état d'esprit du garçon, Bob Gingembre contrôla son irritation :

– Tous les témoignages s'accordent à dire qu'elle n'était nullement menaçante. Elle avait, paraît-il, un beau visage très pâle. Elle portait une longue robe blanche, des chaussures blanches et des gants blancs, d'où son nom. Ses cheveux couleur d'argent étaient si longs qu'ils traînaient derrière elle quand elle marchait. Bref, elle n'avait rien d'une aberration ordinaire. Mais les gens avaient une autre bonne raison de croire leurs enfants. Un des petits garçons qu'elle avait approchés, né avec une jambe atrophiée, boitait fortement. Quand les enfants revinrent avec le message de la Dame Blanche, la jambe du gamin était guérie.

– Personne ne s'en est inquiété, au château ? s'enquit Crafty.

Le Chef Mancien secoua tristement la tête :

– Si, mais trop tard. La Dame Blanche avait pratiqué beaucoup de guérisons, sa renommée s'était répandue. On affluait depuis des miles à la ronde pour la voir. Elle semblait aimer particulièrement les enfants. Chaque après-midi, elle leur parlait – les parents étaient priés de rester à l'écart. Et les enfants lui faisaient confiance. Après tant d'évènements tragiques, les gens avaient besoin de croire à un peu de bonté.

Marquant une pause, il soupira.

– Puis, un soir, les enfants ne sont pas revenus. On ne les a jamais revus, ni eux ni la Dame Blanche. On suppose qu'elle les a entraînés dans le Shole.

Je savais que cette histoire finirait mal, songea Crafty.

– Tout ceci est arrivé il y a fort longtemps, et, pour autant qu'on le sache, la Dame Blanche n'est plus jamais réapparue. Jusqu'à cette semaine...

Il y eut un silence tendu.

– Elle est de retour ? demanda Lucky, les yeux écarquillés.

– On dirait bien. Près d'un village appelé Goosnargh, pas très loin de Whittingham. Pendant des jours, elle a guéri les malades et parlé aux enfants – même si personne ne s'en réjouissait. Comme vous l'avez fait remarquer, Proudfoot, elle vient du Shole, cela suffit à inquiéter les gens. Un fermier s'est présenté au château ce matin juste avant l'aube. Il avait marché toute la nuit en contournant le Shole du plus près qu'il avait osé pour nous prévenir aussitôt que possible...

Croisant les doigts, le Chef Mancien ferma un instant les yeux.

– Si nous n'intervenons pas rapidement, la même histoire va certainement se reproduire. Malheureusement, aucun courrier spécialisé pour ce genre de tâche n'est disponible en ce moment. Ils sont tous en patrouille. Nous en gardons habituellement deux en réserve, mais ceux-là ont été envoyés s'occuper d'une autre probable incursion. Une sorcière morte, connue sous le nom de Vieille Nell, aurait été vue dans le village où elle habitait auparavant...

Le cœur de Crafty rata un battement. Son cauchemar lui revint en mémoire. N'était-ce qu'une simple coïncidence s'il apprenait justement ce matin le retour de Vieille Nell ?

Le Chef Mancien se tourna vers lui :

– Vous vouliez dire quelque chose, Benson ?

Crafty supposa qu'une exclamation lui avait échappé. Néanmoins, il secoua négativement la tête. Le récit de son rêve serait hors de propos. Non, ce devait être une coïncidence.

– Très bien. Je suis sûr que vous le comprenez : en l'absence des courriers spécialement formés, nous sommes les seuls à pouvoir régler le problème. Ça ne sera pas sans danger, mais nous devons nous rendre à Goosnargh, affronter la Dame Blanche et conjurer la menace qui pèse sur les enfants.

Crafty avait la bouche sèche. En tant que Fey, Click, Lucky et lui possédaient des dons particuliers. Ils étaient capables de pénétrer dans le Shole sans mourir ou être transformés. Le Chef Mancien n'était pas Fey. Ils ne seraient donc que trois sur le terrain.

Il songea à son père, l'un des meilleurs courriers, revenu récemment d'une mission qui avait très mal tourné. Sauvé de justesse, il était encore à l'infirmerie où il se remettait de ses blessures. Crafty espérait qu'il irait bientôt mieux. La situation empirait. Dans leur lutte contre le Shole, ils manquaient terriblement de ressources.

Ses pensées revinrent à la Dame Blanche. Bien que guérisseuse, elle avait visiblement des pouvoirs maléfiques. Dès le plus jeune âge, on apprenait aux enfants à craindre le Shole. Pourtant, les pauvres gamins de Whittingham avaient suivi la belle dame pour trouver la mort ou pire encore. Crafty doutait qu'ils l'aient fait de leur propre volonté. Sous le masque d'une apparente bonté, peut-être contrôlait-elle l'esprit des gens...

Crafty en eut soudain la certitude : c'était *elle*, la dangereuse aberration qui avait pénétré dans le château et tué trois manciens de porte. La mort du dernier remontait à deux jours, et le Corpus était en alerte maximum.

Ces deux nouvelles menaces n'en étaient peut-être qu'une seule...

2

LA DAME BLANCHE

Comme d'habitude, Lucky serait la mouche du Chef Mancien tandis que Crafty travaillerait avec Click.

Arrivée dans son bureau, celle-ci tira le rideau qui dissimulait une alcôve creusée dans le mur. À l'intérieur, quatre pieds en fer forgé supportaient un cadre en argent d'environ cinq pieds de diamètre. Au premier regard, on aurait pu le prendre pour un miroir, mais il ne reflétait qu'un tourbillon de ténèbres, un vortex de nuages sombres.

Crafty le regarda longuement. Ces portails permettaient de voir ce qui se passait dans le Shole et – à condition d'être Fey – d'y pénétrer. Bien qu'étant partiellement immunisés contre les effets délétères du Shole, les Fey restaient vulnérables à la férocité des aberrations. Beaucoup de mouches avaient été massacrées, d'autres n'étaient jamais revenues.

Crafty ne connaissait que trop bien les dangers de sa tâche. Brock et Ben, ses deux frères, avaient été mouches eux aussi. Ils avaient trouvé la mort dans le Shole. À ce souvenir, une vague de tristesse le submergea, qu'il repoussa aussitôt. Ce n'était pas le moment de se déconcentrer : il y avait bien d'autres façons de mourir quand on était mouche de porte...

De chaque côté du portail, entre la chaise de Crafty et le cadre d'argent, se dressaient deux poteaux de métal luisant, en haut desquels une lame horizontale semblait prête à descendre. C'était une guillotine. À gauche du portail, une pédale qu'on pressait du pied commandait la chute de la lame sur ce qui pouvait se trouver en dessous. Théoriquement, il s'agissait d'une arme de défense : quand une mouche revenait du Shole, elle était souvent poursuivie par des aberrations, des prédateurs assoiffés de sang qui galopaient sur ses talons. Certains étaient capables de franchir le portail ouvert et de pénétrer dans le Monde Diurne. Dans ce cas, le mancien pressait la pédale ; la chute de la lame tuait l'intrus.

Cependant, la guillotine tuait aussi bien les mouches que les aberrations. C'est ainsi que Donna était morte – sauf qu'il ne s'agissait pas d'un accident. Elle avait été assassinée par Vipère, un personnage aussi méchant que vindicatif, ayant à l'époque le titre de mancien de porte. En réalité, il appartenait à la secte des Capuchons Gris, qui rendait un culte au Shole et cherchait à entraver le travail du Corpus. Crafty avait réussi à pousser le traître dans le Shole à travers son propre portail. Vipère n'étant pas Fey, le Shole aurait dû le tuer. Au lieu de ça, il l'avait transformé. Devenu aberration, empli de haine envers Crafty, Vipère était plus dangereux que jamais. Tapi quelque part, il préparait sa vengeance. D'ailleurs, c'était peut-être lui l'assassin qui avait pénétré dans le Monde Diurne. Si la Dame Blanche semblait aussi puissante, Vipère avait une vraie motivation.

Tu y réfléchiras plus tard, se dit le garçon. *Tu as plus urgent à faire...*

Il s'assit sur la chaise et attendit les instructions de Click non sans jeter un regard nerveux à la lame de la guillotine. Respirant lentement et profondément, il s'efforça de retrouver son calme.

– Tiens ! dit Click en lui tendant un petit cylindre métallique.

Ce qu'il avait à présent en main était une moitié d'objet appelée balise ; il en avait déjà utilisé. L'autre moitié était habituellement enterrée près de la lisière du Shole. Quand le Shole, en progressant, avalait l'endroit, une mouche de porte pouvait transporter le portail jusqu'à la partie enterrée. C'était une façon pratique de se déplacer dans le Shole, même si les mouches pouvaient utiliser aussi des morceaux de vêtements ou d'autres éléments.

– Cette balise nous amènera au plus près de Goosnargh. Courage ! Ça devrait bien se passer, déclara Click avec un sourire confiant.

– Ça ira peut-être pour moi. Mais je suis le seul à posséder une arme, fit remarquer le garçon en tapotant le poignard passé à sa ceinture.

Les manciens de porte ne s'étaient pas souciés d'armer les mouches. Le poignard de Crafty était le cadeau d'une amie, et le duc en personne lui avait donné l'autorisation de le porter.

– C'est vrai, reconnut Click. Mais ça va changer. J'espère avoir dans quelques jours de nouvelles armes que j'ai améliorées. Bientôt, quiconque s'aventurera dans le Shole en sera équipé. Il est trop tôt pour qu'on s'en serve aujourd'hui ; malgré tout, ça devrait tout de même bien se passer...

– Tu l'as déjà dit. Tu y crois vraiment ou tu essaies de t'en convaincre ?

Click rit et lui tapota l'épaule d'un geste réconfortant :

– Écoute, le Chef Mancien exagère toujours le danger pour vous tenir en alerte. Ce qu'il ne vous a pas révélé, c'est que deux ou trois courriers reviennent au château pour faire leur rapport. Dès leur arrivée, ils franchiront les portails et joindront leurs forces aux nôtres.

Cette nouvelle rassura Crafty. Les courriers, qui patrouillaient régulièrement dans le Shole, tous recrutés parmi les Fey, étaient lourdement armés.

– D'ailleurs, reprit Click, la situation ne deviendra critique qu'en fin de journée. La Dame Blanche pratique ses guérisons le matin et s'adresse aux enfants l'après-midi. Même si elle décide de les entraîner avec elle aujourd'hui – et rien ne nous l'assure –, ce ne sera pas avant plusieurs heures. Les courriers seront de retour. Alors, allons-y ! Conduis-nous, Crafty !

Serrant la balise dans sa main, le garçon se concentra, les yeux fixés sur le vortex de nuées noires. Celui-ci s'éclaircit aussitôt, et le portail s'ouvrit sur une prairie bordée d'arbres dénudés, dressés contre le ciel gris. D'ailleurs, tout paraissait gris dans la demi-obscurité, à part le poudroiement de gelée blanche qui recouvrait le sol. Il devait faire très froid.

– Avance jusqu'à la lisière du Shole, ordonna Click en prenant la mèche de cheveux qu'elle avait coupée au garçon. Je te suivrai d'aussi près que je pourrai.

N'étant pas Fey, un mancien de porte ne pouvait pas déplacer un portail. Il restait donc sur place tandis que sa mouche sortait, jouant le plus souvent le rôle d'un appât au bout d'une ligne. Le portail restait où il était, et plus la mouche s'en éloignait, plus elle se mettait en danger.

Click, elle, était Fey, ce qui leur donnait à tous deux un atout intéressant. Grâce à cette mèche de cheveux, elle suivrait Crafty. En cas de danger, le garçon ne serait jamais trop éloigné du portail. Néanmoins, cet avantage avait ses limites. Les portails ne pouvaient pas s'introduire dans le Monde Diurne. Au sortir du Shole, Crafty ne devrait compter que sur lui-même.

Il franchit le cadre d'argent et avança de quelques pas. Le sol gelé craqua sous la semelle de ses bottes, et son souffle monta en buée. Le froid était mordant. Encore une dizaine de pas, et il se retourna. De là où il était, le portail ressemblait à un cercle bleuté flottant dans les airs. Click agita la main, et le cercle disparut. Crafty ne s'en alarma pas : Click déplaçait simplement le portail pour rester près de lui. Il reprit sa marche, et quand il regarda de nouveau en arrière, le cercle bleu s'était rapproché.

Crafty restait aux aguets. Si la plupart des aberrations dormaient le jour, quelques-unes restaient éveillées. Hurlements et cris stridents annonçaient généralement leurs intentions meurtrières. Et, à chaque pas, Crafty constatait que la lumière diminuait : cela se produisait chaque fois qu'on approchait de la lisière du Shole ou de son centre : là le soleil ne pénétrait que faiblement. L'obscurité se faisait plus dense – et plus effrayante.

Soudain, il émergea dans le Monde Diurne. Quel contraste ! Le soleil brillait, des oiseaux chantaient. L'air était tiède, les arbres encore feuillus, l'herbe épaisse. Le garçon tourna la tête. À travers le sombre rideau de brume, il ne voyait plus le portail.

Il entendit alors des voix, mêlées aux chants d'oiseaux, une rumeur de conversations. Il y avait des gens, quelque part, cachés par les taillis.

Crafty retourna dans l'obscurité du Shole et gagna le portail pour parler à Click :

– Une foule est rassemblée derrière un bois, à ce qu'il m'a semblé. Je vais jeter un coup d'œil.

– Sois prudent Crafty, ne te montre pas ! Bonne chance !

Avant de s'éloigner, le garçon chercha du regard le cercle bleu de l'autre portail ; il ne le vit pas.

Avec un sourire qui se voulait confiant, il annonça :

– De toute façon, Lucky doit être dans le coin.

Click eut soudain un air embarrassé :

– Ah, désolée, Crafty ! J'aurais dû te le dire : le Chef Mancien n'a pas voulu vous exposer tous les deux. Il garde Lucky en réserve.

Le sourire de Crafty s'effaça aussitôt. Sans aucun soutien, le risque serait encore plus grand. Certes, il comprenait le raisonnement de Bob Gingembre.

Beaucoup de mouches de porte ayant été tuées ces derniers temps, Crafty et Lucky restaient les seuls en exercice. Le recrutement était difficile. On les utilisait donc avec parcimonie. Ça signifiait tout de même que sa vie ne comptait guère, et il n'aimait pas cette idée.

Il adressa néanmoins à Click un signe d'assentiment et repartit, de nouveau attentif à la moindre alerte. Bientôt, il fut de retour au soleil. En entrant dans le bois, il ne put retenir un soupir de soulagement. C'était le début de l'automne, et malgré les premières chutes de feuilles, un mélange de rouge et de jaune explosait au-dessus de sa tête. Le garçon avança prudemment, les yeux fixés au sol : un craquement de branche avertirait les gens de sa présence.

Le brouhaha de voix devenait plus distinct. Combien de personnes étaient-elles rassemblées ?

Ayant atteint la lisière du bois, Crafty se cacha derrière un arbre et passa la tête pour mieux voir. Une pente herbeuse descendait vers une rivière qu'enjambait un pont de bois.

L'eau scintillait au soleil, moins cependant que la Dame Blanche. Toute vêtue de blanc, elle réfléchissait la lumière au point que Crafty en eut presque mal aux yeux. Ses cheveux d'une blancheur éclatante, retombant en anneaux sur le sol, dissimulaient en partie son visage, mais Crafty se souvenait que Bob Gingembre avait vanté sa beauté.

Elle était assise sur un rocher, au bord de la rivière, du côté de Crafty. Sur la rive opposée, les gens faisaient la queue pour approcher par le pont. C'était une file interminable. En tête, un homme courbé sur un bâton s'inclinait devant la Dame Blanche. Soudain, il se redressa avec un cri de joie et jeta son bâton dans le courant, qui l'emporta. L'homme s'agenouilla devant la Dame Blanche, et la foule lança une acclamation.

Aucun enfant n'était en vue, et la file avançait très lentement. La Dame Blanche allait être occupée un bon moment. Elle prenait tout son temps pour dispenser ses guérisons. Elle conversait longuement avec chaque personne, et Crafty, trop éloigné pour entendre ce qui se disait, voyait des sourires sur tous les visages.

Elle ressemble plus à une princesse de conte de fée qu'à une aberration, songea-t-il.

De retour au portail, il décrivit la scène à Click. Tous deux se détendirent, et Click leur fit monter des cuisines un plateau de sandwiches. Autant manger un morceau quand ils en avaient la possibilité ! Plus le temps passait, plus ils pouvaient espérer le retour des courriers, et cette idée réconfortait Crafty.

Peu après, il retourna au bord de la rivière. On était en fin de matinée, la queue était nettement moins longue. Bientôt, les adultes seraient partis, et la Dame

Blanche s'adresserait aux enfants. Peut-être ne se montrerait-elle pas méchante, aujourd'hui ? Crafty l'espérait avec ferveur – même s'il souhaitait tout autant le retour des courriers.

Que se passerait-il si elle entraînait les enfants dans le Shole, et qu'il soit seul à pouvoir intervenir ?

3

TON AMIE, MON ENNEMIE

Lorsque Crafty regagna son poste de guet, de gros nuages gris obscurcissaient le soleil ; la pluie ne tarderait pas à tomber. La Dame Blanche était toujours sur son rocher, entourée à présent d'une dizaine de gamins, assis dans l'herbe, qui la contemplaient d'un air ravi. Elle captait visiblement toute leur attention.

Crafty jeta un nouveau regard vers l'horizon, perturbé par ce changement de temps. Une averse mettrait-elle un terme à la conversation ? La Dame déciderait peut-être de conduire les enfants dans le Shole dès qu'il commencerait à pleuvoir. À peine cette pensée l'avait-il effleuré que les premières gouttes frappaient lourdement la canopée.

Levant les yeux vers le ciel, la Dame Blanche eut un petit mouvement ennuyé de la tête. Allait-elle se lever et emmener les enfants ?

Crafty eut un instant de panique. Comment arrêterait-il à lui seul une aberration aussi puissante ? Il avait besoin d'aide, et vite ! Il repartit dans le bois en courant, sans s'occuper des brindilles qui craquaient sous ses pas. Quand il franchit le rideau noir du Shole, la température chuta brusquement, et la pluie se transforma aussitôt en neige.

Il était si essoufflé quand il atteignit le portail que les mots se bousculaient dans sa bouche.

– Calme-toi, Crafty, lui conseilla Click. Respire un bon coup et dis-moi ce qui se passe.

Il réussit enfin à s'expliquer.

– Les courriers sont de retour ? demanda-t-il enfin, plein d'espoir.

Click secoua la tête, la mine grave, et Crafty sentit son cœur sombrer dans sa poitrine. Puis la jeune fille tira le cordon qui pendait au-dessus de son bureau, et une cloche sonna quelque part, appelant les gardes du château.

Le garçon doutait de leur utilité : n'étant pas Fey, ils ne se risqueraient pas dans le Shole ; et le portail ne pouvant émerger dans le Monde Diurne, il ne les amènerait pas à proximité de la Dame Blanche.

– Écoute, reprit Click, elle va peut-être simplement renvoyer les enfants chez eux et retourner dans le Shole. Mais je vais venir avec toi. Nous devons faire en sorte que tous ces petits soient sains et saufs.

Il lui fut reconnaissant de l'accompagner ; néanmoins, il était seul à posséder une arme.

Une demi-douzaine de gardes entra dans la pièce, et Click leur donna ses ordres. Ils feraient le guet devant le portail pour empêcher toute intrusion d'aberration, ce qui n'était pas sans danger.

– À la moindre difficulté, appelez le Chef Mancien, leur dit Click. Il saura quoi faire.

Puis elle franchit le portail et se mit en route. En lui emboîtant le pas, Crafty constata que la neige tournait au blizzard. Dans le Monde Diurne, ce serait un déluge.

Dès leur sortie du Shole, la pluie les frappa en plein visage, les aveuglant à moitié. Ils traversèrent le bois au pas de course, pataugeant dans la terre détrempée. Ils perçurent alors, derrière le tambourinement de la pluie, des cris de terreur, des appels d'enfants piégés dans un cauchemar éveillé.

Ils firent halte dans la futaie, en haut de la pente. Et Crafty découvrit que ses pires craintes s'étaient réalisées. La Dame Blanche marchait droit vers eux, tirant les enfants dans son sillage. Le garçon ne comprit pas tout de suite. Puis le sens de ce qu'il voyait le frappa soudain. Rien d'étonnant à ce que les enfants soient en pleurs ! La Dame ne contrôlait pas simplement leurs esprits. Elle les traînait vers leur destin fatal, emmêlés dans ses longs cheveux qui leur emprisonnaient les bras, la poitrine ou le cou.

Crafty sut aussitôt comment agir.

– Retournons vite sur nos pas, chuchota-t-il à Click.

Et il s'élança sans attendre de réponse.

Click le suivit jusqu'à la lisière du Shole, où ils restèrent sous le couvert des arbres. Voyant Crafty tirer le poignard de sa ceinture, elle arrondit les yeux de surprise. Il posa un doigt sur ses lèvres pour lui intimer le silence. À l'idée de ce qu'il allait faire, il avait le cœur battant et la bouche sèche.

Les pleurs se rapprochaient ; les enfants criaient de douleur autant que de terreur. Être tiré ainsi, pris dans les cheveux de l'aberration, devait leur faire très mal.

La Dame Blanche progressait à travers le bois, ses chaussures blanches et l'ourlet de sa robe se maculaient de boue. Le rideau noir du Shole n'était plus qu'à une centaine de pas. Elle semblait chantonner, et le son qu'elle émettait, aigu, presque surnaturel, évoquait plus celui d'un étrange pipeau que les accents d'une voix humaine.

Elle n'est pas humaine, se rappela Crafty. *Son apparence est trompeuse : la Dame Blanche n'est qu'une redoutable aberration.*

Il inspira profondément. C'était le moment ou jamais.

Juste avant que le premier enfant apparaisse entre les arbres, il s'élança, le poignard levé, vers la Dame Blanche. Il lui saisit les cheveux par derrière et les trancha. Sa lame était bien affutée, la chevelure tendue, ce qui rendit la chose plus facile. C'était une coupe grossière, mais Crafty vint à bout de l'épais cordon en quelques secondes.

La Dame Blanche hurla, vacilla et tomba sur les genoux. Derrière elle, les enfants étaient tombés aussi, toujours emmêlés dans les longues mèches blanches. Ce que Crafty vit alors le glaça jusqu'aux os. Du sang coulait de l'extrémité coupée des cheveux, des ruisselets écarlates serpentaient derrière le dos de la créature, imprégnant l'étoffe blanche.

L'aberration se remit sur ses pieds et s'avança vers l'assaillant, le devant de sa robe tachée d'herbe, ses traits déformés par la rage. Puis elle se transforma sous les yeux de Crafty. Sa mâchoire s'allongea, des griffes pourpres poussèrent au bout de ses doigts, devenus membraneux comme des ailes de chauve-souris. Elle reprenait sa véritable et monstrueuse apparence.

En quelques secondes, son beau visage s'était mué en une face démoniaque. Des crocs lui retroussaient la lèvre supérieure, de courtes cornes pointaient à son front, sa peau semblait faite de cuir tavelé.

Elle fit encore un pas, et son bras se détendit vers la tête de Crafty. Le garçon avait anticipé l'attaque. Il recula, et les griffes acérées manquèrent ses yeux d'un cil. Elle frappa de son autre main ; une fois encore, Crafty esquiva. Une chance ! Il aurait eu la joue arrachée.

Alors, elle lui parla, d'une voix si rauque qu'il en sentit la vibration dans tout son corps. On aurait dit qu'un énorme chat sauvage se faisait les griffes contre un tronc d'arbre.

Fiche le camp d'ici ou meurs ! Ces enfants sont à moi.

Crafty soutint son regard, bien déterminé à ne pas montrer sa peur. Un coup d'œil derrière son épaule lui apprit que Click s'occupait des enfants en pleurs. Ceux qu'elle avait déjà libérés des emmêlements de cheveux s'enfuyaient ou aidaient leurs amis. Il devait juste leur donner un peu plus de temps.

Levant de nouveau son arme, il la pointa vers la Dame Blanche. Les yeux de la créature s'agrandirent de surprise.

D'où tiens-tu ça ? siffla-t-elle.

– C'est un cadeau d'une amie, répondit-il tout en mesurant la distance entre eux.

Le poignard lui avait été donné par Bertha, la reine du Marécage, une aberration, et pourtant une alliée. Et une amie.

Ton amie, mon ennemie, cracha la Dame Blanche.

Elle se jeta sur lui. Cette fois, Crafty s'écarta et, d'un mouvement latéral, entailla la main griffue. L'aberration recula avec un hurlement, tandis qu'un sang noir et visqueux jailli de la blessure tombait sur l'herbe mouillée telles des gouttes de goudron.

Les yeux brûlant de haine, elle se ramassa sur elle-même, prête à attaquer de nouveau.

Crafty aperçut alors du coin de l'œil Click qui approchait. Que comptait-elle faire ? Elle n'était pas armée. Cependant, elle balançait dans sa main un objet que le garçon reconnut. C'était l'un des orbes qu'elle utilisait pour éclairer leur chemin ou tenir à distance les aberrations qui préfèrent l'obscurité.

Cette fois, Click s'en servit comme d'une arme. Elle le lança violemment. Dans une lumière éblouissante, il s'écrasa sur le front de la Dame Blanche. Celle-ci tomba à genoux avec un cri aigu, les mains levées pour se protéger le visage.

Au même instant, des clameurs retentirent. Des hommes franchissaient la lisière du Shole pour courir vers eux. Les courriers ! Ils étaient arrivés !

À cette vue, l'aberration s'enfuit à quatre pattes en bondissant comme un lièvre. Elle décrivit une courbe pour éviter ces nouveaux adversaires et plongea derrière le rideau noir du Shole.

Sans tenter de la poursuivre, les courriers s'approchèrent. L'homme qui les menait était encore plus grand que le père de Crafty. Le garçon remarqua la fermeté de son regard et l'insigne représentant une couronne verte, sur son épaule gauche. Ce devait être leur chef, le capitaine Clayton.

Sans jamais l'avoir rencontré, Crafty en avait souvent entendu parler. C'était un excellent courrier, mais un maniaque de la discipline, qui portait aux aberrations une haine quasi fanatique.

– Tu es le fils de Brian Benson, n'est-ce pas ? demanda-t-il.

Il ne dit même pas bonjour, songea Crafty.

– Oui, capitaine.

– Bien joué, petit. Tu as fait preuve d'un vrai courage. Vous aussi, mademoiselle Crompton-Smythe. Maintenant, ramenons ces gamins à leurs parents...

Certains étaient encore emberlificotés dans l'épaisse chevelure, d'autres trop affaiblis pour marcher. Néanmoins, une demi-heure plus tard, ils étaient tous en sécurité au bord de la rivière, où les parents s'étaient rassemblés pour récupérer leurs rejetons.

Aucun enfant n'avait été sérieusement blessé, du moins physiquement. Mais Crafty savait que ces moments traumatisants hanteraient leurs cauchemars pendant de longues années. Jamais ils n'oublieraient la tentative d'enlèvement de la Dame Blanche.

Du moins, le pire leur avait été évité. S'ils avaient été entraînés dans le Shole, ils seraient morts, auraient été dévorés ou changés en aberrations, et ils n'auraient jamais revu leurs familles. Oui, tel aurait été leur sort si Crafty et Click n'avaient pas affronté la Dame Blanche. Les courriers seraient arrivés trop tard. À eux deux, ils avaient fait toute la différence.

Bien que gelé, épuisé et trempé jusqu'aux os, Crafty se sentait très content de lui.

4

LA REINE DU MARÉCAGE

Le lendemain matin, leur échange habituel de questions-réponses fut remplacé par ce que Click appelait une « séance de synthèse ». Ils évaluèrent leurs réactions face aux derniers évènements dans l'intention de les améliorer.

– Étant donné les circonstances, déclara Lucky, je pense que vous avez bien agi. Mais la prochaine fois qu'une aberration sortira du Shole, ce qui nous faciliterait les choses, c'est que deux courriers soient toujours en poste au château.

– Au départ, c'était le cas, précisa Click. Tu te souviens de ce qu'a dit le Chef Mancien ? Malheureusement, ils avaient été appelés pour enquêter sur une autre incursion – celle de la soit-disant sorcière morte. La menace du Shole grandit, et les courriers sont exploités au maximum.

– Ils ne sont pas plus exploités que nous, les mouches de porte, protesta Lucky. J'aurais dû être là pour vous prêter main forte au lieu d'être gardé en réserve, au cas où quelque chose serait arrivé à Crafty. Ils devraient vraiment s'occuper du recrutement, non ?

– C'est certain, Lucky, approuva Click. Mais les Fey sont difficiles à trouver, et plus encore ceux capables d'utiliser les portails. Le Chef Mancien fait de son mieux.

– Crois-tu que la Dame Blanche soit l'assassin qu'on recherche ? demanda Crafty.

Click prit le temps de réfléchir avant de répondre :

– Qu'est-ce qui te fait penser ça ? Il y a quelques jours, tu accusais Vipère, ce qui reste une possibilité.

– Elle est très puissante, et à la différence des autres aberrations, uniquement soumises à leur appétit de chair crue, elle semble planifier ses actions. Elle fait preuve d'intelligence. Elle serait bien capable d'entrer dans le château pour tuer les manciens.

Click approuva de la tête :

– Oui, mais cela pose d'autres questions. Elle avait quitté le Shole pour la dernière fois il y a trente ans. Qu'a-t-elle fait depuis ? Où se cachait-elle ? Pourquoi réapparaît-elle après toutes ces années ?

– Et la sorcière ? enchaîna Crafty. Elle était vraiment là ? Les courriers qui sont allés à Crook-sur-Lune ont-ils pu s'occuper d'elle ?

– Le temps qu'ils arrivent, elle s'était déjà enfoncée dans le Shole, paraît-il. Elle n'avait fait de mal à personne – à part flanquer une belle frousse à ceux qui l'ont vue. Cependant, les quelques courageux qui lui ont parlé ont affirmé que c'était bien Vieille Nell, revenue de la mort. Elle a guéri quelques verrues, des rhumes et des maux de tête, et elle a dit qu'elle reviendrait. Évidemment, la Dame Blanche a commencé elle aussi par guérir les gens...

– Vieille Nell avait-elle quelque chose de changé, s'enquit Crafty. Comment étaient ses dents ?

Click parut perplexe :

– Ses dents ?

– La triple rangée de dents qu'ont la plupart des aberrations...

– Personne n'a parlé de ses dents, je suppose qu'elles étaient normales. Tu m'as déjà posé cette question récemment. Je te l'ai dit, tous les humains transformés par le Shole ne présentent pas cette caractéristique, encore moins ceux qui reviennent de la mort. Bertha en est un bon exemple.

Crafty acquiesça et préféra ne pas insister. Il valait mieux pour lui ne pas trop s'inquiéter de ses cauchemars. Même si Vieille Nell était réapparue – et il semblait que ce soit le cas – elle n'avait pas l'intention de dévorer qui que ce fût, et lui encore moins. Ce n'était qu'un vilain rêve, de ceux qu'on avait du mal à oublier.

L'irruption du Chef Mancien mit fin à la discussion. Il venait chercher Lucky pour une nouvelle mission.

Dès qu'ils furent sortis, Click déclara :

– Allons parler à ton amie Bertha. J'ai quelques questions à lui poser…

Des milliers d'années plus tôt, Bertha avait été la reine d'une tribu. Elle avait été sacrifiée par son peuple et enfouie dans le marécage, non loin de la maison de Crafty. Quand le Shole avait avalé les lieux, Crafty avait passé de longs mois, réfugié dans la cave. Or, le phénomène avait ramené Bertha à la vie. Elle était souvent venue lui rendre visite, elle lui avait tenu compagnie pendant cette période noire. Il lui devait beaucoup.

Une fois dans le bureau de Click, Crafty s'assit face au portail d'argent. Ils n'utiliseraient pas une position fixe, ils n'avaient donc pas besoin d'une balise : le lien émotionnel qui reliait Crafty à Bertha suffirait à approcher le portail de l'endroit où elle se trouvait.

Fixant son regard sur le portail, il se concentra. Les nuées s'éclaircirent presque aussitôt pour révéler un paysage familier. Au loin, à travers la brume grise, Crafty apercevait trois maisons ; la sienne était au milieu. Cette vision le plongea dans une grande tristesse.

La dernière fois qu'il était revenu chez lui, il avait fait une découverte fort perturbante. Sa mère n'étant pas Fey, il avait toujours pensé qu'elle était morte quand le Shole avait avalé leur maison. En réalité, elle avait été changée ; elle se cachait dans leur ancienne habitation. Elle lui avait ordonné de partir et de ne jamais revenir. Entendre de tels mots de la bouche de sa mère l'avait profondément bouleversé. Il n'en avait pas encore parlé à son père, il attendrait pour cela que le courrier ait retrouvé ses forces. Un jour ou l'autre, malgré tout, il devrait bien lui révéler la vérité.

Le marécage s'étendait entre le portail et la maison de Crafty. À cet instant, il clapotait doucement, mais le garçon avait vu Bertha le transformer en un flot houleux. Elle devait être quelque part sous la surface. C'était là sa demeure.

– Je vais voir si je la trouve, dit Crafty.

Il franchit le portail, et Click le suivit. Il n'y avait pas de gelée blanche, l'air était plus doux qu'à l'ordinaire. C'était souvent le cas près du marécage. Comme il longeait le bord à pas lents, l'eau boueuse s'agita soudain. La tête couronnée de Bertha surgit, puis le reste de son corps, et elle s'avança sur la rive pour faire face au garçon. C'était une mince jeune femme à la peau brune avec de grands yeux verts.

La dernière fois qu'il l'avait vue, Bertha était en armure. Cette fois, elle semblait nue. En réalité, les vêtements qu'elle portait le jour où on l'avait sacrifiée s'étaient fondus avec sa peau, qui ressemblait à du cuir. Étrangement, la boue ne collait pas à son corps. Ses cheveux splendides flottaient autour de ses épaules en boucles d'un noir luisant. La fine couronne d'or de la reine des Segantii, ornée d'une magnifique gemme verte, ornait son front.

Crafty l'accueillit avec un sourire :

– Bonjour, Bertha. Je suis heureux de vous revoir. Click, la mancienne de porte que vous avez déjà rencontrée, est avec moi. Acceptez-vous de lui parler de nouveau ? Elle aimerait vous poser quelques questions.

– J'accepte, répondit Bertha en regardant au-delà du garçon. J'aime bien Click. Elle est raisonnable et elle a l'esprit vif. Dis-lui d'approcher.

Crafty fit signe à la jeune fille d'avancer tandis qu'il se plaçait entre elle et le portail, prêt à intervenir ou à la prévenir si quoi que ce soit tournait mal. Étant encore à portée de voix, il put suivre l'échange.

– Bonjour, Bertha, commença Click. Merci d'accepter de me répondre. Je voudrais d'abord vous demander : pensez-vous que le Shole soit vivant ? Savez-vous s'il est contrôlé par quelque entité invisible ?

Crafty se souvenait avoir entendu Click poser une question similaire la dernière fois qu'ils avaient rencontré Bertha au bord du marécage. Mais Crafty s'était alors lancé dans une tentative désespérée pour sauver son père avant d'avoir entendu la réponse. À présent, il l'attendait avec une grande curiosité.

Elle fut brève :

– Je ne sais pas.

Bertha paraissait ennuyée.

Crafty avait espéré une révélation, il fut déçu. Il y eut un long silence, pendant lequel Click et Bertha se mesurèrent du regard, non sans une certaine hostilité.

Click reprit alors :

– Entendez-vous parfois des voix, Bertha ? Des voix à l'intérieur de votre tête ? Qui vous disent ce que vous devez faire ?

Crafty en fut aussi étonné que choqué. C'était vraiment une étrange question.

La réponse de Bertha fut plus étrange encore. Elle tourna le dos à Click et, sans un mot, retourna s'enfoncer dans le marécage.

Click revint vers Crafty en secouant la tête :

– Eh bien, c'est raté. Je crois que Bertha ne m'aime pas beaucoup.

– C'est faux. Elle m'a dit qu'elle te trouvait raisonnable et vive d'esprit. Je me demande pourquoi elle ne t'a pas répondu.

Click se contenta d'un haussement d'épaules, et ils repassèrent par le portail.

Crafty était mécontent.

– Tu me caches quelque chose, fit-il sèchement. Pourquoi cette question à propos des voix ? Tu l'as fait exprès pour la provoquer ?

Click hocha la tête :

– Je pensais bien que ça la mettrait en colère, mais je devais l'interroger. Je ne m'attendais tout de même pas à ce qu'elle me plante sur place. Écoute, Crafty, je suis désolée d'avoir gardé ça pour moi ; j'essaye simplement de comprendre une particularité du Shole. Je veux savoir pourquoi certaines aberrations tuent les humains, alors que d'autres, comme Bertha, ne le font pas. Pourquoi certaines semblent penser par elles-mêmes et d'autres non. Et pourquoi certaines – comme la Dame Blanche – circulent librement dans le Monde Diurne, et d'autres pas. Quand j'aurai les idées claires et que je serai arrivée à une conclusion, je t'en ferai part. Ça te va ?

Non, ça ne lui allait pas. Mais il était bien obligé d'accepter.

5

LA SALLE DES RELIQUES

Le lendemain était un dimanche, jour de repos. Quand Crafty avait un projet en tête, il était habituellement réveillé de bonne heure. Ce fut le cas. Sautant du lit, il s'approcha de l'étroite fenêtre de la tourelle.

L'aube se levait à peine, des nuages venus de la baie de Morecambe couraient dans le ciel gris. En bas de la colline, le rideau impénétrable du Shole, qui avait avalé récemment la partie sud du canal, ne semblait pas avoir progressé pendant la nuit. Le garçon en fut rassuré. Il s'habilla rapidement. Il attendait beaucoup de cette journée de liberté. Chacun bénéficiant du repos dominical, le petit-déjeuner ne serait pas apporté avant plusieurs heures. Cela servait ses plans.

Au retour de l'expédition où il avait réussi à sauver son père, le duc lui avait remis une clé d'argent qu'il portait au cou, cachée sous sa chemise. Cette clé lui donnait accès à toutes les salles du château.

Impressionné par l'ingéniosité du garçon, le duc l'avait chargé de découvrir ce qui se tramait au cœur du Corpus. Chaque guilde gardait jalousement ses secrets – allant jusqu'à les dissimuler à leur suzerain. Crafty serait son espion. Il ne s'en était pas vanté auprès de ses amis, Lucky et Click. Le Chef Mancien lui-même n'en savait probablement rien. Le garçon était curieux d'explorer les différents départements.

Le duc l'avait également chargé d'une tâche difficile et probablement dangereuse. Il soupçonnait les sinistres Capuchons Gris – dont Vipère était membre – d'avoir infiltré certains de ces services, s'efforçant de ralentir leurs progrès dans leur lutte contre le Shole. Le duc comptait sur Crafty pour identifier les traîtres.

Le garçon allait donc utiliser sa clé pour la première fois et demander l'accès à la Salle des Reliques.

Le dimanche, ni lui ni Lucky ne portait l'uniforme : c'était leur jour de repos ; et ils aimaient parcourir les rues de la ville sans attirer l'attention. Ce jour-là, cependant, puisqu'il allait agir au nom du duc, il estima préférable de porter sa chemise à manches courtes brodée de l'insigne *MP*, les initiales de Mancien de Porte – autrement dit, les mouches étaient la propriété des membres de la Guilde des Manciens.

La Salle des Reliques était au rez-de-chaussée. Crafty suivit un long couloir bordé de portes fermées portant le nom des diverses salles. Il dépassa la Salle des Morts, la Salle des Autopsies et celle des Optimistes.

Venait ensuite la Chambre Ducale, où le duc vivait désormais, entouré de gardes et de serviteurs. C'était auparavant la Salle des Pessimistes. Crafty ignorait totalement où ces derniers avaient déménagé. Il passa ensuite devant la Bibliothèque Grise pour s'arrêter enfin devant la salle qu'il cherchait.

Il sortit la clé d'argent de sous sa chemise de manière à ce qu'elle soit bien visible sur sa poitrine. Puis il prit une grande inspiration et toqua à la porte. Il se sentait nerveux. En dépit du droit que lui conférait la clé, il ne s'attendait pas à une réception chaleureuse. La guilde, peu désireuse de partager ses secrets quels qu'ils fussent, n'apprécierait pas son intrusion dans leur territoire.

Crafty était curieux de savoir ce que cette salle renfermait, sachant qu'elle abritait les spécimens après que les autres services, comme celui des autopsies, les avaient étudiés. Il s'y trouvait certainement les plus anciens matériaux récoltés aux premiers temps du Shole.

On tira bruyamment un verrou, une clé tourna dans la serrure et la porte s'ouvrit. Une espèce de géant toisa Crafty avec une expression de profond mépris. Ses bras, gros chacun comme deux fois la cuisse du garçon, ressemblaient à des troncs d'arbre. Il était vêtu d'un pantalon noir retenu par une épaisse ceinture et d'un justaucorps en cuir orné du sigle SR, en lettres rouges sur la poitrine.

Soulevant la clé au bout de sa chaîne, Crafty la lui montra :

– Ceci me donne le droit d'entrer dans n'importe quelle salle du château. J'aimerais visiter la Salle des Reliques, je vous prie.

Avant que la clé soit retombée sur sa poitrine, l'homme avait refermé dessus son énorme poigne. Puis, à la consternation du garçon, il l'arracha, brisant la chaîne. Il l'étudia de près avant de rugir :

– Gardes !

Deux gros costauds se ruèrent sur Crafty. Le soulevant de terre, ils le collèrent contre le mur.

– Tenez-le, le temps que je m'occupe de ceci, ordonna le géant sans lâcher l'objet du regard.

Dix minutes plus tard, le Chef Mancien arrivait. D'un geste, il renvoya les gardes. Puis il agita la clé sous le nez de Crafty en fronçant les sourcils :

– Où as-tu pris cette clé, Benson ?

Mentir n'aurait servi qu'à empirer la situation.

– Le duc me l'a donnée pour que j'aie accès à tous les départements du château. Il a dit que personne ne pourrait me le refuser, que toutes les portes s'ouvriraient quand je la présenterais. C'est ce qu'il m'a dit.

– Voyez-vous ça ! railla Bob Gingembre en se caressant le menton. Et pourquoi le duc aurait-il fait une chose pareille, je me le demande. Eh bien, nous saurons vite si c'est la vérité. J'ai fait informer le duc que tu as été pris en possession d'une clé d'argent.

Un garde se présenta bientôt, et Bob Gingembre le tira à l'écart, hors de portée des oreilles de Crafty. Quand le Chef Mancien revint, il adressa au garçon une ombre de sourire et lui tendit la clé :

– Tout est en ordre, jeune homme. Le duc a confirmé tes dires. Mais il aurait été préférable que j'en sois informé. Enfin, il n'y a pas de mal. Tu souhaites visiter la Salle des Reliques ?

Il désigna d'un geste du bras l'antichambre obscure :

– Je vais te faciliter les choses en te présentant au conservateur. Suis-moi !

Crafty le suivit donc tout en rangeant la clé dans sa poche. Les gardes et le géant avaient disparu. À ce que Crafty comprenait de la hiérarchie propre au château, Bob Gingembre venait tout de suite après le duc. Mais bien qu'il fût en charge de tous les manciens – pas seulement des manciens de porte – chaque service avait sa propre organisation, et le conservateur semblait avoir autorité sur la Salle des Reliques.

Crafty s'aperçut qu'il ne savait rien des autres manciens. Quel était leur rôle ? Quelle magie utilisaient-ils ? Le château était décidément truffé de mystères.

Le conservateur se présenta bientôt. Son apparence stupéfia Crafty. Il s'attendait à un personnage imposant, légèrement pompeux et aussi strict que le Chef Mancien. Or, c'était un tout petit homme – il arrivait à peine à la poitrine du garçon –, avec une face malicieuse et de longs cheveux argentés qui lui tombaient sur les épaules. Malgré ce signe de l'âge, ses traits étaient juvéniles et ses yeux bleus pétillaient de gaité.

Il échangea avec le Chef Mancien des salutations polies, puis Crafty se retrouva seul avec lui.

– Eh bien, jeune Benson, déclara-t-il d'un air radieux, il paraît que tu possèdes une clé et que tu es ici pour l'utiliser. Si tu m'avais fait demander personnellement, tu n'aurais pas été aussi mal reçu. Je te prie d'accepter mes excuses. Je peux te proposer une visite guidée pour te familiariser avec les lieux. Cela te convient-il ?

– Oui, monsieur, répondit Crafty.

Lors d'une visite guidée, il ne verrait que ce qu'on voudrait bien lui montrer, mais il lui fallait bien commencer par le commencement. Il n'espérait pas percer tous les secrets de la Salle des Reliques dès sa première inspection.

– Quel est votre nom, monsieur, si je peux me permettre ?

– Je n'ai qu'un seul nom, celui qu'on me donne quand on s'adresse à moi, même ma femme et mes enfants, dois-je préciser. Ce nom est *Conservateur*. Je n'agis et ne respire que pour cette tâche. Elle est toute ma vie. Maintenant, viens par ici...

Crafty plaignit les malheureux enfants. Appeler son père *Conservateur*, quelle bizarrerie ! Encore un qui confondait travail et vie de famille.

Ayant franchi une porte, il pénétra dans une vaste salle, emplie de vitrines. La plus grande était posée sur une estrade.

– Voici ce que nous appelons le Musée Ancien. Il contient les tout premiers spécimens récoltés dans le Shole.

Le conservateur désigna la plus grande vitrine :

– Que penses-tu de ça ?

L'aberration, derrière la vitre, semblait en parfait état de conservation. Aussi mince qu'un lévrier, elle avait quatre pattes musculeuses visiblement faites pour la course. Comme celles de nombreux prédateurs vivant dans le Shole, ses mâchoires allongées étaient garnies d'une triple rangée de dents, et deux cornes pointaient agressivement de son crâne.

Crafty se souvint soudain qu'il avait déjà vu ça quelque part...

– Conservateur ? Le marteau d'argent, sur la porte du Chef Mancien, représente-t-il cette créature ?

– Bien vu, jeune Benson ! La chose est d'une extrême importance, car il s'agit de la première aberration capturée. Elle se cachait du côté de Water Lane, quand le Shole n'était encore qu'à une centaine de mètres de Preston. Mais elle s'aventurait dans le Monde Diurne et terrorisait la ville. On l'a appelée le ne-mord-qu'une-fois, à cause de sa tactique d'attaque. Elle bondissait sur sa proie, lui arrachait une bouchée de chair et ne revenait pas. Bien sûr, cela dépendait de la blessure ; néanmoins, cette morsure unique tuait la plupart des victimes.

Crafty espéra ne jamais se trouver nez à nez avec cette sorte d'entité.

– Il en existe d'autres ?

Le conservateur hocha la tête :

– Oh, oui ! On en garde même une vivante à la Ménagerie. La bonne nouvelle, c'est qu'elles ne chassent pas en meute comme d'autres aberrations. Le ne-mord-qu'une-fois mord toujours seul.

Le conservateur passait rapidement devant les vitrines sans laisser à Crafty le temps d'observer leur contenu. Agacé, il fit halte devant un casier de plus de huit pieds de haut et d'au moins vingt de long. Les créatures qu'il contenait ressemblaient à des chauves-souris, de formes et de tailles diverses, accrochées tête en bas à une poutre.

Le conservateur revint sur ses pas.

– Elles ont presque l'air vivantes, non ? demanda-t-il, l'œil pétillant. Évidemment, elles étaient mortes quand la Ménagerie ou la Salle des Autopsies nous les ont apportées. Toutefois, nous n'avons pas eu recours à un taxidermiste. C'est une substance spéciale qui assure leur préservation. Tu t'intéresses aux chauves-souris ?

Crafty posa les yeux sur une bête géante couverte de fourrure :

– Elles m'intriguent, mais celle-ci ne me dit rien qui vaille. Je n'aimerais pas la rencontrer dans le Shole.

– Oui, ce serait une mauvaise rencontre. Avant d'être transformées, certaines étaient des oiseaux, d'autres des rats ou des souris. Nous employons le terme « chauve-souris » par commodité. Ce grand spécimen est ce que nous appelons un nécrophage. Il ressemble aux énormes frugivores que l'on trouve dans les régions tropicales.

Marquant une pause, le conservateur tapota la vitre du doigt d'un air solennel :

– Toutes ces aberrations sont dangereuses. Les plus petites habitent généralement les greniers, des endroits qu'il vaut mieux éviter dans le Shole.

Tu as probablement appris qu'on est toujours plus en sécurité à l'air libre qu'à l'intérieur d'un bâtiment. En revanche, ces chauves-souris nécrophages préfèrent les espaces ouverts. Elles se suspendent aux plus hautes branches, dissimulées dans le feuillage. Pas pour manger des fruits, tu t'en doutes...

Sur cette précision inquiétante, il repartit à grands pas.

Chaque salle qu'ils traversèrent contenait le même genre de vitrines. Certaines abritaient des crânes et des ossements, d'autres des plantes ligneuses présentant des formes de pieds ou de mains vaguement humaines.

– Nous sommes allés du passé au présent, reprit le conservateur. Ce secteur, qui abrite nos dernières acquisitions, est celui des Nouveautés. Les recherches en cours nous occupent à tel point que nous avons dû demander à notre équipe de travailler un dimanche matin.

Ils étaient entrés dans une salle meublée de tables devant lesquelles les employés des Reliques mesuraient des objets, en exécutaient des croquis et rédigeaient des observations. La plupart étaient des hommes grisonnants, sauf un qui devait avoir une vingtaine d'années. Ce dernier lança un coup d'œil à Crafty, fronça les sourcils et détourna le regard. Il était probablement mécontent de travailler un dimanche et trouvait de surcroît insultant de se sentir observé.

Crafty ne pouvait lui en vouloir. Si être l'espion du duc lui permettait de satisfaire sa curiosité, cela le mettait aussi vaguement mal à l'aise.

Il aurait aimé poser quelques questions aux employés. Il pensa toutefois préférable d'attendre une occasion plus favorable, quand il n'aurait pas le conservateur à ses basques. De plus, il avait faim et n'avait pas envie d'un petit-déjeuner froid. Il remercia donc son guide et prit congé.

Dix minutes plus tard, il était de retour dans sa chambre, juste à temps pour accueillir une assiettée d'œufs au jambon accompagnée de pain frais.

Une matinée bien remplie, songea-t-il avec satisfaction.

L'après-midi, Crafty et Lucky se promenèrent en ville. Le ciel était chargé, la pluie menaçait. Il faisait encore doux, mais l'automne était là et l'hiver approchait.

Lucky n'était guère causant et paraissait d'humeur sombre.

– Qu'est-ce qui ne va pas ? l'interrogea Crafty.

– Je pense à la pauvre Donna. Elle me manque.

Donna avait été tuée par Vipère, le mancien de porte. La guillotine lui avait sectionné les jambes

– une mort horrible. Crafty savait combien Lucky et Donna avaient été proches. Avant son arrivée au château, ils étaient les seules mouches, travaillant ensemble, partageant les dangers. Lucky ressentait toujours cruellement cette perte.

Ils marchèrent en silence. Le Shole se faisant chaque jour plus menaçant, beaucoup de gens avaient fui Lancaster pour se réfugier au nord – Kendal étant l'une de leurs destinations favorites. Ce dimanche-là, cependant, les rues étaient particulièrement animées. On aurait dit que tous les habitants s'y étaient donné rendez-vous.

D'un accord tacite, les garçons se dirigèrent vers la boutique qui vendait les meilleures tourtes de la ville. Ils pressèrent leur front contre la vitrine, et le fumet de viande et de pommes de terre qui s'échappait par la porte leur mit l'eau à la bouche. Ils furent bientôt assis sur le muret extérieur, mordant chacun dans une tourte fumante, et Lucky parut un peu rasséréné.

Crafty remarqua alors que le flot pressé des passants convergeait vers une même direction. Le garçon eut un choc en constatant que quelques-uns portaient de sombres manteaux à capuchon. C'étaient des membres des Capuchons Gris, et leur expression haineuse n'était pas faite pour le rassurer.

– Où vont-ils ? Au château ? s'inquiéta le garçon.

– On dirait, répondit Lucky. Personne ne connait vraiment leurs intentions. Beaucoup d'entre eux attisent le mécontentement. Ils prétendent qu'on n'en fait pas assez pour protéger la cité. En vérité, ils veulent surtout nous mettre des bâtons dans les roues. Une chance qu'on ne porte pas nos uniformes le dimanche ! Au mieux, ils nous cracheraient dessus, au pire... Bah, autant ne pas y penser ! Gardons le moral !

Après leur repas, ils descendirent vers le sombre rideau du Shole. Ils s'arrêtèrent à une distance prudente, n'importe quelle monstruosité pouvant être tapie juste derrière. Mais c'était encore le milieu de l'après-midi, les aberrations devaient dormir. Le risque était donc limité, d'autant que – la Dame Blanche exceptée – elles ne quittaient pas le Shole.

– J'aimais bien venir ici, avant, dit Lucky. Le canal me manque.

Crafty acquiesça :

– C'était la première chose que je voyais de ma fenêtre chaque matin. Au moins, le Shole n'avance pas trop vite, en ce moment.

– Deux ou trois pouces par semaine, pas plus. Pourvu que ça continue comme ça !

Tous deux tournèrent la tête vers le château. Un jour, une énorme vague de brouillard l'avalerait lui aussi. Ça pouvait arriver n'importe quand.

Ils remontèrent la colline en silence, perdus dans leurs réflexions. Crafty pensait à sa mère ; il se demandait avec tristesse comment elle survivait, seule dans la sinistre brume grise. Il s'inquiétait aussi pour ses deux frères. Et si le Shole les ramenait à la vie ? Il aurait voulu les revoir, mais il n'était pas sûr que ce soit une bonne chose. Bertha se nourrissait de chair crue. S'il devait en être de même pour Brock et Ben, ils n'auraient plus rien à voir avec les frères qu'il avait connus et aimés.

Des cris éclatèrent soudain, du côté du château. Crafty et Lucky pressèrent le pas, curieux de découvrir ce qui se passait. Une foule furieuse s'était rassemblée devant l'entrée principale et injuriait les gardes en faction. Certains leur jetaient même des pierres.

Tout à coup, le silence se fit. Un officier de la Garde, un homme de belle stature, s'avança jusque sous la herse levée. Il brandit un document de sorte que tous puissent le voir. Puis il se mit à le lire. Crafty et Lucky étaient trop loin pour entendre. Le temps de se rapprocher, ils ne saisirent que les derniers mots :

– Maintenant, dispersez-vous ! Ordre du duc !

– Il vient de lire le décret contre les attroupements, s'exclama Lucky. S'ils n'obéissent pas, les gardes vont intervenir !

Or, au lieu de se disperser, la foule se pressa vers le portail avec des grondements de colère. La Garde du Château surgit alors. Crafty remarqua qu'ils maniaient des gourdins et non des épées. En quelques instants, ce fut la débandade. Tous dévalaient la colline pour échapper aux coups, qui faisaient saigner quelques têtes.

Crafty craignit un instant d'être pris dans la mêlée avec Lucky. Mais le flot des fuyards passa devant eux sans même les regarder. Deux Capuchons Gris les frôlèrent. La capuche de l'un d'eux, rejetée en arrière, lui découvrit le visage ; une balafre lui barrait l'œil gauche.

Crafty sursauta : c'était le jeune qui travaillait dans la Salle des Reliques le matin même.

6

IL FAUT LE FAIRE

Un membre des Capuchons Gris travaillait au château ! Cette information devait être immédiatement rapportée au duc. Dès que Crafty eut quitté Lucky, il courut droit à la Chambre Ducale.

Deux gardes armés, en grand uniforme, étaient postés devant la porte. Quand Crafty se présenta, ils croisèrent leurs longues lances pour l'empêcher d'entrer. C'étaient des hommes de haute taille, et leur regard passait au-dessus de la tête du garçon comme s'il ne méritait même pas leur attention.

– Mon nom est Colin Benson, et je souhaiterais voir le duc, s'il vous plaît, déclara-t-il poliment.

Ils l'ignorèrent royalement, et Crafty comprit qu'il perdait son temps. Peut-être devrait-il demander un rendez-vous au Chef Mancien ?

Soudain, les battants s'ouvrirent. Un autre garde à large moustache noire, trois bandes d'épaules indiquant son grade de sergent, annonça d'une voix tonnante :

– Maître Colin Benson ! Le duc désire vous voir.

Crafty s'étonna que le duc ait eu connaissance de sa présence. Puis il comprit. Lors de son séjour dans le Shole, le duc avait été transformé. Avant qu'on ait eu le temps de le sauver, la moitié inférieure de son corps s'était transformée en une masse de racines noueuses. Ces racines continuaient à présent leur croissance et s'enfonçaient sous les fondations du château. Elles étaient extrêmement sensibles. Le duc avait confié à Crafty qu'elles lui permettaient de saisir toutes les conversations alentour. Il avait dû entendre la demande du garçon et noté le silence des gardes.

Sans un mot, les deux cerbères relevèrent leurs lances, et Crafty suivit le sergent dans la vaste salle. Un tapis rouge et quelques marches conduisaient jusqu'au duc.

Le gouverneur de Lancaster portait une tunique verte à boutons dorés, et sa barbe blonde bien taillée lui couvrait la moitié du visage. La partie inférieure de son corps était plantée dans un énorme pot cylindrique. Une riche étoffe pourpre qui lui entourait la taille retombait autour du récipient jusqu'au sol. Trois volées de marches menaient jusqu'à lui, une devant et une de chaque côté.

Arrivé au bout du tapis rouge, Crafty s'inclina. Ayant été invité à avancer, le garçon monta les marches de devant et s'adressa au duc :

– Monsieur, aujourd'hui, pour la première fois, j'ai fait usage de la clé que vous m'avez donnée. Je suis entré dans la Salle des Reliques. Le conservateur me l'a fait visiter. Les hommes qui travaillaient dans la dernière salle, celle des Nouveautés, étaient tous âgés, à l'exception d'un seul, dont la jeunesse a attiré mon attention. Or, cet après-midi, en ville, j'ai assisté à la dispersion d'une émeute. Dans sa fuite, un des Capuchons Gris est passé près de moi. Je crois que c'était ce jeune homme.

Le duc posa sur lui un regard inquisiteur :

– Tu *crois* ? Jusqu'à quel point le crois-tu, Crafty ? Si cet individu est vraiment un membre de la secte et s'il use de sa position dans la Salle des Reliques pour conspirer contre nous, les conséquences seront sévères, tu t'en doutes. Il risque un long emprisonnement, voire même la peine de mort...

Crafty y avait déjà réfléchi : s'il faisait état de ses soupçons, le jeune homme serait peut-être pendu. Il ne voulait en aucun cas nuire à un innocent. Lui-même avait été un jour accusé injustement et condamné à la potence. Il n'avait pas oublié sa terreur et sa détresse, quand il attendait l'heure de son exécution dans sa cellule. Il ne souhaitait à personne de subir une telle épreuve.

– J'ai toutes les raisons de le croire, monsieur, même s'il me reste un léger doute. Quand ce jeune homme est passé près de moi, j'ai remarqué une balafre au travers de son œil gauche – il avait sans doute été frappé par l'un des gardes. Donc, s'il se présente demain à son poste avec la même blessure, sa culpabilité sera confirmée.

Le duc approuva de la tête :

– Bien vu, Crafty. Mais ne parle de ceci à personne. Nous le laisserons poursuivre sa tâche tout en le surveillant de près. S'il est membre des Capuchons Gris, il nous mènera sans doute à d'autres conspirateurs. Et si tes soupçons se trouvent confirmés, tu auras fait du bon travail.

– Il est passé près de moi par hasard. J'ai eu de la chance, c'est tout.

– Tu n'es pas seulement chanceux, tu es observateur. Tu t'es souvenu de ce visage. Bravo !

Crafty allait régulièrement rendre visite à son père à l'infirmerie, où il devait séjourner jusqu'à sa complète guérison.

Sa disparition et celle de deux autres courriers datait déjà de plus d'un mois. Ils avaient été entraînés dans le Shole par une force incontrôlable. Bravant toutes les règles, Crafty avait découvert l'endroit où ils étaient gardés en captivité et joué un rôle important dans leur libération. Mais l'un des hommes avait été massacré par les aberrations, et le courrier Benson n'était pas encore remis de cette épreuve.

Cette fois, Crafty s'apprêtait à faire une chose qu'il repoussait depuis longtemps : révéler ce qu'il avait appris au sujet de sa mère.

La première fois qu'il était venu voir son père, celui-ci était assis devant l'âtre, une couverture sur les genoux, et fixait les braises d'un air morne. Crafty s'était demandé s'il retrouverait un jour sa belle énergie. Il allait beaucoup mieux, à présent. Il accueillit Crafty sur le seuil de sa chambre avec un large sourire, lui tapota le dos et l'invita à entrer. Ils s'assirent côte à côte devant le feu.

– Tu as vraiment meilleure mine, Père, fit remarquer Crafty.

– Ma santé s'améliore et les forces me reviennent. Dans une semaine, d'après le docteur, je pourrai reprendre mes activités. J'en ai assez d'être enfermé dans cette chambre. Ça ira mieux quand je me bougerai de nouveau.

Il voulait dire par là arpenter le Shole, retrouver ses dangereuses activités de courrier du château. À cette idée, Crafty se renfrogna.

Son père le remarqua :

– Ça ne va pas, Crafty ? Tu as l'air inquiet.

– Je *suis* inquiet. Il faut que je te dise quelque chose, Père. Quelque chose qui va te causer un choc.

Il inspira profondément avant de lâcher :

– Pour te secourir, j'avais besoin d'un objet à toi qui me permettrait de te localiser. Je suis donc retourné à la maison. Mais avant même de m'engager dans l'escalier de la cave, j'ai su que quelque chose n'allait pas. Une espèce de plante grimpante avait poussé du sol, elle avait complètement recouvert l'alliage d'argent des marches.

Cet alliage protecteur avait été mis en place par son père. Quand Crafty avait dû trouver refuge dans la cave, aucune aberration ne pouvait y descendre, incapable de poser un pied sur ce métal. Avec cet enrobement de feuillage, ce n'était plus le cas.

Le courrier secoua la tête :

– Voilà qui suggère l'emploi d'une magie puissante. Une entité se cache certainement dans la cave. Tu es tout de même descendu ?

– Bien sûr, Père. J'avais besoin de ta pipe. Je ne t'aurais pas retrouvé sans elle.

– Tu as pris un gros risque. Une aberration aurait pu se terrer là.

C'était le moment ou jamais. Crafty s'arma de courage :

– Il y *avait* une aberration. Elle se cachait dans le

placard. J'ai d'abord cru qu'elle allait me sauter dessus. Mais j'avais tort. Elle ne voulait pas que je la voie…

– Elle ne voulait pas… ? répéta son père, étonné.

– Ce n'est pas facile à dire. Cette aberration…, c'était maman. C'était *maman* qui se cachait dans le placard.

Le visage de son père perdit toute couleur. Il serra ses mains sur ses genoux de toutes ses forces pour contenir leur tremblement.

– Je croyais ta mère morte. Tu en es *sûr* ? Tu l'as vue ?

Quand leur maison avait été brusquement avalée par le Shole, la mère de Crafty était au marché. Son père l'avait cherchée, cherchée… Ne l'ayant pas trouvée, il s'était résigné à l'idée de sa mort.

Crafty secoua la tête :

– Je ne l'ai pas vue, elle refusait de sortir du placard. Mais je n'ai aucun doute. Même si sa voix était légèrement changée, un peu voilée, c'était bien la sienne. Elle a dit qu'elle ne voulait pas que je la voie comme ça. Que je devais partir et ne jamais revenir. Et que je ne devais jamais t'amener là. Elle ne supporterait pas qu'on découvre sa nouvelle apparence.

Son père resta un moment immobile et silencieux. Quand il reprit la parole, ce fut sur un ton glacial :

– Il faut que je lui parle, Crafty. Et le plus vite possible. Je n'attendrai pas la permission du docteur.

L'inquiétude de Crafty monta d'un cran :

– Ce n'est pas une bonne idée, Père. Tu n'es pas encore rétabli, et maman ne veut nous voir ni l'un ni l'autre.

– Il faut le faire. Je veux que tu viennes avec moi. Je suis encore affaibli, j'aurai besoin de m'appuyer sur toi si je me sens fatigué. Et mieux vaut que nous lui parlions tous les deux. Nous irons à midi, l'heure la plus sûre ; nous profiterons de ton prochain jour de repos. Au moins, je n'aurai pas besoin de te couvrir la tête d'une cagoule ! Tu es mouche de porte, à présent ; tu as acquis une bonne expérience du Shole...

Crafty n'était pas enthousiaste à l'idée de cette expédition. Ce serait dangereux, et il craignait ce qu'ils allaient trouver. Mais s'il refusait, son père partirait sûrement seul. Dans l'état où il était, ce serait trop risqué.

Le garçon se tourmenta toute la semaine, et pour une fois, il trouva que le dimanche arrivait trop vite. Il s'excusa auprès de Lucky sans entrer dans les détails, prétextant que son père voulait passer la journée avec lui.

Ils se mirent en route à midi, munis de leurs manteaux. Ils approchèrent ensemble du sombre rideau tourbillonnant qui marquait la frontière avec le Monde Diurne. Deux gardes en patrouille les observèrent de loin sans intervenir. Personne ne gênait le travail d'un courrier du château.

Le soleil qui brillait sur une tiède journée d'automne disparut soudain, remplacé par une obscurité glaciale, sous un ciel d'un gris sinistre. Ils étaient entrés dans le Shole.

Le père de Crafty avait pris la tête, mais il ralentit bientôt le pas, haletant. Au bout d'un quart d'heure, il dut s'arrêter pour se reposer.

– C'est encore trop tôt pour toi, lui dit Crafty. Si on attendait dimanche prochain ? D'ici là, tu auras repris des forces.

– Ça va aller, répliqua son père. Dans quelques minutes, j'aurai retrouvé mon souffle.

Crafty observa les alentours. L'herbe couverte de gelée blanche luisait dans la pénombre. Rien ne bougeait, tout était silencieux.

– C'est bien calme, fit remarquer le garçon.

Son père acquiesça. Le rythme de sa respiration revenait lentement à la normale.

– Habituellement, commenta-t-il, il n'y a guère de danger à cette heure. Il ne faut pourtant pas s'y fier. Dans le Shole, tout peut changer en un instant.

– Quelle est la chose la plus étrange que tu aies vue ? demanda le garçon avec curiosité.

Son père regardait dans le vide, et sa réponse tarda à venir :

– C'est difficile à dire. Me croiras-tu si je te raconte que certains arbres se déplacent ?

Crafty sourit :

– Quoi ? Des arbres avec des jambes ? C'est une blague !

– Oh, non, ce n'est pas une blague. Leurs racines leur servent de jambes. Ils progressent très lentement – une dizaine de mètres par an, nous l'avons mesuré. Il y a aussi des créatures qui ressemblent à des arbres et qui n'en sont pas. Elles sont très rapides et se nourrissent de chair crue. Elles sont particulièrement dangereuses.

– Et comment on les distingue des vrais arbres ? s'enquit Crafty en jetant un regard suspicieux vers un bosquet, cinquante pas plus loin.

Son père secoua la tête :

– À vue d'œil, c'est impossible. On appelle ce type d'aberration un *mimic*, parce qu'il emprunte une fausse apparence pour tromper ses proies. Dans le Shole, sers-toi toujours de tes oreilles. Un frémissement de feuilles en l'absence de vent sera peut-être le seul indice. Mais il y a plus étrange encore que les mimics tueurs et les arbres qui marchent...

Le courrier marqua une pause, comme perdu dans ses pensées.

Enfin, il reprit :

– Il existe des tas de phénomènes bizarres qui paraissent dénués de sens. Pour moi, celui qui sort du lot est une grande péniche noire tirée par une créature ressemblant à un cheval. Elle fait l'aller et retour le long du canal jusqu'à Preston. Le cheval est conduit par un individu très grand et très maigre, la tête dissimulée sous un capuchon. La barge quitte toujours Lancaster à minuit le mardi pour revenir trois nuits plus tard. On la surveille de près. Chaque semaine, un nouveau courrier est envoyé en observation.

– Tu l'as vue ?

– Bien sûr. Ça fait partie de mes attributions. Je l'ai déjà suivie trois fois.

– Et tu as une idée de ce qu'elle transporte ?

– Il existe quantités d'hypothèses – manciens et chercheurs nous en balancent par poignées, tels des confettis à Carnaval. Or, la plus sensée est souvent la plus vraisemblable. En l'occurrence, ce serait un batelier et son cheval, transformés par le Shole, qui poursuivent mécaniquement leur tâche habituelle.

– Ça paraît logique, approuva Crafty.

– Oui. Sauf que ça n'explique pas tout. La péniche transporte une mystérieuse cargaison de caisses en forme de cercueils. Jusqu'à présent, s'approcher suffisamment pour découvrir leur contenu s'avérait trop risqué. Je doute néanmoins qu'il s'agisse de charbon, de bois, de sel, ou de toute autre de ces marchandises qui transitaient autrefois par le canal.

– Et le batelier ? Il est dangereux ?

– Probablement. Et son cheval encore plus. Il a de très longues jambes et trois longs orteils griffus au lieu de sabots. Les mâchoires de l'homme comme celles de la bête possèdent la triple rangée de crocs caractéristiques des mangeurs de chair crue. Et ils voyagent toujours de nuit, aux heures où il ne fait pas bon s'aventurer dans le Shole.

Le père de Crafty eut un léger sursaut, comme s'il se rappelait soudain où il se trouvait.

– Assez bavardé, reprit-il. Continuons. On s'est trop attardés...

Il reprit la route en direction du nord-est, bien qu'à un pas plus lent. Cette fois, il marcha presque une demi-heure avant de devoir se reposer de nouveau.

– On est passés par là quand tu m'as fait sortir de la cave les yeux bandés ? demanda Crafty.

– Pas exactement. Je modifie toujours légèrement mon itinéraire ; la force de l'habitude, je suppose. Une créature a pu noter ton passage. La fois suivante, elle te guetterait.

– Je me souviens qu'on s'est arrêtés parce qu'une bête menaçante se tenait tout près. Je l'entendais mastiquer. Tu l'as vue ?

Le courrier hocha la tête, la mine sombre :

– Elle était cachée derrière les arbres, je l'ai seulement aperçue. Par chance, elle ne nous a pas repérés. Elle ressemblait à une énorme chenille, avec un long corps tubulaire hérissé de poils. Elle mangeait des feuilles et des écorces. Nous ne figurions sans doute pas à son menu, mais la prudence est toujours préférable. Ne te fie jamais à rien de ce qui appartient au Shole !

Crafty se demanda si ce conseil s'appliquait aussi à Bertha, la reine du Marécage. Son père connaissait à présent le rôle qu'elle avait joué pour le délivrer, mais il ignorait ses fréquentes visites à Crafty dans la cave. Il n'avait aucune confiance dans les aberrations, aussi amicales puissent-elles paraître. Quels sentiments sa femme transformée pouvait-elle lui inspirer ?

Ils marchèrent en silence jusqu'à ce que les trois cottages apparaissent, au bord du marécage. Crafty se demanda si Bertha était dans les parages et si elle savait qu'ils retournaient vers leur ancienne demeure.

– Si le marécage poursuit son extension, fit remarquer son père, il avalera bientôt notre maison. Il est déjà presque à la porte de derrière.

Le marécage avait déjà englouti les jardins des trois maisons, et ils durent raser les murs pour passer. La vase emplirait bientôt les caves, et les bâtiments s'effondreraient.

Où maman se réfugiera-t-elle, alors ? s'inquiéta le garçon.

Ils pataugèrent vers la porte, de la boue jusqu'aux chevilles. Seuls les clapotements du marécage et le bruit de succion de leurs bottes troublaient le silence.

Le père de Crafty traversa la cuisine sombre, gratta une allumette pour allumer une bougie qu'il tendit au garçon. Puis il en alluma une autre pour lui.

Mais, comme ils s'engageaient dans l'escalier de la cave, Crafty ressentit un soudain malaise. Son père avait tiré de sa ceinture un poignard à longue lame. À priori, ce geste n'avait rien d'inhabituel. Ils étaient dans le Shole, où le danger était permanent.

Cependant, quand ils atteignirent les marches en alliage d'argent, son père se tourna vers lui :

– Il vaut mieux que tu m'attendes ici. Je voudrais parler à ta mère seul à seule.

Ce n'était plus le père qu'il aimait, mais le courrier Benson, un homme dur au visage inflexible.

Crafty retint une protestation. Son père voulait parler à sa mère, soit ! C'était son droit. Lui, pour sa part, il avait bien l'intention d'obéir au souhait de sa mère, qui lui avait interdit de le revoir. Même si cette idée lui faisait très mal.

– Comme tu veux, papa, consentit-il.

Son père reprit la descente, la chandelle projetant son ombre dansante derrière lui. Les marches de métal étaient recouvertes d'un épais feuillage, certainement créé par sa mère. Ses talents de jardinière s'étaient accrus avec sa transformation. Elle pouvait apparemment manipuler les plantes par magie.

Crafty regarda son père terminer sa lente et prudente descente, traverser la cave en passant devant les tombes de Brock et de Ben et se diriger vers le placard.

Les portes étaient fermées. Leur mère se cachait-elle derrière ?

Soudain, Crafty fut saisi de tremblements, son estomac se révulsa. *Non !* La bile lui remonta dans la gorge et il dévala les marches, sachant déjà qu'il n'arriverait pas à temps.

Le courrier Benson avait déposé la chandelle à terre. Le poignard levé, il tournait la poignée du placard de la main gauche. À ses mâchoires contractées, à la tension de tout son corps, Crafty sut qu'il avait vu juste : son père allait tuer sa mère.

– Papa ! Non ! Non ! hurla-t-il.

Trop tard.

Le courrier ouvrit la porte et abattit son arme.

7

LA MEILLEURE SOLUTION

Au lieu du cri auquel Crafty s'attendait, il n'y eut qu'un bruit de métal frappant le bois. Quand le garçon surgit, il constata que le placard était vide. Encore tout tremblant, il ressentit un immense soulagement. Il avait craint le pire. Levant les yeux vers son père, il vit que celui-ci pleurait.

– Pourquoi, papa ? Pourquoi ? s'exclama-t-il. Pourquoi voulais-tu lui faire du mal ?

– Elle n'est plus la mère que tu as connue, se justifia le courrier en essuyant ses larmes d'un revers de manche et en remettant le poignard à sa ceinture. Elle est changée, Crafty. Elle représente un danger pour toi comme pour moi. Je voulais seulement mettre fin à ses tourments. Il fallait que quelqu'un le fasse, et mieux valait que ce soit moi. C'était la meilleure solution. Tu peux le comprendre, non ?

Tombant à genoux, il enfouit son visage dans ses mains, les épaules secouées de sanglots. Crafty le plaignait de tout son cœur, mais jamais il ne le laisserait tuer sa mère. Elle pouvait revenir à tout instant, il devait vite entraîner son père hors de la maison. À moins de le faire changer d'avis.

– Je sais que maman n'est plus tout à fait humaine, mais pourquoi ne pas la laisser vivre du mieux qu'elle peut ?

Le garçon avait beau s'efforcer de garder son calme, son cœur battait à tout rompre, et il avait du mal à respirer.

Son père secoua tristement la tête :

– Mets-toi à sa place, Crafty. Que peut-elle bien ressentir ? Transformée, aberration séparée de tous ceux qu'elle aimait ? Elle doit être affreusement seule, terrifiée, songeant à la vie heureuse qu'elle menait autrefois et à tout ce qu'elle a perdu. Ce sera une bonne action de mettre fin à une existence aussi misérable.

– Mais tant qu'elle est vivante, on peut garder l'espoir, insista Crafty.

– L'espoir ! Il n'y a aucun espoir. Plus jamais elle ne sera ce qu'elle a été. Et puis, elle représente un danger. C'est mon devoir de l'éradiquer.

Crafty fut brièvement tenté de présenter Bertha comme exemple d'une aberration aimable, avec qui on pouvait communiquer. Puis il se rappela que

Bertha, qui s'était toujours montrée amicale et lui avait sauvé la vie dans l'orphelinat, était capable de tuer et de se nourrir de chair humaine pour survivre. Click elle-même aurait pu être à son menu si elle n'avait pas été la protégée de Crafty.

Le courrier Benson se mit à marcher nerveusement de long en large sans quitter l'escalier des yeux. Crafty ne souhaitait plus qu'une chose : que sa mère n'apparaisse pas.

Soudain, une idée lui vint. Non sans défi, il lança :

– Si tu hais à ce point les aberrations, pourquoi as-tu enterré mes frères ici, dans la cave ?

Son père s'arrêta. Il contempla un instant les tombes avant de poser sur lui un regard mi-étonné mi-inquiet. Il ouvrit la bouche, mais aucun son n'en sortit.

– Tu l'as fait parce que tu espérais qu'un jour, le Shole les ramènerait à la vie, c'est ça ? poursuivit Crafty.

Son père continuait de le fixer sans rien dire.

Crafty insista :

– Tu sais pourtant que, si ça arrivait, ils seraient des aberrations, eux aussi ; ils survivraient à la manière des aberrations. En quoi leur situation serait-elle différente de celle de maman ? Tu voudrais aussi mettre fin à leur misérable existence ? En ce cas, pourquoi espérer les voir à nouveau vivants ?

Son père serra les poings, et Crafty crut un instant qu'il allait le frapper. Puis ses épaules s'affaissèrent. Il se baissa pour ramasser la chandelle. Et, toujours muet, il se dirigea vers l'escalier.

Crafty le suivit jusque dans la cuisine, sa propre chandelle à la main. Bientôt, ils pataugeaient de nouveau dans la boue et reprenaient la route de Lancaster. Cette fois, ils ne firent aucune halte. Le courrier puisait des forces dans sa colère. Crafty marchait sur ses talons, et ils n'échangèrent pas un mot jusqu'au moment où, ayant quitté le Shole, ils furent de nouveau en sécurité entre les murs du château.

Alors, seulement, son père se retourna et le fixa dans les yeux :

– La journée a été dure pour moi comme pour toi, Crafty. Les choses nous sembleront peut-être plus claires demain matin. Mais tes arguments ne m'ont pas fait changer d'avis. Nous en reparlerons bientôt.

Et il s'éloigna sans un regard en arrière.

Le lundi matin, comme toujours, Lucky était arrivé le premier dans la Salle d'Attente.

– Tu as passé une bonne journée avec ton père ? demanda-t-il à Crafty.

– On est restés dans sa chambre presque tout le temps, déclara le garçon. Il est encore fatigué. Puis on a fait un petit tour en ville. C'était bien.

Mentir à son ami le mettait mal à l'aise, mais il n'aurait pas pu lui raconter les évènements de la veille. Une chose aussi terrible ne devait pas sortir de la famille.

Quelques instants plus tard, Click arriva, et ils consacrèrent les quinze minutes suivantes à leur échange habituel de questions-réponses. Crafty avait la tête ailleurs. Il ne posa pas une seule question. Il remarqua le regard intrigué de Click, car d'ordinaire, il tâchait d'en poser le plus possible dans le temps imparti.

La leçon terminée, elle se leva et lui sourit :

– Viens avec moi, Crafty. On a un travail à faire. Simple routine, rien de dangereux.

Saluant Lucky de la tête, il suivit la jeune fille dans son bureau. Elle s'assit à sa table de travail et lui désigna le siège en face d'elle.

– Qu'est-ce qui ne va pas, Crafty ? demanda-t-elle, la mine soucieuse. Tu veux m'en parler ?

Il la dévisagea un moment sans répondre. Puis, ce qu'il avait caché à Lucky, il le confia finalement à Click dans un torrent de mots ; une digue, en lui, s'était rompue. Click était au courant de sa première expédition dans la cave, mais il avait omis de raconter que sa mère se cachait dans le placard. Cette fois, il le lui dit.

Les larmes aux yeux, il révéla le sinistre projet que son père avait conçu :

– Il se remet vite. Il n'attendra pas mon prochain jour de repos. Il retournera à la maison sans moi. Il est peut-être en route, à cette heure. Il faut que j'aille la prévenir. On pourrait utiliser le portail...

Click enfouit son visage dans ses mains, un geste qui lui était familier quand elle avait une décision importante à prendre. Puis elle regarda Crafty droit dans les yeux.

– Tu as eu une enfance heureuse ? demanda-t-elle.

La question surprit le garçon. Click ne parlait jamais de sa vie privée et ne l'avait jamais interrogé sur la sienne.

– J'ai été heureux avec ma mère, mon père et mes frères, répondit-il. Mais les voisins refusaient de nous parler parce que nous étions Fey. Et ils pensaient du mal de ma mère parce qu'elle avait épousé un Fey.

– Je comprends. C'est dur d'être Fey, je le sais. Nous avons une chose en commun, Crafty. Nous sommes tous les deux issus de mariages mixtes. Ma mère était Fey, mon père ne l'était pas. Ça n'allait pas bien entre eux, d'ailleurs. Ils se disputaient beaucoup.

Cette révélation augmenta encore l'étonnement du garçon. Il y avait de la tristesse dans les yeux de la jeune fille. Sa mère était la fameuse Myra Crompton-Smythe, qui avait créé les portails d'argent. Il savait qu'elle était morte quelques années auparavant. Il se demanda où était le père de Click – et s'il était encore en vie.

Comme ce n'était sans doute pas le moment d'aborder le sujet, il dit simplement :

– Je suis désolé.

Click hocha la tête. Elle parut sur le point d'ajouter quelque chose, puis elle serra les lèvres et fixa son bureau. Finalement, elle releva la tête et le regarda de nouveau droit dans les yeux :

– Je suis prête à t'aider, Crafty. Je ne peux pas te laisser retourner dans la cave, c'est beaucoup trop dangereux. Mais il y a un autre moyen. Tu m'as dit que Bertha t'y rendait souvent visite ?

Crafty acquiesça, curieux de savoir où elle voulait en venir.

– Eh bien, va voir Bertha et charge-la de prévenir ta mère.

– Quelle bonne idée ! s'exclama-t-il, reprenant soudain espoir. Faisons ça !

Sautant sur ses pieds, il se dirigea vers la chaise, face au rideau noir. Click le tira, révélant le portail. Crafty fixa les nuées tourbillonnantes et se concentra pour trouver Bertha. Quelques instants plus tard, le marécage clapotant apparut. Il s'était encore rapproché de la maison. Bertha ne devait pas être loin.

– Va lui parler, Crafty, dit Click. La dernière fois, elle n'a pas eu l'air d'apprécier ma présence. Je resterai ici pour garder le portail.

Il boutonna son manteau en prévision du froid et enjamba le cadre d'argent. Il avait à peine fait quelques pas que la tête couronnée de Bertha surgissait. Deux secondes plus tard, la mince jeune femme à la peau brune émergeait de la boue. Sans perdre une minute, Crafty lui exposa la situation.

– Mon père est peut-être déjà en route. Il faut que je prévienne ma mère. Peux-tu t'en charger ?

– Je veux bien, mais il me faudra du temps pour la trouver. Elle ne reste pas toujours dans la cave. Elle a d'autres cachettes, que ton père ne connait pas.

Bertha parut réfléchir. Puis elle reprit :

– Nous devons nous assurer que ni elle ni ton père ne puissent revenir dans cette cave. Elle risque d'y être prise au piège et il lui tomberait dessus par surprise. Retourne au château, je m'en occupe.

Crafty n'eut pas le temps de l'interroger plus avant, Bertha s'était déjà enfoncée dans la boue. Ayant regagné le portail, il fit part à Click de cette conversation.

– Je me demande ce qu'elle compte faire, songea-t-il à haute voix.

Quelques instants plus tard, le marécage lui donna la réponse. Il s'agitait, une houle soulevait sa surface, de plus en plus grosse, comme sous l'effet d'un vent violent. La marée progressa vers les trois cottages. L'assaut des vagues fit exploser les fenêtres et enfonça les portes.

Crafty lâcha une exclamation : Bertha détruisait sa maison !

Un ultime déferlement de boue passa par-dessus les toits et balaya les bâtiments. Puis, avec un grondement sourd, la lame reflua. En un rien de temps, le marécage avait progressé de cinquante mètres ; de ce qui avait été la demeure de Crafty, seul le toit avec sa cheminée émergeait encore.

Il resta abasourdi. En envahissant la maison, la boue avait dû s'engouffrer dans l'escalier et inonder la cave. Son père n'y rejoindrait plus jamais sa mère. Bertha avait tenu parole, Crafty lui en était reconnaissant ; mais qu'allaient devenir Brock et Ben ? Les tombes de ses frères étaient désormais enfouies sous ce limon. Il n'entendrait plus jamais leurs chuchotements.

Il n'en avait parlé à personne, pas même à son père. Pas même à Click. Et il sut qu'il ne lui en parlerait jamais, à présent. Ce phénomène restait un mystère pour lui. Ses frères étaient morts. Existait-il donc un lieu où l'on allait après la mort ?

Une fois le portail refermé, ils s'assirent de nouveau de chaque côté du bureau, et Crafty exposa ses inquiétudes :

– Bertha a écarté le danger immédiat qui menaçait ma mère. Mais j'espérais qu'un jour, le Shole ramènerait mes frères à la vie. Maintenant, leurs tombes sont enfouies sous la boue.

Click eut un haussement d'épaules familier qui marquait sa sympathie :

– Tu ne devrais pas trop t'en faire, Crafty. Rien ne garantit que le Shole leur rendra la vie. Et s'il le fait, je suis sûre que Bertha leur viendra en aide. Ce que nous venons de voir démontre qu'elle agit sur le marécage. Tes frères sont sur son territoire, à présent. Elle prendra soin d'eux.

Crafty acquiesça. Malgré sa tristesse, il s'efforçait de rester optimiste. Click avait raison. Il pouvait faire confiance à Bertha, elle serait aux côtés de ses frères s'ils revenaient à la vie.

– En fait, poursuivit Click, nous venons d'apprendre une chose très importante. Nous soupçonnions le contrôle que Bertha exerçait sur le marécage. Souviens-toi ! Tu m'as raconté qu'il s'était agité quand Vipère cherchait à la capturer, et que la boue avait éclaboussé le visage et la chemise du mancien sans te toucher.

Oui, Crafty s'en souvenait. On aurait dit que le jet boueux visait directement Vipère.

– Eh bien, Bertha vient de nous confirmer ses pouvoirs. Le marécage fonctionne comme une extension d'elle-même. Elle est l'esprit du marécage, sa conscience. C'est une véritable avancée. Il existe peut-être d'autres entités douées des mêmes capacités ! Des aberrations contrôlent peut-être certains aspects du Shole ! Tu imagines les implications d'une telle découverte ?

8

L'AVERTISSEMENT DE LA SORCIÈRE

Cette nuit-là, Crafty rêva à nouveau de la sorcière. On s'apprêtait à la pendre, et les gardes la faisaient monter sur le tonneau pour lui passer la corde au cou. La populace excitée pressait le bourreau d'accomplir sa besogne. Celui-ci ajusta le nœud coulant. Puis, d'un violent coup de pied, il renversa le tonneau.

Ce n'était qu'un rêve, mais il rejouait exactement la scène dont Crafty et Lucky avaient été témoins, quand on avait exécuté Vieille Nell. Les garçons étaient assis sur l'herbe, à quelque distance de la foule. Cependant, dans le rêve, Lucky n'était pas là et Crafty se tenait tout près du tonneau. Il voyait les jambes de la sorcière s'agiter spasmodiquement, son corps osciller au bout de la corde. Un coup de vent soulevant soudain sa jupe en lambeaux dévoila ses dessous, et un grand rire monta de l'assistance.

Les gens se mirent à psalmodier :

Meurs, sorcière, meurs! Meurs, sorcière, meurs! Meurs, sorcière, meurs!

Puis le rêve changea. La nuit tomba soudain, l'obscurité avala tout, à l'exception de la pendue. Crafty était seul dans le noir avec Vieille Nell, dont le corps semblait luire. Elle avait cessé de s'agiter, ses jambes elles-mêmes ne remuaient plus. Son cou était anormalement allongé, les yeux lui sortaient de la tête. Elle était sûrement morte...

Soudain, elle lui parla.

Sais-tu ce que le Shole va devenir? coassa-t-elle.

Crafty fit signe que non.

Eh bien, je vais te montrer...

Il était maintenant dans un champ, à la lisière d'un bois. C'était une belle matinée, et Crafty sentait sur son visage la chaleur du soleil. Il savait qu'il rêvait, pourtant tout semblait parfaitement réel. Des boutons d'or, des pâquerettes et des fleurs de pissenlit parsemaient l'herbe verte.

Quelque chose attira alors son regard: une tache sombre, irrégulière, au milieu du champ. Il pensa d'abord à une simple bouse de vache, car des mouches voletaient au-dessus. Il s'approcha. Mais plus il avançait, plus il se sentait nerveux. La chose était plus grande qu'il ne l'avait cru. Elle mesurait bien douze pieds de diamètre. Quand il la vit de près, son malaise se mua en peur.

À ses pieds, une espèce de flaque de goudron s'étalait peu à peu en clapotant. Les petits êtres vivants et voletants ne ressemblaient pas aux mouches que l'on trouve dans le Monde Diurne. Leurs corps minuscules avaient un aspect anormal. Les têtes de certains étaient vaguement humaines.

Crafty avait vu des créatures de ce genre dans le Shole, mais la flaque huileuse et noire était un phénomène nouveau. Ce n'était pas le Shole, plutôt une représentation, une version miniature du Shole, dont la sorcière se servait pour lui révéler quelque chose.

Il y eut soudain comme un bruit de succion, et la flaque s'étendit rapidement, marée d'obscurité gluante coulant jusqu'à ses bottes. Comme le Shole quand il avait surgi et englouti des villages entiers en quelques secondes.

Crafty fit volte-face et s'enfuit. Il ne s'arrêta qu'après avoir atteint l'extrémité du champ. Quand il regarda derrière lui, il constata que le flot goudronneux s'était arrêté, même si la flaque restait plus agitée que jamais.

Regarde ! coassa à son oreille la voix de Vieille Nell.

La flaque explosa brusquement, projetant de tous côtés des gouttes de vase noirâtre. Crafty vit leurs rayures sombres salir le ciel bleu, il les entendit retomber dans l'herbe où elles formèrent de nouvelles petites flaques. Le cœur du garçon fit un bond :

chaque flaque se développait à toute vitesse à travers la prairie.

Tu as compris ? siffla la sorcière. *Je t'aurai averti. Il n'existe pas qu'un seul Shole. Il y en aura d'autres, beaucoup d'autres, jusqu'à ce que le monde entier en soit recouvert !*

– Y a-t-il un moyen d'arrêter ça ? cria Crafty, au bord du désespoir.

Peut-être, mais le prix à payer sera terrible, répondit la sorcière. *Es-tu prêt à payer ce prix, Crafty ?*

– Oui ! clama le garçon. Je ferai n'importe quoi pour que ça n'arrive pas !

Alors, reçois ce que tu mérites !

Crafty se réveilla en sursaut et s'assit sur son lit, haletant, couvert de sueur. Quel rêve horrible ! Une fois de plus, il lui semblait que la sorcière avait été là, dans sa chambre, à lui parler à l'oreille.

Il était sûr, à présent, qu'il ne s'agissait pas d'une coïncidence. Vieille Nell ne venait pas le hanter sans raison. Qu'essayait-elle de lui faire comprendre ? Que le Shole allait exploser, projetant un peu partout les semences de nouveaux Sholes ? Ou bien était-ce autre chose ? L'idée que le Shole puisse se multiplier était effroyable. Le garçon imagina la terre entière terrorisée par des hordes d'aberrations. Saurait-il vraiment empêcher ça ? Et si oui, à quel prix ?

Il eut beaucoup de mal à se rendormir.

Le lendemain matin, le Chef Mancien et Click entrèrent ensemble dans la Salle d'Attente. Comme d'habitude, ils ne fournirent aucune explication, malgré leur mine préoccupée. Lucky partit avec Bob Gingembre, tandis que Crafty accompagnait Click.

Elle ouvrit la porte et fit signe au garçon d'entrer le premier. Remarquant un grand sac posé sur le sol près du portail, il s'interrogea sur son contenu. Click alla à son bureau, ouvrit un tiroir et en sortit une petite boîte. Elle y prit une balise qu'elle tendit à Crafty :

– Un courrier a été attaqué dans le Shole la nuit dernière. Or, nous avons l'opportunité d'enquêter sur les lieux. Depuis la mésaventure de ton père, et sur mes conseils, chaque courrier est désormais pourvu d'une moitié de balise. En cas de danger, il l'enfonce dans le sol – s'il en a le temps !

– Et il a eu le temps ?

Click hocha la tête :

– Oui. L'attaque a été soudaine, et il a vite perdu conscience. Quand il est revenu à lui, il a trouvé la force de ramper jusque dans le Monde Diurne. Deux gardes en patrouille l'ont découvert en lisière du Shole. Malheureusement, il est mort presque aussitôt de ses blessures. Donc, je voudrais que tu nous emmènes à l'endroit où ça s'est passé. Le meurtrier est peut-être encore dans les parages.

– S'il est revenu en rampant malgré son triste état, il ne devait pas être très loin du Monde Diurne, fit remarquer Crafty. D'ailleurs, pourquoi l'aberration ne l'a-t-elle pas achevé ?

– Oui, c'est bizarre, admit Click. Raison de plus pour tenter de découvrir ce qui s'est passé.

Avec un large sourire, elle poursuivit :

– Et désormais, tu n'es plus le seul à être armé !

Allant ouvrir le grand sac posé à terre, elle en tira une arbalète. Une flèche était déjà en place, prête à être tirée.

– Formidable ! s'écria Crafty. Mais la flèche me semble bien petite...

– Les flèches d'arbalète s'appellent des carreaux. Les pointes de celles-ci sont en alliage d'argent. Leur petite taille ne les empêche pas d'être très efficaces. Si nous avons la chance de débusquer l'aberration qui a tué le courrier, cette arme suffira peut-être à en venir à bout.

Crafty n'en doutait pas. Il connaissait les effets redoutables de l'argent sur les aberrations. Il avait déjà vu des arbalètes – certains gardes du château en étaient munis – mais les leurs étaient lourdes et massives. Celle-ci, plus élégante, mieux profilée, était faite de métal et non de bois. Un sac de cuir pendait en dessous.

– J'aimerais en avoir une comme ça ! s'exclama le garçon.

– On t'en donnera une bientôt. Celle-ci n'est qu'un modèle expérimental. J'ai dessiné sa structure en y apportant quelques améliorations. L'armurier du château a fait le reste. Elle est très légère et se recharge automatiquement à partir du sac.

Elle tapota l'arme du doigt :

– Les aberrations sont particulièrement véloces. Ne pas avoir besoin de recharger les arcs à la main peut nous sauver la vie. Et quand on en aura fabriqué assez, chaque mouche de porte et chaque courrier en sera équipé.

Click se tourna vers le portail :

– Bien, allons tester celle-ci ! Conduis-nous sur les lieux, Crafty !

Le garçon s'adossa à la chaise en tâchant d'ignorer la guillotine, au-dessus de lui. La main refermée sur le métal froid de la balise, il se concentra pour trouver l'autre moitié. Il y réussit aussitôt. Les nuées tourbillonnantes s'écartèrent, et son regard plongea dans l'obscurité du Shole. En vérité, il semblait encore plus sombre qu'à l'ordinaire. Devant eux, un large sentier menait à un bâtiment ressemblant à une petite église, au milieu d'un épais bosquet.

Les portails d'argent ne se déplaçant pas avec précision, ils ne vous emmenaient pas toujours exactement sur le lieu recherché. L'autre pièce de métal pouvait se trouver à vingt ou trente mètres de là. Restait donc à la repérer.

– Quel est cet endroit ? s'interrogea Crafty.

Click haussa les épaules :

– Je n'en sais rien ; à la pénombre particulière qui règne ici, je dirais que nous sommes proches du cœur du Shole.

– Ce n'est pas logique, objecta Crafty. Le courrier blessé n'aurait pas pu se traîner jusqu'à la lisière.

– Je suis d'accord, admit Click, les sourcils froncés. C'est bizarre. Mais puisque tu nous as menés jusqu'à la balise, poursuivons nos investigations. Si tu suivais le sentier ? Je t'accompagnerai avec le portail.

C'était plus un ordre qu'une question, ce que Crafty n'apprécia guère. Néanmoins, c'était la meilleure chose à faire. D'ailleurs, il aimait bien travailler avec Click ; il était nettement mieux loti que toutes les mouches de porte qui l'avaient précédé.

Il examina les lieux. Il y avait, dans l'aspect du sentier et de la chapelle de pierre grise, au bout, quelque chose qui lui déplaisait. Néanmoins, il boutonna son manteau jusqu'au cou et franchit le portail. De la main droite, il vérifia que son poignard était bien à sa ceinture. L'aberration n'était peut-être pas loin.

Dès ses premiers pas, le sol gelé craqua sous ses bottes. Il faisait si froid qu'en un instant, son nez devint insensible. Le ciel, au-dessus de lui, était d'un gris sinistre.

En cinq enjambées prudentes, il fut sur le sentier. Il jeta un coup d'œil derrière son épaule pour vérifier la présence du cercle bleuté. Click l'observait.

Il fouilla du regard la futaie, à sa droite et à sa gauche, entrelacs d'arbres anciens et de jeunes conifères. Cette épaisse végétation pouvait dissimuler n'importe quoi.

Il continua plus lentement encore, les cheveux hérissés sur sa nuque : il flairait un danger. En se retournant, il vit le cercle bleu s'effacer. Cela ne l'inquiéta pas. Click déplaçait simplement le portail. Il réapparut, en effet, nettement plus près, et il put lire l'anxiété sur le visage de la jeune fille. Elle tenait l'arbalète, prête à lâcher le trait à pointe d'argent si nécessaire.

Soudain, Crafty perçut un mouvement dans les arbres, sur sa gauche. Un cri effroyable s'éleva. Une créature de grande taille à la silhouette vaguement humaine se dissimulait dans l'ombre. Elle agitait les bras tel un épouvantail dans le vent. Elle cria de nouveau, comme prête à bondir sur l'intrus. Il n'y avait qu'une seule chose à faire.

Crafty tira son poignard. Au troisième cri de la créature, il leva son arme. Aussitôt, Click franchit le portail et visa les arbres. Puis, secouant la tête, elle abaissa l'arbalète.

Pourquoi elle ne tire pas ? s'étonna le garçon.

– Ce n'est pas dangereux, Crafty ! On appelle ça un brasse-de-l'air. C'est un humain qui a fusionné avec les branches de cet arbre. Tous les brasse-de-l'air poussent ce drôle de cri en agitant les bras, d'où leur nom.

Crafty examina la créature.

– Alors, c'était une personne ? murmura-t-il avec tristesse. Je me demande ce qu'elle ressent. Elle doit être terrifiée.

L'aberration avait un crâne allongé et complètement chauve. Ses yeux posés sur le garçon étaient encore humains. Elle cria de nouveau.

– Je ne pense pas qu'elle se souvienne de son ancienne existence, dit Click. Elle est probablement dépourvue de conscience.

– De quoi se nourrit-elle ?

– Elle est incrustée dans le bois, elle se nourrit de sève.

Cela rappelait à Crafty ce qui était arrivé au duc de Lancaster.

– Bon, trancha Click d'un ton professionnel, au travail ! Va jusqu'à l'église !

D'un geste, elle lui fit signe d'avancer et franchit le portail pour retourner dans son bureau.

Accompagné par les cris du brasse-de-l'air, Crafty progressa prudemment. Il serrait toujours son poignard, sûr qu'un danger le guettait.

Vue de près, l'église n'était qu'une petite chapelle, une construction en grosses pierres grises sous un toit pentu, sans tour ni clocher. Une gargouille avec des oreilles et des crocs pointus de chauve-souris surplombait le portail. Elle semblait tirer la langue à l'arrivant en riant, mais son expression n'avait rien d'amical.

Était-ce là que le courrier avait été attaqué ? Crafty ne remarquait aucune trace de lutte.

Un nouveau cri du brasse-de-l'air lui donna la chair de poule. Il y avait quelque chose de différent, dans la voix de l'aberration ; on y distinguait presque des mots.

Le garçon frissonna. Ce n'était sûrement qu'un effet de son imagination.

Le long cri qui suivit ne lui laissa aucun doute :

Sauve-toi ! Cours ! Cours ! C'est un piège !

Hélas, l'avertissement arrivait trop tard !

Crafty se trouva soudain dans le noir complet. Au-dessus de lui, le ciel était couleur de poix. La porte de la chapelle s'ouvrit bruyamment. Un long bras en sortit, une main agrippa l'épaule du garçon et le tira à l'intérieur. Le battant claqua derrière lui. On lui arracha son poignard, et une force d'une violence inouïe le jeta à terre. Sous le choc, ses poumons se vidèrent d'un coup. Il resta là, sonné, cherchant désespérément à aspirer une bouffée d'air.

Il faisait très sombre, dans la chapelle. Il n'y avait pas de bancs, rien qu'un autel sur lequel vacillait une unique chandelle. Cette faible lumière suffit cependant au garçon pour mesurer la situation.

Meurtri et abasourdi, il reconnut le visage menaçant penché vers lui.

Il n'arrivait pas à y croire.

C'était Vipère.

9

LE BRASSE-DE-L'AIR

Vipère avait encore une apparence humaine, avec un corps, une tête, quatre membres, et il marchait sur ses jambes. Sa chemise blanche, déchirée et tachée, était celle qu'il portait le jour où Crafty l'avait poussé à travers le portail. Mais son visage et ses yeux aux pupilles verticales avaient quelque chose de bestial. Et il sentait le fauve, une puanteur de chien mouillé et d'excréments, mêlée au relent métallique du sang.

Avec un sourire jubilatoire, il ouvrit la main pour montrer l'objet qui reposait dans sa paume.

C'était l'autre moitié de la balise.

– J'ai attaqué le courrier non loin de la lisière nord du Shole, croassa-t-il. Mais j'ai ramassé la balise et l'ai emportée ici. Je savais qu'elle te conduirait à moi.

Tandis qu'il parlait, Crafty pouvait voir la triple rangée de dents acérées qui dépassait de ses mâchoires. Il était tout à fait capable de dévorer un humain.

Vipère enfonça la balise dans sa poche de pantalon et fit deux pas en avant, d'une étrange démarche saccadée. Crafty se remit péniblement à genoux, le cœur battant et les mains moites. Il connaissait la rapidité et la sauvagerie des aberrations, il n'avait aucune chance contre un tel adversaire.

Il balaya désespérément le sol des yeux. Son poignard était tombé près du mur, hors de portée.

– Je veux aussi la fille, siffla Vipère en le remettant rudement sur ses pieds. Tu vas me servir d'appât.

Le dernier espoir de Crafty reposait sur Click. Vipère ignorait qu'elle avait une arbalète. Mais elle ne pénétrerait pas dans la chapelle à pied, parce qu'elle ne laisserait pas le portail sans surveillance.

Tâchant de contrôler la panique qui l'envahissait, il pensa que Click allait sûrement appeler les gardes pour défendre le portail, comme le jour où ils avaient affronté la Dame Blanche. Cette idée le rassura un peu. Puis il se rappela qu'elle ne ferait pas entrer le portail dans l'espace confiné de la chapelle, ce serait trop dangereux. Il lui fallait trouver le moyen d'entraîner Vipère dehors.

Son moral remonta d'un cran quand il comprit que c'était exactement ce que Vipère voulait. Tenant toujours son captif d'une main ferme, il ouvrit la porte. Le garçon constata aussitôt que le portail avait disparu.

– Elle t'a abandonné, petite mouche, ricana Vipère.

Je m'occuperai d'elle plus tard. Pour le moment, je te tiens, toi !

Crafty savait que Click ne l'aurait jamais abandonné. Intelligente comme elle était, elle devait avoir un plan. Possédant une mèche des cheveux du garçon, elle saurait le retrouver. Elle était peut-être simplement occupée à trouver du renfort.

Du moins je l'espère…, songea Crafty.

Sans lui lâcher le bras, Vipère le poussa en bas du parvis. Le sol gelé craqua sous leurs bottes. Arrivé sur le sentier, Vipère tira Crafty vers la gauche. De ce côté, les arbres plus denses formaient un épais taillis. Si Click avait l'intention de le secourir, c'était le moment ou jamais. Sinon, elle ne pourrait pas le suivre avec le portail.

Vite, Click ! Dépêche-toi !

Où Vipère l'entraînait-il ?

Vite, Click ! Fais quelque chose !

Et elle le fit.

Il y eut un sifflement suivit d'un choc mou. Vipère gémit de douleur et relâcha sa prise sur le bras du garçon. Il vacilla, puis il tomba à genoux, un carreau d'arbalète fiché dans l'épaule droite.

Click émergea du cercle d'argent et s'approcha, l'arme toujours pointée vers sa cible.

– Debout ! ordonna-t-elle. Avance vers le portail et entre !

Crafty vit alors les gardes armés postés à l'intérieur.

Cependant, Vipère ne bougeait pas. Toujours à genoux, il gémissait – ou ricanait ? – doucement. Une flèche dans l'épaule devait lui causer une vive douleur. La blessure n'était pas mortelle, mais Vipère était une aberration, et la pointe de la flèche était en argent. Il agonisait peut-être ? Ou bien il devenait fou ?

Click fit encore un pas :

– Debout ! répéta-t-elle plus fort.

Vipère secoua la tête sans rien dire.

Crafty et Click échangèrent un regard. Que faire ? S'ils tentaient de traîner Vipère de force vers le portail, ils prendraient un gros risque. S'approcher d'une telle aberration était plus que dangereux, et Crafty n'osait pas imaginer les dommages qu'infligeraient dans leur chair les triples rangées de crocs.

Click s'adressa à Vipère une troisième fois, cette fois presque en chuchotant :

– Je te laisse une dernière chance : relève-toi et entre par ce portail ou je tire.

Vipère la fixa en retroussant la lèvre et refusa de la tête.

L'instant d'après, il poussait un cri strident. Un deuxième carreau lui avait transpercé l'autre épaule. Crafty songea qu'il avait eu tort de défier Click.

Celle-ci menaça Vipère d'un troisième trait. Cette

fois, il se remit sur ses pieds, marcha en vacillant jusqu'au portail et le franchit.

Les soldats l'empoignèrent, lui enchaînèrent les mains derrière le dos et lui plaquèrent les bras le long du corps à l'aide de lanière de cuir. Il ricana, sans tenter de résister. Les gardes l'emmenèrent, laissant Click et Crafty en tête à tête.

Si le cœur du garçon battait encore la chamade, Click affichait son calme habituel. Rien ne la déstabilisait donc jamais ?

– Tu n'as pas eu peur ? l'interrogea Crafty.

– Bien sûr que si ! Je hurlais de peur à l'intérieur. J'ai vraiment cru arriver trop tard. Quelques instants de plus, et il t'entraînait derrière ces taillis, où je n'aurais pas pu te suivre.

– Je sais. Merci ! Sans toi...

Avec un soupir de soulagement, il ajouta :

– Et je veux qu'on me donne une arbalète comme la tienne le plus tôt possible ! Pour le moment, je me contenterai de mon poignard. Je dois le récupérer, il est resté dans la chapelle.

Click acquiesça. Elle savait quel prix il attachait à cette arme. Ce cadeau de son amie Bertha lui avait déjà sauvé la vie. L'avoir en sa possession le rassurait.

Il s'assit de nouveau sur la chaise, fixa les nuées tourbillonnantes et se concentra sur le poignard. Cela suffit à rapprocher le portail de la chapelle. En moins de trente secondes, Crafty était de retour sain et sauf, le poignard de nouveau à sa ceinture.

– Attends-moi ici, lui dit Click. Je vais faire mon rapport au Chef Mancien. À mon retour, nous aurons une petite conversation. Ce qui vient de se passer est vraiment bizarre. Enfin, voilà une bonne chose de faite. Si Vipère est le tueur que nous cherchons, nous aurons mis fin aux meurtres.

Click ne revint qu'une demi-heure plus tard. Ils s'assirent face à face de chaque côté du bureau.

– Qu'est-ce qui va arriver à Vipère ? voulut savoir Crafty. Il va être exécuté ?

– Ça, c'est au duc d'en décider, répondit Click avec un sourire las. Le plus important est de réunir le plus d'informations possible sur ses déplacements. Est-ce bien *lui* l'aberration qui a pénétré dans le Monde Diurne et tué les manciens de porte ? Pas cette fois, n'est-ce pas ? Il est resté dans le Shole.

– C'était moi qu'il voulait – et toi –, il me l'a dit. Il veut se venger. Bien sûr, ça ne signifie pas qu'il n'est pas le tueur.

– Il va être interrogé, on finira par le savoir. Nous devrons aussi découvrir ce qu'il sait à propos des Capuchons Gris. Et, bien sûr, ce qui s'est passé avant qu'il ne te traîne dans la chapelle.

Notant la mine préoccupée de Click, Crafty leva les sourcils :

– Qu'est-ce qu'il y a ?

– Tu te rappelles la brusque obscurité qui est tombée juste avant ta capture ? Je me demande si Vipère n'exerce pas sur le Shole un pouvoir semblable à celui de Bertha. Je veux lui parler et je veux des réponses.

– Je peux venir avec toi ? J'aimerais entendre ça.

Click secoua la tête :

– Désolée, Crafty. On ne laissera jamais entrer une mouche de porte. Moi-même, malgré mon statut de chercheuse, on me fait sans cesse obstruction. Il se passera peut-être des jours avant que j'obtienne l'autorisation de voir le prisonnier.

Crafty n'objecta rien. Click ignorait que sa clé lui garantissait l'accès à la Salle des Autopsies et au lieu où Vipère était détenu.

– Qu'as-tu vu exactement avant que tout devienne obscur ? reprit Click.

– Ça s'est passé très vite. En levant les yeux, j'ai constaté que le ciel était noir. Puis on m'a tiré dans la chapelle.

– C'est ce que j'ai vu aussi, un ciel totalement noir, comme si en une seconde toute lumière avait été retirée du Shole. Il nous faut découvrir si ce phénomène était localisé ou global. Dans quelques jours, les courriers partis en exploration reviendront faire leur rapport. Mais une puissante forme de magie a probablement été mise en œuvre. Reste à savoir si elle était maniée par Vipère ou par quelqu'un d'autre.

– Ce devait être Vipère, dit Crafty. Il a détourné mon attention pour me capturer.

– Exact. Mais travaillait-il seul ou avec une aide quelconque ? s'interrogea Click à voix haute.

– Oh ! se souvint alors Crafty. Quand je me suis approché de la chapelle, il est arrivé un truc bizarre. Tu te rappelles cette aberration, dans l'arbre, qui n'arrêtait pas de crier ?

– Le brasse-de-l'air ?

– C'est ça. Eh bien, il m'a parlé. Il m'a prévenu du danger.

Click parut sceptique :

– Tu es sûr de ne pas l'avoir imaginé ? À ce moment-là, tes nerfs étaient soumis à rude épreuve.

Il fulmina intérieurement. Pourquoi mettait-elle toujours ses déclarations en doute ? Puis il se calma. Il comprenait sa réaction. Lui-même s'était posé la question.

– J'ai cru entendre des mots au milieu des cris. Quelque chose comme *Sauve-toi ! C'est un piège !* Mais, en effet, je l'ai peut-être seulement imaginé.

Click lui adressa un large sourire :

– Eh bien, il n'y a qu'une façon de s'en assurer. On retournera là-bas à la première occasion et on vérifiera !

10

LA TACHE D'OMBRE

Le lendemain, Crafty et Lucky faisaient une partie de dames dans la Salle d'Attente, s'attendant à être appelés à tout moment. En effet, la porte s'ouvrit bientôt sur Click. Elle était déjà emmitouflée, signe qu'il se passait quelque chose.

– J'ai un travail pour toi, Crafty, lança-t-elle. Prends ton manteau !

– Tu ne touches pas aux pièces en mon absence, hein ! Tu ne triches pas ! lança-t-il à Lucky en riant avant de suivre Click.

– Je pensais que vous préfériez les échecs, maintenant, pas ce jeu idiot, grommela-t-elle tandis qu'ils descendaient l'escalier de pierre.

Pour elle, le jeu de dames était une perte de temps. Trop facile !

– On y joue parfois, dit Crafty. Mais les dames, c'est amusant aussi.

Une nouvelle expédition dans le Shole était apparemment au programme.

Arrivée dans son bureau, Click tira le rideau pour dégager le cadre d'argent. Crafty plongea son regard dans les nuées tourbillonnantes, devinant déjà quel endroit ils allaient visiter.

– Assieds-toi tout de suite. On vise une position fixe, dit-elle en tournant le cadran à rochet.

Quand une mouche avait emmené le portail dans un certain lieu, le portail s'en souvenait et pouvait y retourner directement. Les nuées s'éclaircirent, et la chapelle de la veille apparut non loin de là.

– Je veux retrouver ce brasse-de-l'air, dit Click, et voir s'il tente de communiquer de nouveau avec toi.

– Donc, tu ne penses plus que c'était mon imagination.

– Je reste ouverte à toute possibilité, précisa-t-elle. Au fait, il semblerait que la brusque obscurité, au moment de ta capture, n'était qu'un phénomène local, lié à la présence de Vipère. À notre connaissance, ça ne s'est pas produit ailleurs.

Saisissant son arbalète, elle ajouta avec un sourire :

– Toi d'abord !

Crafty pénétra dans le froid et la pénombre du Shole et remonta le sentier. Le brasse-de-l'air se trouvait à sa gauche, son corps mêlé aux branches d'un arbre. Click s'arrêta à quelques pas du portail, prête à tirer.

Les bras du brasse-de-l'air battaient comme la première fois, telles des branches agitées par le vent. Il tournait en tous sens sa tête allongée, mais sans émettre aucun son.

Crafty se tourna vers Click :

– Il ne dit rien.

– Patiente un peu, dit-elle. Ils ne restent jamais silencieux très longtemps.

Elle finissait à peine de parler que des cris et des gémissements s'élevèrent. La créature semblait souffrir.

– Tu comprends quelque chose ? demanda Click.

Crafty allait secouer la tête, quand les cris prirent soudain un sens :

Aide-moi ! Aide-moi ! Je t'ai aidé. Maintenant, aide-moi !

Les yeux écarquillés de la créature, fixés sur lui, étaient remplis d'angoisse.

– Il me parle ! Il m'appelle à l'aide !

– Tu es sûr ?

– Oui, ce n'est pas une illusion. Les mots sont très clairs. Tu ne les entends pas ?

Click fit signe que non.

Emmène-moi ! Emmène-moi loin d'ici ! Loin de cet endroit horrible ! Je suis si seul. Je veux revoir ma famille.

Il ne savait donc pas que tous les membres de sa famille avaient sûrement péri quand le Shole l'avait avalée ? Ou qu'ils étaient devenus des aberrations ? Mais peut-être espérait-il que certains soient en sécurité dans le Monde Diurne.

– Il demande qu'on le fasse sortir du Shole, reprit le garçon. Il voudrait retrouver les siens.

– Impossible, soupira Click. Ce n'est pas comme avec le duc. Cet arbre est trop gros pour être déplanté, et si nous coupons la branche, l'aberration mourra.

Elle avait raison, bien sûr. Crafty en fut profondément attristé.

– Je regrette, lança-t-il au brasse-de-l'air, on ne peut rien faire pour toi.

La créature poussa un cri désespéré dans lequel les mots se perdirent. Crafty sentit alors des gouttes sur son front. Mais quand il leva la tête, sa gorge se serra : ce n'était pas la pluie, c'était des larmes.

– Il pleure, s'exclama-t-il.

– Viens, dit Click doucement. Rentrons.

Quelques instants plus tard, ils étaient de retour dans le bureau, et les nuées tourbillonnaient de nouveau derrière le portail.

– Je croyais que les brasse-de-l'air n'avaient ni conscience ni mémoire, soupira Crafty en se laissant tomber sur la chaise.

– C'est ce qu'on pensait jusqu'à présent. L'expérience d'aujourd'hui soulève des questions intéressantes. Que tu sois capable de comprendre cette créature n'est pas la moindre.

– Oui, pourquoi ai-je entendu des mots et pas toi ?

– Je n'ai pas vraiment de réponse. Bien que nous soyons Fey tous les deux, nous ne possédons pas forcément les mêmes dons. Tu as sans doute celui de communiquer avec certaines aberrations.

Ça semblait logique. Les Fey voient leurs aptitudes se développer à mesure qu'ils grandissent. Crafty avait sans doute celle-là. Et celle d'entendre les chuchotements de ses frères – ce qu'il n'avait jamais dit à Click. S'il le révélait un jour, ce serait à son père. Il lui devait bien ça.

– C'est étrange, non ? reprit-il. Je ne sais pas grand-chose sur les Fey. Mon père ne m'a pratiquement rien expliqué.

Click hocha la tête :

– Tu n'es pas le seul. Personne n'en parle, parce qu'on ignore presque tout. Par exemple, quand le Shole s'est manifesté pour la première fois, au centre de Preston, ceux qui ont été avalés sont morts ou ont été transformés en aberrations. Or, quelques mois plus tard, on a découvert que certaines personnes n'étaient ni tuées ni changées, comme si elles étaient immunisées. On leur a donné le nom de Fey. Mais les Fey existaient-ils déjà ou est-ce le Shole qui les a créés ? On n'a toujours pas la réponse.

– Pourquoi le Shole aurait-il créé des êtres capables de lui opposer une résistance ? objecta Crafty.

– Bonne question. C'est pour ça que la plupart des chercheurs pensent que les Fey étaient là avant. De l'avis de certains, nous serions les descendants du peuple légendaire des fées, qui possédaient des pouvoirs magiques.

Crafty pensa soudain à Vieille Nell. C'était peut-être le moment de tout raconter à Click.

– Crois-tu que nous, les Fey, puissions parler avec les morts en rêve ?

– Je n'ai jamais rien entendu de tel. Pourquoi tu me demandes ça ?

– Parce que je fais des rêves bizarres, ces temps-ci. D'affreux cauchemars, en réalité. Vieille Nell m'a dit des choses…

– Quel genre de choses ?

– Qu'il y aurait bientôt d'autres Sholes, que le monde entier serait englouti.

Le visage de Crafty se crispa à ce souvenir :

– Elle disait qu'il y avait un moyen d'empêcher ça. Que je pourrais le faire, mais que le prix à payer serait terrible.

– Ce prix, nous le payons déjà, Crafty. Nous vivons dans une tension perpétuelle, confrontés à des horreurs quotidiennes. Je fais des cauchemars, moi aussi. Je rêve que je suis perdue dans le Shole, incapable de retrouver mon chemin. Je cours, terrifiée, une meute d'aberrations à mes trousses. Je me réveille à l'instant où elles vont me rattraper.

– Donc, ce sont des mauvais rêves, rien de plus ?

Click lui sourit avec gentillesse :

– Oui, Crafty, c'est ce que je pense.

Elle marqua une pause avant de désigner le portail :

– J'aimerais maintenant tester tes capacités avec un autre type d'aberration. Grâce à une autre position fixe...

Le cadran cliqueta, et les nuées s'éclaircirent, découvrant un bosquet d'ifs. Des pierres tombales émergeaient des herbes hautes. C'était un cimetière.

– Ce que nous allons voir est assez déplaisant, le prévint Click. On appelle ça une tache d'ombre. Ce sont les restes d'un être humain. Un peu comme un brasse-de-l'air, en pire. D'après les rapports, un de tes prédécesseurs lui aurait parlé. Malheureusement, il a trouvé la mort dans le Shole avant d'en avoir apporté la preuve. On va voir ce que tu peux faire.

Pointant le doigt, elle précisa :

– La chose se trouve juste derrière cet arbre, entre les deux premières tombes.

Crafty franchit le portail, et Click prit position, son arbalète à la main.

Malgré le froid intense, le sol n'était pas gelé. Le souffle du garçon montait en buée dans l'air humide, et des gouttes d'eau brillaient à la pointe des herbes.

Il fit le tour de l'arbre, ses bottes chuintant dans la terre molle. Soudain, il entendit des plaintes. L'aberration était là, entre les deux tombes.

Si la forme évoquait celle d'un homme couché sur le dos, ça ne ressemblait qu'à une légère dépression dans le sol, une tache sombre couleur de terre. À la différence du brasse-de-l'air, la créature ne bougeait pas.

Elle cessa de gémir et s'adressa à Crafty :

Désolé de me présenter dans cet état ! Ça ira mieux dans un moment. Ne t'inquiète pas pour moi. J'ai eu un malaise et je suis tombé. Aurais-tu la gentillesse de m'aider à me relever ?

Crafty contempla la tache avec horreur et pitié. Elle bougeait légèrement – mais peut-être n'était-ce que des bulles de boue.

Que pouvait-il dire ? La créature n'avait visiblement aucune conscience de ce qui lui était arrivé.

– Je vais chercher du secours, mentit-il.

Fais vite, s'il te plaît ! Je suis mouillé et j'ai très froid. Je venais sur la tombe de ma femme. Ma pauvre Mary est morte la semaine dernière. Elle me manque tant ! Peux-tu ramasser mes fleurs ? Je les ai lâchées quand je suis tombé.

Crafty lut un nom sur la pierre tombale à sa droite : MARY BROWN. La date lui apprit qu'elle était morte depuis presque vingt ans.

Il s'éloigna, les larmes aux yeux. Après avoir repassé le portail, il lui fallut un moment pour se remettre.

– Alors ? l'interrogea Click. Il t'a parlé ? Je ne percevais que des espèces de clapotis.

Le garçon lui rapporta les paroles de l'aberration.

Elle secoua tristement la tête :

– C'est terrible. On ne peut rien faire pour ce malheureux. Du moins, il n'aura jamais conscience de sa situation. Il a peut-être passé ces vingt dernières années dans l'idée qu'il venait de tomber.

– Si seulement on trouvait le moyen de mettre fin au Shole ! soupira Crafty. Si tous ces gens qu'il a tués revenaient à la vie ! Et si tous ceux qu'il a transformés en aberrations redevenaient humains !

– Oui, Crafty, ce serait merveilleux. Pour le moment, ce que nous pouvons espérer de mieux, c'est d'empêcher que le Shole fasse de nouvelles victimes. En tout cas, réjouis-toi ! Tu as réellement un don qui peut se révéler très précieux. Je vais réfléchir à la meilleure façon de l'utiliser.

11

LA BIBLIOTHÈQUE GRISE

On n'eut pas besoin des mouches, ce jour-là. Crafty resta dans la Salle d'Attente à bavarder et à jouer aux dames avec Lucky. Ils ne firent qu'une partie d'échecs, car n'étant pas encore au clair avec les règles, ils répétaient indéfiniment les mêmes déplacements et faisaient match nul.

Quand leur temps de service fut passé, ils regagnèrent leurs chambres. Il restait cependant une bonne heure avant que le repas du soir soit servi, et Crafty eut soudain une idée : il allait faire un tour à la Bibliothèque Grise.

Sa visite à la Salle des Reliques avait mal commencé. Bob Gingembre avait donc conseillé au garçon de le prévenir quand il aurait de nouveau l'intention d'utiliser sa clé, il pourrait ainsi lui faciliter les choses. Mais entrer dans une simple bibliothèque ne devait pas poser de problème.

Crafty suivit le couloir jusqu'à une porte sur laquelle une plaque était apposée :

BIBLIOTHÈQUE GRISE

Le garde de la Salle des Archives ayant brisé la chaîne où pendait la clé, Crafty rangeait désormais celle-ci dans sa poche de pantalon. Il la prit et toqua à la porte.

Un grand type à lunettes, maigre et grisonnant, entrouvrit le battant juste assez pour révéler un visage revêche aux sourcils broussailleux.

– Ne frappe pas si fort, siffla-t-il. Les gens travaillent, ici ; ils ont besoin de silence et de concentration. Je suis le bibliothécaire. Qu'est-ce que tu veux ?

Crafty lui présenta sa clé, et l'expression de l'homme se mua en surprise :

– Entre, alors ! Suis-moi !

Le garçon pénétra dans une petite salle. N'y voyant personne, il se demanda qui pouvait bien avoir besoin de se concentrer. Il y avait une autre porte sur la droite et une seule étagère. Le garçon compta les volumes : il y en avait vingt, portant tous une couverture grise.

– Je pensais qu'il y aurait plus de livres que ça ! s'exclama-t-il.

Était-ce tout ce qu'il y avait à consulter, depuis presque soixante-dix ans qu'on étudiait le Shole ?

Le bibliothécaire remonta ses lunettes sur son nez d'un geste agacé :

– Il y en a d'autres, évidemment ! Plus que tu ne pourras en lire en une vie ! Ceci n'est que l'index. Cherches-tu quelque chose en particulier ?

Crafty fut pris au dépourvu. Il était venu là avec l'intention de fouiner et se sentit idiot. Pris d'une soudaine inspiration, il répondit :

– Je m'intéresse aux aberrations, à une sous-catégorie..., les chauves-souris.

Levant vaguement les yeux au ciel, le bibliothécaire prit le premier volume sur l'étagère :

– La presque totalité de nos ouvrages est consacrée aux aberrations, ce qui n'a rien d'étonnant puisque ce sont les phénomènes du Shole les plus étudiés.

Il feuilleta les pages jusqu'à un chapitre intitulé « Chauves-souris » :

– À quel type de chauves-souris t'intéresses-tu ?

– Aux nécrophages, répondit Crafty, se rappelant la grosse bête à fourrure pendue à une poutre dans une cage de la Salle des Reliques.

Le bibliothécaire fit courir son doigt jusqu'au bas de la page. En regardant par-dessus son épaule, Crafty nota qu'il y avait encore sur l'étagère beaucoup de place pour accueillir de nouveaux livres. Le doigt du bibliothécaire s'arrêta :

– Nous y sommes : les nécrophages. Tu vois ce numéro ?

Crafty hocha la tête ; il était impressionnant : 3421.

– C'est celui du livre que tu cherches. Suis-moi !

Ayant fait sortir le garçon par l'autre porte, il descendit trois volées de marches – une grande partie du château était souterraine – avant de suivre un long couloir incurvé. Le plafond était si bas que le bibliothécaire devait marcher courbé. Des torches étaient accrochées au mur de droite à intervalles réguliers, et sur celui de gauche, une unique étagère courait sur toute la longueur du corridor. Tous les livres, recouverts en gris, étaient numérotés : 1, 2 et ainsi de suite. Un système de classement simple et facile à utiliser, même s'il exigeait de longues déambulations.

À droite, sous chaque torche, des petites tables et des bancs étaient installés. Tout en suivant le bibliothécaire, Crafty passa devant une femme et un homme, l'un et l'autre plongés dans la lecture. Qui étaient-ils et que pouvaient-ils bien étudier ?

Ils marchaient toujours, suivant la courbe du corridor, si bien qu'on n'en voyait pas le bout. Crafty comprit qu'ils étaient partis du centre d'une spirale et que cette espèce de tunnel s'enroulait dans le sens des aiguilles d'une montre.

Ils atteignirent enfin le numéro 3421.

– Nous y voilà, dit le bibliothécaire en désignant le livre. Tu peux le prendre. Tu le remettras en place quand tu auras terminé. La première règle, ici, est de respecter les ouvrages. La deuxième, de respecter les gens qui viennent les consulter.

Puis, pivotant sur ses talons, il repartit en sens inverse.

Crafty prit le livre avant d'aller s'installer sur le banc le plus proche. Posant le volume sur ses genoux, il l'ouvrit à la première page et entama sa lecture.

Le terme de nécrophage est impropre, car ce spécimen se nourrit de champignons et non de chair morte. Une chauve-souris nécrophage égorge sa victime. Puis, à l'aide de ses ailes, elle recouvre le corps de sang. Elle régurgite alors des spores, stockées dans son estomac supérieur, et les crache sur le cadavre ensanglanté. En quelques minutes, elles s'enracinent pour former de larges champignons ronds, qui atteignent vite la taille d'une tête humaine. Le nécrophage s'en repait. Il s'accroche ensuite pour la journée, la tête en bas, grâce à ses pattes griffues. À la nuit tombée, il repart en chasse.

Eh bien, songea Crafty, *j'espère ne jamais me trouver nez à nez avec cette créature !*

Une voix courroucée interrompit soudain le cours de ses pensées :

– Qu'est-ce que tu fabriques ici ?

Il sourit en la reconnaissant. Click le toisait d'un air sévère :

– Qui t'a donné la permission ?

Mentir n'aurait servi à rien. Il sortit la clé de sa poche pour la lui montrer :

– Le duc m'a remis cette clé. Grâce à elle, j'ai accès à n'importe quelle salle du château. Il m'a chargé de noter tout ce que je voyais et de l'en informer.

Click s'assit près de lui :

– Je vois. Tu es un petit veinard. Où t'es-tu déjà introduit ?

– Dans la Salle des Reliques, et maintenant ici...

– Hmm. Autant de prévenir tout de suite, la plupart de ces départements considèreront ta présence comme une intrusion. La Salle des Autopsies fera tout son possible pour te mettre à la porte.

Crafty hocha la tête :

– Tu peux le dire ! À la Salle des Reliques, deux grandes brutes m'ont collé au mur, j'en ai encore des bleus. Le Chef Mancien a dû intervenir pour qu'ils me laissent entrer. Mais toi, où en es-tu ? Tu as un espoir de voir Vipère ?

– J'ai rempli des tas de formulaires, soupira Click. J'attends toujours.

– Pourquoi tu ne vas pas en parler au duc ? Je suis sûr qu'il ferait avancer les choses.

– Parfois, mieux vaut laisser les choses suivre leur cours, Crafty. Ça s'appelle la diplomatie : agir en douceur et éviter les affrontements. Mais tu me donnes une idée... Toi, les affrontements ne te font pas peur, hein ? Dès que j'aurai obtenu la permission de voir Vipère, tu m'accompagneras en montrant ta clé. Ils vont faire une de ces têtes ! Ils ne pourront pas m'en tenir pour responsable.

– Je voudrais bien voir ça ! s'exclama Crafty, un sourire jusqu'aux oreilles. Oui, s'il te plaît, emmène-moi avec toi !

Sautant sur ses pieds, il replaça soigneusement le volume.

– Je vais remonter dans ma chambre, maintenant. C'est l'heure du dîner, et j'ai si faim que j'avalerais un bœuf avec les cornes et la queue ! Tu crois que je pourrais emprunter des livres pour les lire dans la Salle d'Attente ?

La question fit rire Click :

– Et puis quoi encore ? Ce n'est pas une bibliothèque de prêt, et le bibliothécaire chérit ses livres plus que ses propres enfants. Mais tu n'auras qu'à demander au duc à ta prochaine entrevue. S'il donne son accord, le maître des lieux sera obligé d'obtempérer.

– Donc, en gros, tu me conseilles de mettre la diplomatie dans ma poche ? plaisanta Crafty.

Click répondit d'un clin d'œil avant de se lever à son tour.

– Le livre que tu as écrit, il porte quel numéro ? s'enquit le garçon tandis qu'ils repartaient vers l'escalier.

– Le 27 301. Lis-le à l'occasion. Je pense qu'il t'intéressera. Mais je vais bientôt le retravailler pour y ajouter de nouveaux éléments.

– Tu devrais trouver un titre plus accrocheur que *Vers une meilleure compréhension des aberrations du Shole*, la taquina Crafty. La plupart des ouvrages, ici, traitent différents exemples d'aberration, comme les nécrophages...

– Tu es très observateur ! Oui, presque tous les livres sont des travaux d'analyse ; chacun d'eux fait le point sur un aspect particulier du Shole, ses caractéristiques et son fonctionnement. Moi, je tâche de relier les connaissances entre elles. J'étudie le Shole dans sa globalité, je recherche des principes. Par exemple, comment Bertha et son marécage s'inscrivent-ils dans la finalité générale du Shole ? Existe-t-il d'autres entités semblables ? Et si oui, qu'ont-elles en commun ? C'est pourquoi on me considère comme une Synthétiste.

– Une Synthétiste ! pouffa Crafty. Voilà un bien grand mot dans une si petite bouche !

Click le foudroya du regard :

– Ne me parle pas sur ce ton !

– Désolé, je blaguais, s'excusa-t-il. Ça m'a rappelé ma première entrevue avec le Chef Mancien. J'avais utilisé le mot *procédure*, et c'est ce qu'il avait déclaré : que c'était un bien grand mot dans une si petite bouche.

Crafty pouvait se montrer diplomate, finalement.

Click eut un petit rire :

– Oui, *Synthétiste*, c'est tout à fait le vocabulaire de notre Chef Mancien.

Arrivés en haut des escaliers, ils traversèrent la salle des index, sortirent dans le couloir et refermèrent derrière eux la porte de la Bibliothèque Grise.

– Alors, reprit Crafty, plus curieux que jamais, où en es-tu de tes recherches ? Penses-tu trouver bientôt le moyen d'arrêter la progression du Shole ?

Click secoua la tête :

– Plus j'avance, pire c'est. J'ai découvert des schémas très préoccupants – des choses qui se répètent, mais avec de légères différences. Du coup il est impossible d'en tirer des conclusions. On ne peut se fier à rien de ce qui appartient au Shole. Pas même à ton amie Bertha.

– Comment oses-tu dire ça, Click ? protesta Crafty, choqué. Elle t'a sauvé la vie. Et à moi aussi, plus d'une fois.

– C'est vrai, mais ça ne veut pas dire qu'elle le fera toujours. Écoute, je t'en dirai plus demain, sans doute pendant la leçon.

Sur ces mots, elle s'en alla, laissant Crafty perplexe et vaguement blessé. Comment pouvait-elle parler ainsi de Bertha ? Elle ne tenait donc aucun compte de son jugement à lui ?

12

LE SINISTRE LABOUREUR

Le lendemain matin, à peine Crafty avait-il eu le temps de saluer Lucky que Click entrait dans la Salle d'Attente et s'asseyait face à eux. Elle alla droit au but, reprenant le fil de leur conversation de la veille au soir.

– Hier, Crafty me demandait ce que j'avais appris de nouveau à propos du Shole. Je lui ai répondu que j'étudiais son fonctionnement général et les comportements qui tendent à se répéter au fil des années. Et j'ai ajouté quelque chose qui l'a probablement perturbé.

Crafty haussa les sourcils.

Elle soupira :

– D'accord, qui l'a *certainement* perturbé. Bien que Bertha nous ait aidés précédemment et paraisse bienveillante, je crains que son comportement soit sur le point de changer. On ne peut plus lui faire confiance.

Crafty prit une profonde inspiration et tenta de garder son calme. Il n'aimait pas entendre de tels propos sur Bertha. Toutefois, Click était intelligente et ne parlait jamais sans raison.

– Tu as des preuves ? demanda-t-il.

– Non, Crafty, je n'ai pas vraiment de preuves. Ce n'est qu'une supposition, basée sur des faits antérieurs. J'espère que Bertha se révélera être une exception. Mais je vais vous expliquer pourquoi je pense que nous devons montrer la plus grande prudence dans nos relations avec elle. Vous savez ce qui s'est passé avec la Dame Blanche ?

– Je l'ai même côtoyée d'un peu trop près ! s'exclama Crafty.

– Eh bien, il y a une chose que tu ignores. La première fois que la Dame Blanche s'est manifestée, quelqu'un lui a demandé pourquoi elle était aussi gentille, pourquoi elle sortait du Shole pour aider les gens. À la lumière de ce qui est arrivé ensuite, sa réponse donne le frisson. Elle a dit qu'elle obéissait à la voix qu'elle entendait dans sa tête...

– Tu suggères qu'une voix lui ordonnait d'enlever les enfants ? intervint Lucky.

– C'est une hypothèse, confirma Click.

– Tu penses qu'il en est de même pour Bertha ? reprit Crafty. Qu'elle nous aide jusqu'à ce qu'une voix lui dise de se retourner contre nous ? C'est pour ça que tu lui as demandé si elle entendait des voix ?

– Et elle n'a pas répondu à la question ! Peut-être voulait-elle cacher le fait qu'elle les entendait ? Il faut envisager cette possibilité.

Elle marqua une pause avant de poursuivre :

– Un autre exemple : on appelle les rares aberrations qui sortent du Shole à la recherche de victimes les *incursionnistes*. Chacune d'elles suit une méthode identique. Le *Sinistre Laboureur* est une de ces aberrations d'apparence humaine. Il a visité de nombreuses fermes aux alentours du village de Grimsargh, prétendant chercher du travail. Une fois de plus, ça s'est passé au nord-est de Preston. Au contraire de la Dame Blanche, il avait un aspect inquiétant : grand, émacié, avec des mains énormes. Il offrait ses services en tant que laboureur, ne demandant en paiement qu'une assiettée de ragoût et un quignon de pain.

– Et les fermiers l'embauchaient ? s'étonna Lucky.

– Oui, et sans appréhension. Dans ces fermes isolées, les gens se sentent vulnérables. Ce ne sont généralement qu'un fermier, sa femme et leurs enfants, tâchant d'arracher à la terre de quoi subvenir à leurs besoins. L'aberration ne semblait pas menaçante tant qu'on lui fournissait du travail et un repas. Aussi la plupart des gens trouvaient préférable de lui donner ce qu'elle demandait. Quoi qu'il en soit, elle accomplissait sa tâche de façon satisfaisante et a été rémunérée selon son désir dans six fermes. À la septième, elle a pris en paiement un autre genre de dîner : elle a mangé le fermier et sa femme. Puis elle est retournée dans le Shole, et on ne l'a jamais revue. Rien ne nous prouve qu'elle obéissait à une voix, mais ça pourrait expliquer son brusque changement de comportement.

La jeune mancienne avait beau dire, Crafty n'acceptait pas l'idée que Bertha puisse se muer soudain en ennemie mortelle. Et il le dit.

Click sourit :

– Je ne suis pas sûre qu'elle devienne un jour un danger. Je suggère seulement que la prudence reste de mise. Bon, assez pour aujourd'hui ! Nous allons mener une opération concertée. Le Chef Mancien viendra vous l'expliquer.

Là-dessus, Click les laissa seuls.

Dès qu'elle fut partie, Lucky tourna vers Crafty un visage inquiet :

– Je ne pensais pas qu'on se lancerait encore dans ce genre d'expédition tant que d'autres mouches de porte n'auraient pas été recrutées.

– Ça doit être quelque chose d'important, supposa Crafty. Sinon, ils ne courraient pas le risque.

On leur apporta leur repas de bonne heure. À midi

moins dix, le Chef Mancien entra, accompagné de Click.

Bob Gingembre leur détailla la nature de l'opération. Si la chose était nouvelle pour Lucky, Crafty en avait déjà entendu parler. Les courriers avaient, semblait-il, débusqué l'étrange batelier que le père de Crafty lui avait décrit, et récolté quelques informations intéressantes. Lors de son dernier voyage, la barge avait changé ses habitudes. Elle avait fait halte devant un entrepôt, à environ cinq miles au sud de Lancaster, et le batelier avait déchargé deux caisses.

– Je voudrais que vous localisiez cet entrepôt, leur dit Bob Gingembre, et que vous rapportiez ces caisses. À cette heure de la journée, il ne devrait guère y avoir de danger. Les aberrations qui accompagnent habituellement la barge sont restées à Preston. Bonne chance, Benson et Proudfoot ! En route !

En dépit de ces paroles rassurantes, Crafty avait un mauvais pressentiment. Une telle expédition ne lui disait rien qui vaille.

Ils descendirent vers les bureaux des manciens. Crafty boutonna son manteau et suivit Click tandis que Lucky accompagnait Bob Gingembre. Suivant la routine habituelle, Crafty s'assit devant le cadre d'argent tandis que Click tirait le rideau noir. Elle sortit alors de sa poche un objet qu'elle lui tendit.

C'était la balise qui leur permettrait de trouver l'endroit qu'ils cherchaient.

– Les courriers en ont placé deux à proximité de l'entrepôt, expliqua Click. Lucky a l'autre. Mais attends qu'on soit prêts...

Elle alla tirer la corde qui pendait au plafond. Une cloche sonna quelque part. Peu après, on frappa à la porte.

– Entrez ! dit Click.

Quatre gardes, en cotte de maille et armés jusqu'aux dents, prirent position face au portail, derrière les deux jeunes gens. Ils empêcheraient toute créature dangereuse de pénétrer dans le château. Leur présence rasséréna un peu le garçon.

Click lui fit signe :

– C'est bon ! Emmène-nous là-bas, Crafty !

La balise tiédissait dans sa paume. Nerveux, l'estomac contracté, il plongea son regard dans les nuées sombres et se concentra. Peu à peu, à travers la grisaille du Shole, il aperçut le canal et, au-delà, un vaste bâtiment noir.

– Passe devant, lui enjoignit Click. Je viens avec toi.

Qu'elle l'accompagne lui remonta le moral, d'autant qu'elle avait pris son arbalète. Il avait pu constater son habileté au tir.

Ayant franchi le portail l'un derrière l'autre, ils traversèrent un champ détrempé, pataugeant entre les herbes hautes. Crafty tâchait d'apercevoir le canal, devant eux. Puis il se retourna pour repérer le cercle bleu de l'autre portail.

– Où est Lucky ? demanda-t-il.

– La deuxième balise est enterrée de l'autre côté de l'entrepôt. Le courrier n'a pas pris le risque d'être vu près du canal. Continue ! Et ne t'inquiète pas, on n'aura pas besoin de traverser à la nage. Il y a un pont un peu plus loin.

Ils atteignirent le chemin de halage. En effet, un petit pont enjambait le canal à vingt pas sur leur droite. Leurs bottes crissèrent sur le sol cendreux, mais s'il y avait des aberrations à proximité, elles seraient endormies, à cette heure.

Du moins, je l'espère, songea Crafty.

En traversant le pont, il jeta des coups d'œil anxieux vers l'amont et l'aval. Il ne vit que la barge, arrêtée non loin de là, et un étroit ruban d'eau immobile. Mais il savait quels dangers pouvaient cacher cette surface d'apparence tranquille. Il avait déjà rencontré une aberration qui nageait comme un poisson, il lui avait échappé de justesse.

Le Shole était encore plus sinistre qu'à l'ordinaire, et une brume blanche montait au sud du canal, tel un nuage bas glissant au ras de l'eau. Il faisait moins froid, ce jour-là, peut-être était-ce la raison de ce phénomène. Le Shole était toujours plongé dans la pénombre et la grisaille, mais Crafty n'avait jamais remarqué cette sorte de brouillard.

L'entrepôt se dressait à présent devant eux, vaguement menaçant. À sa droite, on apercevait la faible lueur de l'autre cercle bleu.

Où est Lucky ? se demanda Crafty.

Il avait tort de s'inquiéter. Lucky, déjà appuyé contre la porte de l'entrepôt, lui adressa un large sourire.

– Tu en as mis, du temps ! plaisanta-t-il.

Il désigna la forte chaîne fermée par un cadenas :

– J'espère que tu as la clé !

– Lucky, lança Click, retourne dire au Chef Mancien qu'on a besoin de pinces coupantes !

Le sourire de Lucky s'effaça. Il aimait bien Click, mais n'appréciait pas qu'elle lui donne des ordres. D'autant qu'elle employait souvent un ton tranchant. Elle aurait dû envoyer Crafty, mais le portail de Lucky était plus proche.

Cependant, le garçon retrouva tout de suite sa bonne humeur et lui adressa un petit salut moqueur.

– Désolée, s'excusa la jeune fille, à leur surprise à tous deux. J'aurais dû penser que ce serait fermé.

– Le courrier aurait dû le signaler, dit Lucky.

– Il n'est pas venu jusqu'à la porte. Mais, bon, ce n'est pas grave. Tout paraît calme.

Tandis que Lucky repartait en courant, Crafty observa le canal. La brume blanche qui continuait de ramper le mettait mal à l'aise. Plus vite ils repasseraient par les portails mieux ce serait. S'attarder dans le Shole plus que nécessaire n'était jamais une bonne idée.

Ils patientèrent en silence le temps que Lucky revienne, chargé d'une grosse pince coupante. Sans attendre les instructions de Click, il plaça la mâchoire d'acier autour de la chaîne et pressa les poignées. Ce fut aussi facile que de couper une ficelle avec des ciseaux. La chaîne et le cadenas tombèrent. Mais quand le garçon voulut tourner la poignée de la porte, Click l'arrêta :

– Attends, Lucky ! Attends que je me mette en position, au cas où...

Elle avait raison : les caisses étaient peut-être gardées à l'intérieur par une aberration chargée de repousser les intrus. Le courrier n'avait pas vérifié ce point. En dépit des affirmations de Bob Gingembre, ils s'attaquaient à l'inconnu. Le cœur battant, Crafty prit son poignard.

Click s'avança de quelques pas et leva son arbalète. Lucky tira sur le battant. La porte s'entrouvrit de quelques centimètres avant de se bloquer.

– Viens m'aider, Crafty !

Celui-ci s'approcha, remettant à contrecœur le poignard à sa ceinture.

La grande porte de bois était lourde et raclait le sol à cause de ses charnières faussées. Ils eurent beaucoup de mal à l'ouvrir complètement.

Ils se figèrent alors sur le seuil pour écouter, retenant leur souffle. Dans l'entrepôt, tout était silencieux. Sur un signe de Click, ils entrèrent.

Ils découvrirent une paire de vieilles charrues rouillées, une grande barge reposant sur des cales et plusieurs caisses vides. Près de la porte étaient posées celles qu'ils cherchaient, deux longues boîtes en bois verni, l'une un peu plus courte que l'autre, qui ressemblaient fort à des cercueils.

Le plus petit contiendrait le corps d'un enfant ? se demanda Crafty.

– Ne perdons pas de temps, les pressa Click. Apportez d'abord la grande boîte ! On va la transporter au château où on pourra l'étudier.

Elles étaient équipées de poignées en cuivre à chaque extrémité. Les garçons en saisirent chacun une pour soulever la première. Elle ne bougea pas.

– Elle est trop lourde, dit Lucky. Elle est peut-être pleine d'or.

– J'en doute... Essayez la petite, suggéra Click, sans conviction.

Le cercueil le plus court était aussi presque insoulevable. Les garçons réussirent tout de même à le décoller du sol. Puis ils gagnèrent la porte en titubant, Click couvrant leur sortie avec son arbalète. Crafty jeta un coup d'œil derrière son épaule, sûr que quelque chose se cachait dans les recoins obscurs de l'entrepôt.

Il se trompait. Le danger était à l'extérieur.

À leur sortie, le brouillard s'était épaissi. Des espèces de tentacules blancs s'enroulaient autour d'eux comme des serpents ; le pont et le canal avaient complètement disparu.

Click pointa le doigt :

– Le pont est par là !

Ils la suivirent avec le sentiment que la caisse s'alourdissait à chaque pas. Crafty se réjouissait déjà d'entendre le crissement de la cendre sous ses bottes quand une ombre surgit du brouillard et marcha vers eux à grands pas. C'était la haute silhouette maigre et encapuchonnée du batelier. Lucky lâcha la poignée qu'il tenait pour prendre la fuite. Il ne fut pas assez rapide.

Le batelier l'attrapa par l'épaule. Le garçon se débattit en vain, retenu par une main énorme. L'aberration le souleva pour l'approcher de sa bouche grande ouverte, garnie d'une triple rangée de dents aussi pointues que des aiguilles. Lucky hurla.

13

UN COMBAT POUR LA VIE

Crafty n'oublierait jamais ce cri. C'était celui d'un animal qui sent approcher le couteau du boucher.

Lâchant l'autre extrémité de la boîte, il tira son poignard, tout en sachant qu'il arriverait trop tard. Dans une seconde, la créature aurait déchiré la gorge de Lucky.

Soudain, l'aberration poussa un grognement sourd et tituba. Un carreau à pointe d'argent s'était fiché dans son œil gauche. Une fois de plus, Click arrivait à la rescousse. Mais, au lieu de laisser tomber sa proie sur le sentier, le batelier la projeta sur la barge, qui flottait devant lui sur le canal.

Crafty lâcha une exclamation en voyant son ami atterrir la tête la première. Il n'y eut pas de choc, car l'embarcation était couverte d'une bâche. Lucky rebondit doucement, roula sur le côté et ne bougea plus.

– Lucky ! appela Crafty en s'élançant.

Mais avant qu'il ait atteint la barge, tout devint noir, comme devant la chapelle avant l'apparition de Vipère. Quand le garçon retrouva la vue, la barge et son effrayant batelier avaient disparu.

Abasourdi, le cœur lourd, il fixait l'endroit où Lucky se trouvait un instant plus tôt. Comme toujours, Click avait déjà réagi :

– Vite, Crafty ! Suis-moi ! On a encore une chance de le sauver !

Elle courut vers le portail du Chef Mancien, et le garçon la suivit, l'esprit en déroute. Il doutait que l'aberration garde Lucky en vie aussi longtemps.

Il apercevait Bob Gingembre, qui les observait anxieusement de l'autre côté du cadre d'argent. Ils furent accueillis par une voix courroucée :

– Où sont les caisses ?

Click était tout aussi furieuse ; elle ne perdit pas de temps en explications.

– Si on intervient tout de suite, déclara-t-elle, on peut encore le sauver. Mais cette créature est puissante. Il nous faut l'aide de deux courriers armés.

Bob Gingembre envoya un garde chercher du renfort, sans quitter sa mine contrariée, ce qui emplit Crafty d'amertume :

Il s'inquiète plus de la perte de ces caisses que de la vie de Lucky.

Un temps précieux s'écoula – guère plus de trois minutes, pourtant – avant que deux courriers arrivent, leur longue épée à la hanche. Crafty resta stupéfait : l'un des deux était son père. Pourquoi reprenait-il son poste si tôt ? Il n'en avait rien dit, la dernière fois qu'ils s'étaient vus. Leurs regards se croisèrent brièvement, tandis que Click poussait Crafty sur la chaise :

– Tu es très lié à Lucky. Trouve-le !

Le cadre d'argent s'était de nouveau empli de nuées. Crafty se concentra sur son ami, s'efforçant de rapprocher le portail de l'endroit où il était. Il ne doutait pas de savoir le localiser, mais serait-il encore en vie ?

Les nuées s'éclaircirent, le canal et l'embarcation apparurent à travers la brume blanche. On ne voyait pas trace du batelier ; heureusement, Lucky gisait encore sur la bâche.

Le brouillard était moins épais, pourtant l'entrepôt avait disparu, et Crafty se demanda si la barge n'avait pas remonté le canal vers Preston. Seule une magie très puissante avait pu la déplacer ainsi.

Les deux courriers franchirent le portail pour courir vers la barge. Click et Crafty les suivirent. Le courrier Benson sauta sur la toile goudronnée et passa doucement le garçon inconscient à son collègue. L'opération avait été simple. Mais à peine le père de Crafty les avait-il rejoints sur le chemin de halage que de lourdes bottes firent crisser la cendre. L'aberration encapuchonnée surgit du brouillard, brandissant une énorme hache à deux tranchants.

Le carreau d'arbalète ne sortait plus de son œil ; il avait tout de même fait d'horribles dégâts. Du sang et du pus coulaient de la blessure. La créature ouvrit la bouche, révélant sa triple rangée de dents. Avec un grondement de rage, elle abattit l'arme mortelle sur le courrier qui tenait Lucky.

Il aurait été coupé en deux si le père de Crafty n'avait paré le coup avec son épée. Il y eut un fracas de métal heurtant le métal, et la hache détournée s'enfonça profondément dans le sol.

– Courez au portail ! Je m'occupe de lui !

L'autre courrier jeta Lucky sur son épaule et fonça. Crafty ne bougea pas. Pas question qu'il abandonne son père !

– Rentre ! lança-t-il à Click, voyant qu'elle n'avait pas bougé non plus.

Elle refusa de la tête et resta à ses côtés.

L'aberration leva de nouveau sa hache et, cette fois, lui fit décrire un mouvement de faux. Le courrier Benson recula d'un pas, la lame tranchante le manqua d'un cheveu. Puis il se fendit, l'épée à la main. La pointe s'enfonça dans l'épaule gauche de la créature.

Elle vacilla, avant de lever la hache comme une matraque pour défoncer le crâne de son adversaire.

Une fois encore, tenant son épée à deux mains, le courrier Benson bloqua le coup. Ils luttèrent au corps à corps, hache contre épée. Le batelier dominait le courrier de toute sa taille ; il le forçait peu à peu à reculer vers le canal.

Crafty assistait à la scène, horrifié. Son père se battait pour sa vie. Comment résisterait-il à une créature aussi terrible, qui le pousserait bientôt dans l'eau ?

Le garçon implora Click du regard. Elle leva son arbalète pour viser. Puis elle l'abaissa en secouant la tête :

– Ils sont trop près l'un de l'autre, Crafty. Je risque de tuer ton père.

Le garçon sut alors ce qu'il devait faire. La main crispée sur son poignard, il courut vers les silhouettes emmêlées et frappa l'aberration au mollet gauche. Rugissant de douleur, le batelier se retourna en abattant sa hache. Crafty s'était déjà écarté.

Avec cette diversion, il donnait l'avantage à son père. Celui-ci sut en tirer profit. Les deux adversaires étaient juste au bord du canal. Le batelier balança de nouveau son arme. Mais le courrier Benson se déporta sur le côté. Emportée par son élan – et déstabilisée par un bon coup frappé du pommeau de l'épée, la créature bascula dans le canal dans un grand jet d'éclaboussures.

Aussitôt, le courrier Benson, Click et Crafty foncèrent vers le portail. Ils y étaient presque quand le garçon entendit derrière lui un bruit de tonnerre. Jetant un coup d'œil par-dessus son épaule, il vit une autre aberration lancée à leurs trousses : le cheval du batelier.

Et quel cheval ! Il mesurait bien deux mètres de haut, et trois longs orteils terminés par une griffe acérée lui tenaient lieu de sabots. Sa bouche s'ouvrit, révélant les trois rangées de dents des prédateurs. Il renâclait tout en galopant, et de la vapeur sortait de ses naseaux comme de ceux d'un dragon.

Crafty accéléra l'allure, il atteignit le portail à l'ultime seconde. Son père l'attendait, l'épée levée, prêt à combattre. Mais ils furent bientôt tous deux en sécurité, et le cadre d'argent s'emplit de nouveau de nuées tourbillonnantes.

Crafty se tourna vers son père, qui lui posa une main sur l'épaule en souriant :

– Tu as fait preuve d'un beau courage, fils ! Je suis fier de toi.

14

D'ENTRE LES MORTS

Pour une fois, Crafty arriva le premier dans la Salle d'Attente, ce qui renforça son anxiété : il n'avait aucunes nouvelles de Lucky. On l'avait emmené à l'infirmerie la veille au soir, toujours inconscient. Il devait être encore dans une des salles de soin.

Quelques instants plus tard, Click entra. Devant son visage grave, le garçon osa à peine l'interroger :

– Comment va Lucky ?

La jeune fille s'assit en face de lui :

– Il a repris connaissance, mais il a beaucoup de fièvre. Les griffes de l'aberration ont traversé son manteau et lui ont entaillé la peau. Les médecins espèrent maîtriser sa température. Évidemment, on n'envisage aucune sortie dans le Shole aujourd'hui. Tu es la seule mouche de porte disponible ; le Chef Mancien ne prendra aucun risque, sauf en cas d'urgence.

– Je peux aller le voir ? Lucky, je veux dire, demanda Crafty.

– Demain peut-être, si la fièvre a baissé. J'ai rendez-vous avec un groupe de chercheurs, on n'aura pas notre temps d'échange habituel. Si tu as une question, je peux tout de même y répondre.

Crafty demanda aussitôt :

– Ma visite à la Bibliothèque m'a appris qu'il existait de nombreuses espèces d'aberrations. Rien que pour les chauves-souris, on en compte des dizaines. Mais qu'en est-il des autres catégories ? Et des aberrations géographiques ?

– Soit, commençons par là, acquiesça Click. Les aberrations géographiques appartiennent à une nouvelle classification, dont le seul exemple connu est le marécage. Il existe également ce que nous appelons les cas de *réanimations*. Pour le moment, à notre connaissance, seuls des humains morts sont revenus à la vie. Ça ne signifie pas que d'autres mammifères, voire même des oiseaux ou des insectes, n'en feront pas autant. Cela peut arriver n'importe quand. Le Shole n'a certainement pas fini de nous surprendre. Puis il y a les hybrides, des humains partiellement changés en animaux, végétaux ou minéraux. Les enfants que nous avons affrontés à l'orphelinat en font partie. Ils sont particulièrement dangereux.

Crafty pensa à sa mère, et une boule se forma dans sa gorge. Quel type de transformation avait-elle subi ?

Click poursuivit :

– Enfin, bien sûr, il y a les animaux, surtout d'espèce canine ou féline. Les chevaux, comme celui du batelier, sont plus rares. Voilà les principales catégories. Les autres, je t'en parlerai plus tard. Je dois y aller, maintenant, sinon j'arriverai en retard à la réunion. Tu m'attends ici ? Je serai de retour en début d'après-midi. Je te montrerai quelque chose qui devrait t'intéresser.

L'ayant salué d'un signe de la main, elle le laissa seul dans la Salle d'Attente, et Crafty se demanda si elle l'emmènerait avec elle pour interroger Vipère.

Sans Lucky pour l'aider à passer le temps, Crafty s'ennuyait. Il fit une partie de dames contre lui-même, puis une partie d'échecs. Il regretta de ne pas avoir pu emprunter un ouvrage de la Bibliothèque Grise. Puis il se rappela qu'il devait faire son rapport au duc sur la façon dont il avait utilisé la clé. Malheureusement, depuis qu'il *pensait* avoir vu un Capuchons Gris dans la Salle des Reliques, il n'avait rien découvert de nouveau. Il ne voulait pas décevoir le duc. Mais si des Capuchons Gris travaillaient vraiment dans différents départements, il lui faudrait des mois pour s'en assurer.

D'ailleurs, le jeune homme de la Salle des Reliques avait-il vraiment une balafre en travers de l'œil gauche ? L'avoir mis sous surveillance avait-il permis de démasquer d'autres traîtres ?

On lui apporta enfin son déjeuner.

Il avalait sa dernière bouchée de sandwich jambon-tomate quand Click revint.

– On va interroger Vipère ? demanda-t-il aussitôt.

Il avait été son captif ; maintenant, c'était au tour du Capuchon Gris de se trouver prisonnier. Le garçon attendait ce moment avec impatience.

– Non, répondit Click, je n'ai pas encore obtenu l'autorisation, et ça risque d'être long. Nous allons tout de même nous rendre à la Salle des Autopsies pour une autre raison. L'équipe ne va pas apprécier, mais en ma qualité de chercheuse, elle n'osera pas me refuser l'entrée. Ni à toi, qui possèdes cette fameuse clé...

– Tiens, tiens, la taquina Crafty, tu ne crois donc plus à la diplomatie ?

– Pour une fois, admit Click en riant, je ferai une entorse à mes principes. L'occasion est trop belle : pendant que nous combattions le batelier pour sauver Lucky, le Chef Mancien a chargé deux autres courriers de rapporter les caisses. Je veux assister à leur ouverture.

– Et moi donc ! s'exclama le garçon.

Ils coururent ensemble jusqu'à la Salle des Autopsies.

Click frappa à la porte. Un garde revêche lui ouvrit.

– Je suis Mlle Crompton-Smythe et je suis chercheuse, annonça Click d'un ton impérieux. Je souhaite parler au surintendant. Mon assistant, Colin Benson, m'accompagne.

Le garde s'apprêtait à protester, mais quand Crafty lui brandit sa clé sous le nez, il se contenta de pincer les lèvres.

Avec une expression assez glaciale pour les geler sur place, il les conduisit jusqu'à une petite salle d'attente, blanche et nue, équipée d'un simple banc. Il y régnait un froid digne de l'accueil chaleureux réservé aux hôtes non désirés.

La porte qui s'était refermée derrière le garde se rouvrit quelques minutes plus tard. Un homme jovial à la face rubiconde, vêtu d'une longue blouse immaculée, s'inclina devant Click avant de lui tendre la main.

La jeune fille se leva pour la lui serrer.

– Quel plaisir de vous revoir, mademoiselle Crompton-Smythe, s'exclama l'homme, sans un regard pour Crafty. Vous me rappelez tant votre défunte mère ! Qu'est-ce qui me vaut l'honneur de votre visite ?

– Surintendant, je suis ici avec mon assistant, maître Benson, pour assister à l'ouverture des deux caisses rapportées du Shole hier.

Crafty fut impressionné par les manières de Click. Elle savait s'adresser aux gens importants de façon à obtenir ce qu'elle voulait.

Cependant, le sourire jovial du surintendant s'était effacé. Il n'en perdit pas pour autant sa faconde :

– Oh, mademoiselle Crompton-Smythe ! Il est de mon devoir de vous en dissuader. L'ouverture de ces boîtes pourrait se révéler extrêmement dangereuse. Nous ne saurions en aucun cas mettre en péril la vie d'une chercheuse aussi brillante que vous, ni bien sûr celle de votre assistant.

Merci, pensa Crafty.

Click ne se laissa pas démonter :

– Surintendant, mon assistant et moi-même affrontons quotidiennement les dangers du Shole. Nous avons supervisé le transport de la première boîte hors de l'entrepôt, à la suite de quoi nous avons été attaqués par des aberrations. Je suis sûre que votre Salle des Autopsies offre un environnement beaucoup moins hasardeux. Notre présence au moment de l'ouverture de ces boîtes est d'un intérêt vital pour mes recherches.

– S'il vous plaît, mademoiselle Crompton-Smythe, je vous supplie de reconsidérer…

Click n'avait aucune intention de céder.

– J'insiste, déclara-t-elle d'un ton sans réplique.

Le surintendant s'inclina en soupirant :

– Très bien. Veuillez me suivre. L'équipe est prête. Les investigations commenceront dès mon arrivée.

Ils parcoururent derrière lui deux longs couloirs jusqu'à une porte gardée par trois hommes. De l'autre côté de la porte, une dizaine de gardes, la main sur le pommeau de l'épée, étaient postés dans le laboratoire.

Une lourde table en bois en occupait le centre. Des chaînes pendaient de chaque côté, certainement destinées à immobiliser les aberrations. En dessous, Crafty remarqua des rigoles menant à des canalisations plus profondes dans les coins de la pièce. Un frisson lui courut le long du dos quand il comprit à quoi elles servaient : elles évacuaient le sang quand on prélevait des échantillons de chair et de tissus pour les analyser.

À présent, c'étaient les deux boîtes qui reposaient sur la table. La plus grande mesurait au moins six pieds de long, l'autre était environ un tiers plus courte. Trois hommes en blanc, gantés de cuir, dont l'un tenait un pied-de-biche, tournèrent vers le surintendant des visages étonnés. Ils ne s'attendaient visiblement pas à l'arrivée des deux visiteurs.

Le surintendant se contenta de leur adresser un signe de tête, et celui qui tenait le pied-de-biche s'attaqua au couvercle de la plus petite boîte. Immédiatement, tous les gardes tirèrent leur épée, prêts à affronter ce qui était tapi à l'intérieur. Il y eut un craquement de bois, et en quelques secondes, le couvercle fut arraché.

Les hommes en blanc se penchèrent. Le contenu de la caisse était recouvert par ce qui ressemblait à quatre larges pétales de plomb gris. Les hommes les ôtèrent un à un.

– C'est un enfant, Surintendant, s'écria l'un des hommes. Il respire, mais je ne saurais dire s'il a été transformé ou réanimé.

– Alors, vérifiez sa dentition !

La curiosité de Crafty était à son comble. Était-ce un enfant ramené à la vie après sa mort ou transformé par le Shole ?

Click aussi s'était approchée pour mieux voir. Ils découvrirent un jeune garçon d'environ onze ans, les yeux fermés, les joues roses. Sa poitrine maigre montait et descendait doucement.

L'homme lui retroussa les lèvres pour lui examiner les dents. Ce n'étaient pas celles d'un prédateur.

Bertha a été réanimée, et ses dents à elle aussi sont normales, songea Crafty.

– Celui-ci est revenu d'entre les morts, Surintendant ! déclara l'assistant.

– Bien. Voyons la deuxième boîte !

Le second couvercle résista davantage au pied-de-biche. Enfin, la boîte fut ouverte, et on retira les feuilles de plomb.

Crafty lâcha une exclamation de surprise. C'était une fille, une fille qu'il avait connue. Il reconnaissait son visage. Et un détail qu'on ne pouvait mettre en doute prouvait son identité : la cicatrice rouge, sur chacune de ses jambes, juste au-dessus du genou. À l'endroit où la lame de la guillotine maniée par Vipère les avait tranchées.

C'était l'amie de Lucky, la mouche de porte morte quelques semaines auparavant.

C'était Donna.

15

LE CIMETIÈRE EXPÉRIMENTAL

Crafty se rappelait le chagrin de Lucky après la mort de Donna ; ils avaient été très proches. Pendant la courte période où il avait connu la jeune fille, Crafty lui aussi avait eu beaucoup d'amitié pour elle.

– Celle-ci est-elle dans les mêmes conditions ? demanda le surintendant.

– Oui, répondit l'homme qui venait de vérifier sa dentition. Elle aussi est revenue de la mort.

Crafty ne put se contenir.

– Elle s'appelle Donna, s'exclama-t-il. Elle était mouche de porte.

Tous les regards se tournèrent vers lui comme s'il venait de surgir d'entre les dalles. Des visages courroucés lui signifièrent que son intervention était malvenue.

Click lui posa sur l'épaule une main apaisante tout en précisant :

– Le jeune garçon était mouche de porte, lui-aussi. Il s'appelait Bobbie Rickson. On le surnommait Minus à cause de sa petite taille. Il a été tué environ quatre mois avant Donna. Ce sont les dernières mouches à avoir trouvé la mort.

– Nous voilà face à un mystère, déclara le surintendant. Toutes les mouches de porte sont enterrées au cimetière expérimental, à la lisière est du Shole. Or, ces cercueils ne sont pas les leurs, et ils ne portent pas non plus leurs uniformes. Leurs corps ont donc été exhumés. Pourquoi ?

Lucky avait expliqué un jour à Crafty que les mouches étaient ensevelies dans leurs uniformes. Donna et Minus portaient maintenant des vêtements civils.

Crafty baissa les yeux vers les rigoles, dans le sol, et il eut peur pour les deux mouches revenues de la mort. La bouche contre l'oreille de Click, il demanda à voix basse :

– Qu'est-ce qu'ils vont leur faire ?

Elle répondit par une grimace qui signifiait clairement : *tu ferais mieux de la boucler !*

Puis elle adressa un large sourire au maître des lieux :

– Merci, Surintendant, c'était très intéressant. Nous vous laissons, maintenant. Bon après-midi !

Et, attrapant Crafty par le coude, elle l'entraîna vers la sortie.

– On parlera de tout ça tranquillement dans la Salle d'Attente, lui chuchota-t-elle.

Le garçon quitta le laboratoire à contrecœur. Ils repartirent en silence. Puis ils s'assirent à leurs places habituelles, l'un en face de l'autre, de chaque côté de la table.

– Qu'est-ce qu'ils vont leur faire ? répéta Crafty avec angoisse. Ces rigoles, dans le sol, c'est pour drainer le sang, n'est-ce pas ? Ils vont les disséquer ?

– Ne t'inquiète pas, dit Click. Ils ne leur feront pas de mal. C'est dans cette salle qu'on autopsie les créatures mortes, ce qui explique la présence des rigoles. Mais on y pratique aussi les premiers examens sur les spécimens.

Crafty n'était pas complètement rassuré.

– Qu'est-ce qu'ils vont leur faire, alors ? insista-t-il.

– Ils vont suivre le protocole conçu pour l'analyse des créatures vivantes. Ils auront trois jours pour les étudier. Après quoi, ils les transfèreront à la Ménagerie pour de plus amples recherches.

– Et s'ils se réveillent ? demanda le garçon, plein d'espoir. Est-ce qu'ils retrouveront leur poste de mouche de porte ? On n'est trop peu nombreux, ça nous aiderait vraiment.

Click parut sceptique :

– Je n'en sais rien, Crafty. Le cimetière expérimental n'existe que depuis cinq ans, et aucune mouche de porte n'en était encore revenue. J'en parlerai au Chef Mancien.

– Crois-tu que c'est le batelier qui les a déterrés ?

Click fronça les sourcils :

– Peut-être. Mais leur mort était récente. D'autres corps ont-ils été exhumés ? Et pourquoi avoir recouvert les corps de feuilles de plomb ? Cela fait beaucoup de questions sans réponses.

– Donna a récupéré ses jambes, tu as remarqué ?

– Oui. Mais ça n'a rien à voir avec son exhumation. On remet toujours en place les membres des mouches de porte mutilées dans l'espoir que, si le Shole les ranime, ils retrouvent leur intégrité physique. Dans le cas de Donna, il semble que cela ait fonctionné. Il faudra qu'on examine ce cimetière. On pourrait envoyer un courrier, mais c'est assez loin. On utilisera le portail pour y jeter un coup d'œil. Je vais voir ce qu'en pense le Chef Mancien.

– Tu veux dire : voir s'il est prêt à me mettre en danger, moi, une ressource si précieuse !

Son ironie désabusée fit sourire Click :

– Exactement !

Et elle laissa le garçon, la tête bourdonnante d'interrogations. Si Donna et le gamin se réveillaient, de quoi se nourriraient-ils ? De sang et de chair crue, comme Bertha, qui avait elle aussi des dents normales ? Et que se passerait-il s'ils retrouvaient leur poste de mouche ? Et pourquoi le batelier les avait-il déposés dans l'entrepôt ?

La porte s'ouvrit, mettant fin à ses réflexions. Click lui fit signe de la suivre, et il enfila son manteau.

Tout en marchant vers son bureau, elle lui apprit qu'ils avaient l'autorisation d'examiner le cimetière expérimental. Crafty s'assit devant le cadre d'argent et prit la balise que Click lui tendait. Les nuées, en s'éclaircissant, lui révélèrent un paysage lugubre : une clairière parsemée de pierres tombales, chacune marquant l'endroit où reposait une mouche de porte, toutes mortes bien jeunes.

Click franchit le portail derrière lui, son arbalète à la main. Le danger était partout, dans le Shole, et ce lieu n'échappait pas à la règle. L'après-midi finissant rendait l'expédition plus aventureuse encore. Click portait aussi une fine baguette de métal au bout pointu. D'environ cinq pieds de long, elle était munie à l'une de ses extrémités d'un manche en bois. Le garçon se demanda à quoi elle pouvait bien servir.

– Surveille le portail, Crafty, lui ordonna Click.

Il prit position devant et compta rapidement les tombes : il y en avait une trentaine. Les stèles avaient quelque chose d'inhabituel : elles étaient en bois, gravées chacune d'un simple numéro.

– On ne s'embarrasse pas des noms, à ce que je vois, fit-il remarquer amèrement. Même morts, les mouches de porte sont traitées avec mépris.

– Le numéro le plus élevé correspond à la tombe la plus récente, expliqua Click. Au château, un registre indique à quel corps il correspond. Tu sais, dans le Monde Diurne, les pierres tombales sont surtout faites pour les vivants, pas pour les morts ! Les noms gravés sur la pierre et les prières aident à la consolation de ceux qui restent. Ici, on est dans le Shole. Les familles de ces malheureux ne viendront jamais sur leur tombe. D'ailleurs, la plupart d'entre eux étaient orphelins. Je cherche les numéros trente-et-un et trente-deux, les plus récents, Minus et Donna.

Crafty acquiesça. Click avait raison. Il était tout de même horrifié du nombre de mouches décédées au cours des cinq dernières années. Puis il constata qu'ils n'auraient pas besoin de trouver les nombres gravés ; d'où il était, il voyait les deux tombes. À la différence des autres, celles-ci n'étaient pas recouvertes d'herbes mais de terre fraîchement remuée.

Lorsque Click s'approcha de la première et enfonça sa fine baguette dans le sol, le garçon comprit à quoi servait cet outil. Quand elle rencontra une résistance, Click hocha la tête et sourit. Elle fit de même pour la deuxième tombe.

– Les deux cercueils sont bien là, dit-elle en revenant vers Crafty. Les corps une fois transférés dans les boîtes garnies de plomb, ils ont été remis en place. Si ça se trouve, tous les cercueils sont vides. Certaines mouches ont pu être déterrées il y a des années. Il va falloir toutes les exhumer.

Un hurlement s'éleva soudain au loin. Cela suffit à leur rappeler qu'ils n'étaient pas en sécurité en ces lieux.

– On en a vu assez pour aujourd'hui, dit Click. Les courriers se chargeront d'effectuer de plus amples investigations. Filons d'ici !

Et ils repassèrent le portail.

– Pourquoi les nouveaux cercueils étaient-ils garnis de plomb, à ton avis ? demanda Crafty, de retour dans le bureau.

– Un mystère de plus ! soupira Click. Jadis, les rois et les nobles défunts étaient parfois placés dans des cercueils de ce type, censés mieux conserver leurs dépouilles.

– Mais celles-ci sont revenues à la vie...

Click secoua la tête :

– En effet. Pourquoi du plomb ? Je n'en sais pas plus que toi.

16

ET LES POULES AURONT DES DENTS

Une fois de plus, Crafty se retrouva seul dans la Salle d'Attente, le lendemain. Lucky n'avait toujours pas repris le travail. Dès l'arrivée de Click, il lui demanda des nouvelles de son ami.

Elle s'efforça de se montrer optimiste :

– L'infection n'est pas jugulée et la fièvre est remontée. Mais les médecins finiront par en venir à bout. Ils ont une grande pratique des blessures contractées dans le Shole. Lucky est entre de bonnes mains, ne t'inquiète pas.

Crafty se mordit la lèvre pour retenir un soupir. Comment ne se serait-il pas inquiété ?

– J'apporte aussi de bonnes nouvelles, reprit Click d'un ton alerte. Je vais obtenir l'autorisation de parler à Vipère. Tu veux toujours assister à l'entretien ?

Crafty fit signe que oui. S'il était curieux de rencontrer Vipère, il était surtout prêt à n'importe quoi pour se changer les idées. Pas seulement à cause de Lucky. Le sort de sa mère le plongeait aussi dans l'angoisse. Son père avait repris son service. La cave ayant été envahie par la boue du marécage, il ne risquait pas d'y retourner. Mais, d'après Bertha, sa femme avait d'autres cachettes, et le courrier Benson connaissait bien le Shole. Même s'il ne savait pas où la traquer, il pourrait tomber sur elle par hasard au cours d'une de ses patrouilles.

À la surprise de Crafty, Click ne se dirigea ni vers la Salle des Autopsies ni vers la Ménagerie. Vipère était incarcéré dans le cachot où Vieille Nell, la sorcière, avait attendu sa pendaison.

– Vipère est un prisonnier à part, expliqua Click. Bien qu'il soit sous la juridiction des médecins légistes, on l'a enfermé là parce que c'est l'endroit le plus sûr. Il est enchaîné au sol, et il n'y a qu'une seule entrée. Il y restera jusqu'à ce qu'on ait fini d'étudier son cas.

Ils traversaient la cour du château pour gagner le solide portail de fer qui fermait le Puits de la Sorcière. Un garde se tenait devant, les bras croisés. Deux autres étaient postés contre le mur. Avec une créature comme Vipère, mieux valait prendre toutes les précautions.

– Je croyais que le service des Autopsies devait remettre les spécimens vivants à la Ménagerie au bout de trois jours, fit remarquer Crafty. Il ne devrait pas y être transféré demain ?

– Dans le cas de Vipère, le duc a modifié les règles. La gravité de ses crimes – le meurtre de plusieurs mouches de porte ainsi que son appartenance aux Capuchons Gris – lui vaut la pendaison. Mais, d'abord, on tâche d'en apprendre le plus possible sur lui.

Click s'arrêta devant le garde.

– Je viens voir le prisonnier, annonça-t-elle en lui tendant un papier plié.

L'homme le déplia avec un soin exagéré avant de l'étudier de près. Crafty se demanda s'il n'était pas myope. Un grand costaud comme lui ne pouvait se permettre de porter des lunettes !

Finalement, il rendit le papier à Click avec un signe de tête.

– Merci ! Mon assistant m'accompagne, dit-elle.

– Oh non ! Le laissez-passer ne concerne que vous !

Crafty présenta alors sa clé :

– Cet objet m'a été donné par le duc en personne. Il me donne le droit d'entrer dans n'importe quelle pièce.

Le garde émit un curieux bruit de gorge, comme pour protester. Sa face tourna au rouge betterave, tandis que sa paupière gauche clignait nerveusement. Finalement, il prit son trousseau de clés à sa ceinture et inséra la plus grosse dans la serrure.

Il n'avait pas cherché à consulter qui que ce soit d'autre, cette fois, et Crafty supposa que le bruit avait couru qu'il avait le soutien du duc. C'était une bonne et une mauvaise chose. D'un côté, on ne lui chercherait plus noise quand il ferait usage de sa clé. De l'autre, les départements qu'il comptait visiter, comme la Ménagerie, seraient préparés à sa venue. Ils auraient le temps de dissimuler ce qu'ils ne voulaient pas qu'il voie.

Click et lui descendaient à présent l'escalier raide menant au cachot souterrain où l'on emprisonnait les sorcières. Le garde resta en haut, et Crafty entendit la clé tourner de nouveau dans la serrure. Ils étaient enfermés avec Vipère.

Une lueur vacillante venue d'en bas dansait vaguement dans l'obscurité. L'air paraissait plus froid à chaque marche. Ils atteignirent enfin le sol dallé. Une unique torche éclairait la vaste cellule. L'odeur était aussi atroce que le jour où Crafty l'avait visitée pour la première fois. Il se souvenait avoir vu un tas de vieux chiffons, avant de distinguer une jambe – la jambe de la sorcière –, retenue par une chaîne à un anneau fixé dans le sol.

Vipère, lui, était assis en tailleur. Il les regardait approcher, le dos droit, la mine alerte. À travers les déchirures de sa chemise blanche couverte de taches, Crafty remarqua que ses épaules avaient été bandées.

On avait retiré les carreaux d'arbalète fichés dans sa chair. Pour le moment, on le voulait en vie et capable de répondre aux questions.

En tout cas, il était étroitement confiné. Non seulement sa jambe était enchaînée au sol, mais ses deux poignets étaient attachés à deux anneaux fixés au mur derrière lui. S'il se mettait debout, il pourrait à peine avancer d'un pas vers ses visiteurs.

Néanmoins, Click et Crafty restèrent à distance prudente. Pour rien au monde ils ne se seraient approchés de ce corps puissant et de cette large bouche, garnie de trois rangées de dents redoutables.

– Je suis ici pour vous poser quelques questions, annonça Click à l'aberration. Il est de votre intérêt d'y répondre avec précision et sincérité.

Vipère lui adressa un sourire qui dévoilait son effroyable dentition. Puis ses yeux se posèrent sur Crafty, et son sourire s'élargit encore :

– Quel plaisir de vous revoir tous les deux ! Je ne répondrai à aucune de vos stupides questions, mais je vais vous dire des choses qui ne vous plairont pas. Pas du tout.

Click voulut intervenir ; Vipère ne lui en laissa pas le temps.

– Bientôt, enchaîna-t-il, bien plus tôt que vous le pensez, le Shole engloutira le château. Mais ce n'est pas tout. Je suis sûr que votre départ est déjà envisagé. Je me trompe ?

Il plongea un regard dur dans celui de Click.

Elle ne répondit pas, mais à la contraction de son visage, Crafty sut que Vipère avait touché une corde sensible. Les préparatifs d'évacuation devaient avoir commencé.

– Oui, perspicace petite demoiselle Crompton-Smythe ! Comme vous le savez, tous les départements font leurs bagages et s'apprêtent à déménager vers l'est. Mais votre fuite ne servira à rien. Après avoir avalé le château, le Shole progressera d'un coup sur des centaines de miles. Bientôt, il s'étendra sur le monde entier.

– Et les poules auront des dents, ironisa Click.

– C'est bien possible. Le Shole établit ses propres lois. De sombres merveilles hériteront de la terre. Vous et les Corpus du château n'êtes que des balourds et des imbéciles. Croyez-moi, elle approche, la nuit fatale ! Et voici la preuve que je dis la vérité : à minuit, mes chaînes tomberont et je quitterai ce cachot. Peu après, le château appartiendra au Shole !

De retour dans la Salle d'Attente, Crafty et Click s'assirent l'un en face de l'autre. Click n'avait rien obtenu de Vipère. Il lui avait opposé un silence méprisant.

– On prend vraiment des mesures pour évacuer le château ? s'enquit Crafty.

Elle hocha la tête :

– Les préparatifs ont commencé après l'engloutissement du canal. Les équipements et les échantillons sont transférés peu à peu vers le château de Clitheroe. Ça se fait principalement de nuit, pour ne pas inquiéter la population. Si les habitants de Lancaster l'apprenaient, ce serait la panique. Beaucoup ont déjà fui ; ceux qui comptaient sur nos troupes pour les défendre contre le Shole perdent confiance et se retournent contre nous. Quant aux Capuchons Gris, ils jettent de l'huile sur le feu !

– Tu crois que ça va arriver aussi vite que le dit Vipère ? Je sais que tu cherches un moyen de prédire les avancées du Shole. Tu as trouvé quelque chose ?

– Non, Crafty. Nous pensons seulement que la prochaine extension aura lieu cet hiver. C'est pourquoi on a lancé l'évacuation. Je suis sûre que Vipère a seulement cherché à nous effrayer. Je vais tout de même rapporter ses propos au Chef Mancien. Quant à s'évader, il rêve ! Comme je le lui ai dit : ce jour-là, les poules auront des dents !

Or, quand le garde descendit son repas à Vipère, le lendemain matin, le cachot était vide.

17

LA MÉNAGERIE

Lorsque Click vint retrouver Crafty dans la Salle d'Attente, elle lui raconta ce qu'elle savait sur l'évasion de Vipère.

On avait trouvé ses chaînes à terre, à croire qu'elles s'étaient simplement détachées avant que le prisonnier s'évanouisse dans les airs. Il n'y avait qu'un accès, en haut des marches, avec un garde posté devant la grille verrouillée. Il n'était pas sorti par là.

Soudain, Crafty sut comment Vipère s'était évadé. C'était la seule explication possible.

– Quelque part dans le Shole, il y a un portail d'argent ou l'équivalent ! s'exclama-t-il. C'est par là qu'on est entré dans le cachot pour en extraire Vipère !

Click lui adressa un large sourire :

– Les grands esprits se rencontrent ! J'ai émis cette hypothèse devant le Chef Mancien pas plus tard que ce matin ! Je crois aussi qu'on s'est trompé à propos du tueur. On pensait qu'une créature du Shole s'était introduite dans le château par un de nos portails. Mais tu as raison, Crafty. Le Shole possède ses propres portails, d'un genre particulier. Les nôtres ne peuvent pas nous emmener à l'intérieur du Monde Diurne. Les leurs, si.

Avec un soupir, elle ajouta :

– Bon, je dois me rendre à une réunion. Avec les autres chercheurs, cette fois, *et* le Chef Mancien. On est dans l'urgence, à présent.

– Comment ça ? Maintenant que Vipère s'est échappé, ils prennent ses menaces au sérieux ?

– Personne ne croit vraiment à sa prédiction, mais pas question de courir le moindre risque. La progression du Shole se fera certainement avant la fin de l'hiver. Attends-moi là, Crafty. Je reviendrai t'indiquer tes obligations.

– Mes obligations ?

– Oui. Quand le château sera englouti, tu auras un rôle important à jouer. Des gens comme le Chef Mancien partiront à l'est pour opérer sur notre nouvelle base, le château de Clitheroe. Nous, les Fey, resterons ici pour combattre le Shole sous le commandement du duc.

Crafty opina de la tête en silence. Puis, alors que

Click s'apprêtait à sortir, il s'aperçut qu'il avait oublié une question importante.

– Et Lucky ? lança-t-il. Il va mieux ?

Elle lui sourit :

– Oui, la fièvre est tombée. Il est encore faible et ne reprendra pas ses activités de sitôt. Attends-moi ! Je reviens te voir après la réunion. Quoique... ça peut prendre plusieurs heures.

Il n'en fallait pas plus à Crafty pour aller jeter un œil à la Ménagerie. Click lui avait demandé de ne pas bouger, mais il n'allait pas manquer une telle opportunité.

Il frappa à la porte et montra sa clé. Il fut reçu par un grand type maigre en blouse blanche. Sans même daigner se présenter, celui-ci le fit entrer dans un vaste hall, où d'autres hommes en blanc empilaient des cages. Visiblement, il était au courant des droits que la clé conférait au visiteur et en paraissait fort irrité.

Crafty parcourut les lieux du regard. Des grognements et des gémissements montaient des cages, qui dégageaient une forte odeur d'urine.

– Comme tu peux le voir, nous déménageons les spécimens, dit le grand maigre. Je ne peux pas t'interdire d'entrer, mais tu as vraiment mal choisi ton moment. Tâche de ne pas rester dans nos jambes !

Avec un hochement de tête agacé, il s'éloigna, laissant Crafty sur le seuil. Apparemment, on transportait les spécimens vers l'est avant l'engloutissement du château. En dépit de cet accueil peu encourageant, le garçon décida de visiter rapidement les lieux.

Trois couloirs partaient du hall. Il choisit celui de gauche. Il n'avait pas fait cinq pas qu'il fut bousculé par un costaud chargé d'une caisse.

– Tiens ta droite ! lança l'homme avec colère.

Crafty douta de l'efficacité de cet ordre : il y avait tout juste la place pour laisser passer deux personnes de front. Comment feraient-ils sortir les plus grandes cages ?

Il eut la réponse à sa question en atteignant le bout du couloir. Un écriteau, au-dessus de la porte, indiquait : PETITS SPÉCIMENS.

La salle ne contenait pas de cages mais des dizaines de boîtes. Chacune était équipée d'une paroi vitrée, comme celles de la Salle des Autopsies. Sauf qu'ici, les spécimens étaient tous bien vivants.

La première contenait une sorte de fourmi géante, aussi grosse que le poing. À peine Crafty s'était-il approché que la bête griffait la vitre comme pour lui arracher les yeux. Il se rejeta en arrière si brusquement qu'il faillit perdre l'équilibre. Il se félicita de ne pas avoir rencontré ce genre de bestiole dans le Shole.

La plupart des spécimens étaient des insectes d'une taille inconnue dans le Monde Diurne. Puis le garçon découvrit des casiers dans lesquels des dizaines de créatures présentaient en outre de curieuses modifications. Il se souvint avoir ramassé des spécimens similaires le long du canal, avant que celui-ci soit englouti. Et que d'autres voletaient au-dessus des flaques huileuses dans son cauchemar – sauf que celles-ci étaient nettement plus grosses. Munies de huit pattes, comme les araignées, elles avaient des têtes presque humaines, avec un nez, une bouche, des yeux et une face expressive. Elles s'approchèrent de la vitre comme pour l'observer. La plupart avaient une mine renfrognée. L'une d'elles semblait sourire. Mais ce n'était pas un sourire amical.

Crafty revint vers le hall et prit le couloir du milieu. Plus large, il conduisait à une porte indiquant cette fois GRANDS SPÉCIMENS.

La salle, éclairée seulement par deux torches fixées au mur, était plongée dans la pénombre. Des cages d'où montait une puanteur insupportable y étaient alignées. Dans la première, un être inidentifiable semblait dormir, à moitié enfoui sous un tas de paille sale. Son corps, à peu près deux fois gros comme celui d'un être humain, se soulevait et s'abaissait à chaque respiration.

L'espèce de chien au front cornu, dans un coin de la cage suivante, ressemblait à un ne-mord-qu'une-fois. Le garçon n'aurait su dire si c'en était vraiment un. Lui aussi dormait, ce qui étonna le garçon.

Un bruit venu de plus loin interrompit son questionnement. Il devait y avoir là quelque chose d'éveillé.

Quand il atteignit la cage, il comprit qu'il s'était trompé. La créature dormait. Mais un homme en blouse blanche tachée de sang frais sortait des morceaux de viande crue d'un gros sac et les poussaient entre les barreaux de la cage d'à côté avec un bâton. Il se renfrogna en découvrant Crafty.

– Pourquoi dorment-ils tous ? demanda celui-ci.

– Ta clé te donne peut-être le droit d'entrer ici, grommela l'homme. Elle ne nous oblige pas à répondre à tes questions idiotes.

– Désolé, dit Crafty en haussant les épaules. Simple curiosité.

Il s'apprêtait à s'éloigner quand l'homme se décida :

– On drogue leur nourriture pour qu'ils restent tranquilles. Comme ça, ils nous causent moins d'ennuis et sont moins dangereux.

– Merci pour le renseignement, dit poliment Crafty.

Puis il lui vint une autre question :

– Ces spécimens vont être déménagés, eux aussi ? Vu leur taille, ça ne va pas être facile.

À sa surprise, l'homme accepta de répondre :

– Certains le seront. Les plus gros seraient trop encombrants. Je ne sais pas ce qui a été décidé, mais le mieux serait de mettre fin à leur misérable existence.

Les tuer, quoi. Moi, c'est ce que je ferais. Je ne laisserais pas des êtres aussi dangereux en vie. Bien sûr, les deux humains sont déjà morts. On détruira leurs corps, pour qu'ils ne reviennent pas. Et on les brûlera, c'est plus sûr.

Le cœur de Crafty rata un battement. Il devait parler de Donna et de Minus !

Avec un dernier regard maussade vers le garçon, l'homme jeta le sac taché de sang sur son épaule et se dirigea vers la porte. Le garçon faillit le suivre, puis il décida d'observer encore quelques spécimens. Il ne vit que de grosses créatures, à moitié cachées sous la paille.

Il arriva enfin devant une cage où l'aberration endormie était allongée sur le dessus de sa paillasse.

C'était Donna.

18

DÉMÉNAGEMENT

Crafty aurait pu la toucher en avançant la main à travers les barreaux. Donna portait de nouveau son uniforme de mouche, taché et froissé.

Pourquoi était-elle traitée comme ça ? La Salle des Autopsies l'avait transférée à la Ménagerie, où on l'avait simplement mise en cage. Et le jeune garçon, celui qu'on surnommait Minus, où était-il ?

Crafty sentit monter sa colère. Il avait espéré que les mouches de porte reprendraient leur service. Au lieu de ça, on les avait droguées, comme les autres aberrations. Les considérait-on trop grosses ou trop dangereuses pour être évacuées ? Allait-on les tuer ici même ? Ce n'était pas juste.

Se plaindre à quelqu'un de la Ménagerie n'aurait servi à rien. Le peu d'autorité que la clé lui conférait lui avait déjà valu pas mal d'hostilité. Il ne lui restait qu'un moyen d'aider Donna et Minus : en référer au duc.

En arrivant au bas des marches centrales de l'estrade, Crafty parcourut du regard la Chambre Ducale. La dernière fois qu'il s'était tenu ici, à part son escorte, il s'était trouvé seul avec le duc. À présent, deux douzaines de personnes, hommes et femmes, s'affairaient en silence. Certains portaient des blouses blanches. Étaient-ce des chercheurs comme Click ? D'autres écrivaient, assis à une table. Sans doute s'occupaient-ils des préparatifs d'évacuation, en prévision du jour où le château serait englouti.

Le duc lui sourit et lui fit signe d'avancer. Crafty s'inclina avec déférence avant de monter les marches. Il s'arrêta juste avant que sa tête ne dépasse celle du duc.

– Je t'attendais, Crafty, dit celui-ci. As-tu visité d'autres départements ? As-tu fait des découvertes intéressantes ? Débusqué quelque nid de frelons ?

– Désolé, monsieur, mais je n'ai repéré aucun signe d'activité des Capuchons Gris. Puis-je vous demander ce qui est arrivé au jeune homme de la Salle des Reliques ? Appartenait-il réellement à cette secte ?

– Quand il est revenu travailler, il portait effectivement une balafre à l'œil gauche. Il est toujours à son poste, ignorant qu'on l'observe de près. Cette surveillance nous a permis d'identifier deux probables Capuchons Gris, employés à la Salle des Reliques.

Leur arrestation ne saurait tarder. Bien joué, Crafty ! Je suis sûr que tu nous fourniras bientôt de nouveaux éléments.

– Je n'ai encore fait que des visites préliminaires, monsieur. J'ai l'intention de retourner sur les lieux jusqu'à ce que j'en sache plus. Mais ce que j'ai découvert aujourd'hui à la Ménagerie m'a profondément perturbé…

Crafty fit un résumé rapide de la situation, et pria le duc d'épargner Donna et Minus.

– On manque vraiment de mouches de porte, monsieur, insista-t-il. Leur contribution nous serait d'une grande utilité.

Le duc se caressa la barbe, les yeux dans le vague, comme perdu dans ses pensées. Puis il posa sur le garçon un regard plein d'autorité :

– Tu dois comprendre, Crafty, que toutes mes décisions sont prises pour le bien du Corpus, même si certaines peuvent sembler cruelles. Ce sont des choix difficiles, mais notre survie en dépend. Les premiers interrogatoires des deux mouches mortes se sont mal passés. Elles se sont montrées agressives et ont été classées comme particulièrement dangereuses. Par conséquent, on leur a administré un calmant, et…

– Je vous en prie, monsieur, permettez-moi de leur parler ! Elles étaient sûrement terrifiées et en pleine confusion. C'est ce que je ressentirais si, après avoir été mort et être revenu à la vie, on m'avait enfermé dans une cage ! Pour vous aussi, monsieur, votre transformation par le Shole a dû être un traumatisme terrible. Sous l'effet de la colère, peut-être avez-vous dit des choses que vous ne pensiez pas et que vous avez regrettées après.

Une succession d'expressions contrastées parcourut le visage du duc, dont l'une était certainement une violente irritation. Non content de l'interrompre, Crafty avait osé lui rappeler sa douloureuse expérience ! Le garçon craignit soudain d'avoir été trop loin.

– Certains spécimens doivent être détruits, reprit enfin le duc. Mais, une fois encore, pour un garçon de ton âge, tu fais preuve d'une grande sagesse. Quand on m'a ramené au château après m'avoir sorti du Shole, j'étais en effet dans une colère noire, et mes propos ont pu blesser des personnes qui voulaient simplement m'aider. Concernant ces deux mouches, je suis sensible à tes arguments. Ils seront maintenus confinés et sous calmant, car nous ne pouvons prendre aucun risque. Cependant, ils ne seront pas détruits si l'équipe de la Ménagerie est obligée d'abandonner le château. Je vais donner des ordres en ce sens. Cela te rassure-t-il, Crafty ?

Même si ce n'était pas exactement ce qu'il avait espéré, c'était mieux que rien. Il devrait s'en contenter.

– Oui, monsieur. Je vous remercie. Et merci de m'avoir écouté.

Le duc l'ayant renvoyé d'un geste de la main, le garçon descendit les marches et quitta la Chambre Ducale. Était-ce un effet de son imagination ? Le duc lui avait paru un peu plus froid que d'habitude.

Click était déjà de retour dans la Salle d'Attente et pianotait nerveusement sur la table.

– Qu'est-ce qui t'a retenu ? Où étais-tu ? l'interrogea-t-elle sèchement.

Crafty lui fit un récit complet de sa visite à la Ménagerie et de sa conversation avec le duc.

– Tu as bien agi, approuva Click. Je pense aussi qu'on doit offrir à ces deux mouches une chance de faire leurs preuves. Elles le méritent. Prends tout de même garde à ta façon de parler au duc ! Tu as dépassé les bornes. N'oublie pas qu'il est de sang royal ; il a l'habitude d'être obéi, pas mis au défi. Il a pouvoir de vie et de mort sur chacun d'entre nous. Il subit de lourdes pressions, en ce moment, ça le rend particulièrement susceptible.

Crafty approuva de la tête. Click avait raison.

– Et cette réunion ? s'enquit-il. On a parlé de moi ?

– Pas directement. J'en saurai davantage demain. Le déménagement vers le château de Clitheroe est imminent. Il se trouve au sud-est, dans la vallée de la Ribble. Certains membres du Corpus s'y trouvent déjà, ainsi que quelques courriers, dont ton père. On a besoin d'eux pour aider les communautés prises au piège dans les Îles Diurnes.

Dans ces morceaux de terre entourés par le Shole, les gens ne subsistaient que grâce aux courriers, qui leur apportaient ce dont ils avaient besoin. Sans cela, ils seraient morts de faim.

Crafty ressentit un pincement au cœur : son père n'était pas venu lui dire au revoir. Puis il refoula cette idée. Le courrier Benson avait dû partir en urgence, voilà tout.

– Quand le Shole aura envahi le château, reprit Click, nous, les Fey, en prendrons la direction. La plupart d'entre nous seront basés dans la Chambre Ducale avec le duc. On est en train de renforcer la porte principale. Un Fey au moins sera assigné à chaque département. Les courriers assureront la sécurité autour du château et au-delà.

– Combien serons-nous de Fey, au total ?

– Une soixantaine, en comptant les courriers dont la présence n'est pas nécessaire à Clitheroe. C'est peu pour assurer la défense du château. Nous devrons faire avec.

Click marqua une pause, le temps de sortir un objet caché sous la table :

– Maintenant, Crafty, j'ai une surprise pour toi !

Et elle déposa une arbalète devant lui.

Le garçon fut enchanté.

– Prends-la, dit-elle avec un sourire. Elle est à toi. Et viens avec moi ! On va voir comment tu te débrouilles.

Tout excité, il la suivit jusqu'au terrain d'entraînement, une vaste cour pavée, derrière le bâtiment principal. Des cibles en bois y étaient alignées. Sous la direction de Click, il commença à viser celle de gauche. Ses premiers tirs se perdirent dans le vide. Mais bientôt, il réussit à placer quelques carreaux ; il en mit même un dans le mille.

– Exerce-toi un peu chaque jour, lui conseilla Click. On ignore quand le Shole surgira. Cette arme peut te sauver la vie.

Cette nuit-là, Crafty eut du mal à s'endormir. Il ne pouvait chasser de sa tête les avertissements de Vipère.

Avait-il seulement cherché à les effrayer et à se donner de l'importance ? Ou bien savait-il *vraiment* que le château était sur le point d'être englouti ?

19

PLUS TOUT À FAIT HUMAIN

Ce soir-là, à peine couché, Crafty se trouva de nouveau plongé dans un cauchemar.

Il se tenait à l'extérieur du château, en haut de la rue pavée qui descendait la colline. Au-dessus de sa tête, une lune gibbeuse répandait sur le décor alentour sa lumière d'argent. Devant lui, un mur de nuées tourbillonnantes, une sorte de vague géante déferlait vers lui. Ce sombre tsunami, c'était le Shole.

Des gens tentaient de lui échapper en remontant la colline. Crafty aurait voulu fuir, lui aussi. Au lieu de ça, il inspira profondément et se planta sur ses pieds. Il était Fey, être pris dans le Shole ne lui causerait aucun mal. Il y aurait peut-être des aberrations, mais un espace nouvellement avalé restait relativement sûr, même la nuit.

Malheureusement, les fuyards de Lancaster n'auraient pas autant de chance. La plupart mourraient à l'instant où le Shole les toucherait. Ils glapissaient de terreur, hommes, femmes, enfants, tout en courant pour tenter de sauver leur peau. Un gamin buta contre un pavé et s'étala de tout son long. Sa mère revint en arrière pour le remettre sur ses pieds. Elle arriva trop tard.

Crafty aurait voulu les aider, mais il ne pouvait rien faire. Ils étaient trop nombreux, et tout allait trop vite. Le Shole s'abattit sur eux, et ils tombèrent en hurlant. Quelques secondes plus tard, le garçon était pris à son tour. L'obscurité l'enveloppa, un vent froid le gifla. La lune avait disparu, et, dans le noir, il entendait les clameurs angoissées qui montaient autour de lui. Certaines s'éteignaient déjà, à mesure que le Shole accomplissait son œuvre de mort.

Soudain, le garçon sentit sur sa figure un souffle froid. Une voix lui chuchota à l'oreille. Il connaissait cette voix, c'était celle de Vieille Nell, la sorcière morte.

Réveille-toi, Crafty ! Vite ! Vite !

Il ouvrit les yeux et soupira de soulagement. Il était en sécurité dans son lit. Cependant, sa chambre était baignée d'une étrange lumière grise, et il y faisait anormalement froid.

Il frissonna. Il faisait *vraiment* froid.

Avait-il réellement rêvé ?

Il perçut alors des cris lointains, de l'autre côté de sa porte, à croire qu'un massacre avait lieu quelque part. Les Capuchons Gris avaient-ils envahi le château ? Se battaient-ils avec les gardes ? Ou était-ce plus grave encore ?

Crafty se sentait sans force, le sang battait à ses tempes. Un violent sentiment d'urgence l'obligea à sortir du lit. Il s'approcha de l'étroite fenêtre qui donnait sur la ville du côté du Shole.

Ce qu'il vit confirma ses pires craintes. Sous un ciel ténébreux, tout baignait dans une espèce de brume grise. On ne distinguait plus le sombre mur du Shole, qui marquait la frontière avec le Monde Diurne.

Crafty se retourna. La brume emplissait sa chambre. Il apercevait à peine son lit. Les cris qui continuaient, à l'extérieur de sa porte, diminuaient d'intensité, se changeaient en plaintes semblables à celles qu'il avait entendues dans son cauchemar.

Alors, les forces lui revinrent. Malgré la terreur qui lui faisait battre le cœur, il avait l'esprit clair. Ce qu'ils prévoyaient depuis longtemps était arrivé.

Le château avait été avalé.

Crafty s'habilla en hâte. Il devait courir faire son rapport à la Chambre Ducale et aider à protéger le duc. Tous les Fey présents au château se rassembleraient là.

Il passa rapidement en revue les dangers immédiats que cette nouvelle situation entraînerait.

Les aberrations ne se dirigeraient pas vers le château avant un certain temps, mais le Shole aurait déjà accompli sa tâche délétère. Avec un frisson d'horreur, le garçon comprit que tous ceux qui n'étaient pas Fey – le Chef Mancien, les gardes et la plupart des employés des divers départements – devaient déjà être morts ou mourants. Ils ne seraient plus là, pas plus que les gens qui vivaient à l'extérieur du château. Les maisons ne seraient plus habitées que par des squelettes, tandis que des chairs en putréfaction se répandraient sur les planchers. Ceux qui n'auraient pas été tués se transformeraient en aberrations féroces.

Crafty enfila ses bottes et boutonna son manteau jusqu'au cou pour se protéger du froid. Il vérifia que son poignard était bien à sa ceinture. Puis il saisit son arbalète. Il n'avait pas imaginé en avoir besoin aussi vite. Le sac contenant les carreaux y était accroché ; il n'en avait pas de rechange. Il faudrait qu'il fasse avec.

À l'instant d'ouvrir la porte, il se figea sur place. Il y avait quelque chose à l'extérieur. C'était gros et ça flairait le bois.

Le garçon se tint parfaitement immobile, osant à peine respirer. Il y eut un nouveau reniflement, puis ça s'éloigna. Apparemment, ça marchait à quatre pattes. C'était probablement une aberration, mais que faisait-elle là ? Les transformations pouvaient-elles être aussi rapides ? Ça ne pouvait pas être déjà sorti du Shole, si ?

Crafty colla son oreille contre la porte. Il n'entendit rien. Il fit lentement tourner le battant et fouilla des yeux le couloir obscur. Il était désert. Les cris s'étaient tus, laissant place à un silence inquiétant. Crafty s'apprêtait à descendre vers les appartements du duc quand il se rappela qu'il avait une autre priorité : Lucky, alité dans une des chambres de l'infirmerie. Encore malade, il serait vulnérable. Lucky était son ami. Quel que soit le danger, il ne pouvait pas l'abandonner.

Il longea prudemment le couloir jusqu'à l'escalier. Il descendit lentement, et tomba sur le premier des nombreux morts qu'il devrait s'attendre à rencontrer. Le Shole avait tué ce garde et travaillait rapidement sur son cadavre. Le visage s'était déjà décomposé, un liquide visqueux se répandait sur les dalles. Il en montait une odeur douceâtre de pourriture, et Crafty dut retenir sa respiration pour ne pas vomir. Les orbites à présent emplies d'une matière rose fixaient sur lui leur regard aveugle. La chair des mains tombait, dénudant les os jaunes.

Crafty s'éloigna rapidement et descendit encore une autre volée de marches avant de suivre un autre couloir menant à l'infirmerie. Des tentacules de brume s'enroulaient autour de ses genoux.

Il y avait une dizaine de petites chambres. Crafty n'ayant pas été autorisé à visiter son ami, il devait les vérifier une à une. Les deux premières étaient vides, mais des plaintes montaient de la troisième. Était-ce Lucky ?

Il poussa la porte. Un homme agenouillé sur son lit secouait la tête en émettant des grognements de douleur. Il semblait regarder Crafty, mais il était évident qu'il ne le voyait pas. Il ne voyait plus rien.

Deux courtes branches sortaient de ses yeux, garnies de bourgeons qui commençaient à s'ouvrir. Le Shole était en train de le transformer.

Crafty ne pouvait rien faire pour lui. Il savait que le mieux serait de le tuer – c'est ce que n'importe quel courrier aurait fait sans hésitation, maintenant que le château était englouti. Cet homme, sur le lit, n'était déjà plus tout à fait humain. Il se changeait en aberration et se révélerait bientôt dangereux. Pourtant, le garçon ne put s'y résoudre. Il se contenta de refermer la porte et de poursuivre ses recherches.

La chambre suivante était vide, celle d'après contenait un cadavre à demi décomposé. Crafty repoussa promptement la porte.

Il trouva enfin Lucky, assis au bord de son lit. Vêtu seulement d'une mince chemise de nuit, il frissonnait violemment.

– Qu'est-ce qui se passe ? s'exclama-t-il avec angoisse. Oh, c'est toi, Crafty !

Il voulut se lever, il vacilla aussitôt. Crafty n'eut que le temps de le retenir avant qu'il s'effondre.

– J'ai si froid, gémit-il. La pièce tangue autour de moi. Il faut que je me recouche.

Si Lucky avait froid, il brûlait néanmoins de fièvre. Son état s'était visiblement aggravé.

– Non, tu ne peux pas rester ici. Le Shole a envahi le château, lui apprit Crafty. Je vais te conduire à la Chambre Ducale. Tiens, prends mon manteau.

Crafty posa son arbalète sur le lit, ôta son manteau et aida Lucky à l'enfiler. Soutenant son ami d'une main, il reprit son arme de l'autre et ils marchèrent vers la porte.

Dans le couloir, des cris stridents lui firent lever la tête. Un brasse-de-l'air était encastré dans le haut plafond de pierre. Alors que la transformation des humains était relativement lente, les brasse-de-l'air prenaient leur nouvelle forme en quelques minutes. Le garçon ne distinguait pas le visage de celui-ci, mais l'agitation de ses quatre membres ne laissait aucun doute sur ce qu'il était devenu.

Les cris se changèrent alors en mots intelligibles :

Allume une chandelle ! Allume une chandelle, maman ! Allume, s'il te plaît, je n'y vois rien !

Cette demande étonna Crafty, car une torche brûlait juste derrière la créature. Bien que ne produisant qu'une curieuse flamme rougeâtre qui emplissait le couloir de fumée, elle donnait assez de lumière.

J'ai peur du noir. J'ai peur. S'il te plaît, maman, allume une chandelle, je n'y vois rien !

C'était apparemment un des gardes, transformé par le Shole. Il se croyait de nouveau enfant, ce qui n'expliquait pas pour autant qu'il se croie plongé dans le noir.

Soutenant toujours Lucky, Crafty continua son chemin, et les cris du brasse-de-l'air diminuèrent peu à peu. Mais le cœur du garçon bondit dans sa poitrine quand il aperçut, tout au fond du couloir, un énorme chien noir, dont l'haleine montait en buée dans l'air froid. Il avait la silhouette d'un lévrier, en beaucoup plus massif, et deux cornes pointaient sur sa tête étroite. Le garçon reconnut cette sorte de dangereuse aberration appelée le ne-mord-qu'une-fois. Était-ce celle qui était venue flairer sa porte ? Celle qu'il avait vue dans la Ménagerie ? Si elle s'était échappée, d'autres avaient pu en faire autant.

Elle gronda et se ramassa sur elle-même, dévoilant sa triple rangée de crocs. Crafty savait qu'une seule morsure lui serait fatale.

Il n'avait eu qu'une séance d'entraînement à l'arbalète. Au dire de Click, il avait montré une certaine habileté. Mais la cible était immobile, tandis que l'aberration s'était élancée, rapide, musclée, la gueule dégoulinant de salive.

Crafty eut l'impression que le temps ralentissait. Il laissa tomber son ami sur le sol – il avait besoin de ses deux mains. Puis il visa, en tremblant légèrement, et lâcha le premier trait.

Il passa à une largeur de main au-dessus de la créature. Par chance, il n'était pas nécessaire de recharger l'arc. Le garçon perçut un claquement, et le carreau suivant se mit en place.

Il tira.

Et rata encore.

Cette fois, le coup n'était pas passé loin.

Le temps semblait toujours s'étirer avec une étrange lenteur. Lucky gisait sur le sol, le chien était tout près. Crafty voyait clairement ses mâchoires de prédateur affamé.

Soudain, le temps reprit son cours normal. La bête bondit, les crocs prêts à se refermer sur l'épaule de sa proie.

Il y eut un autre claquement, le carreau suivant s'était mis en place. Ce serait le dernier essai, il n'y en aurait pas d'autre.

La dernière chance.

20

UN MYSTÈRE DE PLUS

Crafty lâcha le trait. Il le vit filer vers sa cible et s'enfoncer dans l'épaule du ne-mord-qu'une-fois. La blessure n'était pas mortelle ; le garçon se crispa de terreur.

Mais la créature vacilla avec un jappement plaintif et rata d'un pouce la jambe de Crafty. Celui-ci la regarda avec soulagement galoper le long du couloir et disparaître au tournant. Pour une fois, l'aberration n'avait pas fait honneur à son nom.

Crafty s'empressa de relever Lucky. Il n'avait pas souffert de sa chute, il semblait seulement abasourdi. Crafty l'aida à descendre les escaliers jusqu'au rez-de-chaussée, d'où partait le long corridor menant aux différents départements et à la Chambre Ducale.

– Encore un effort, Lucky, l'encouragea-t-il. On y est presque.

Franchir les dernières marches s'avéra pénible. Un autre cadavre gisait en travers, et la chair en décomposition rendait la pierre glissante. Lucky, à moitié inconscient, était un poids mort.

Enfin, ils atteignirent le couloir, dépassèrent la Salle des Autopsies et la Bibliothèque Grise. Toutes les portes étaient fermées, et des courriers étaient postés devant la Ménagerie et l'appartement du duc. La porte de la Ménagerie avait été barricadée avec des planches.

Soutenant toujours Lucky, Crafty s'adressa au courrier le plus proche pour lui demander son aide. Mais, avec un rictus, l'homme lui posa la pointe de son épée sur la gorge.

– Garde tes distances ! gronda-t-il.

– Nous sommes mouches de porte, et mon ami est malade, protesta Crafty. Il nous faut du secours.

– Je vois ça ! Alors, avance ! On va s'occuper de vous, ironisa l'homme en agitant son épée.

Crafty comprenait sa réaction : il ne prenait pas de risque. Tous les courriers avaient dû être mis en garde contre les humains en cours de transformation.

En poursuivant son chemin, Crafty vit deux autres corps étalés devant la porte de la Chambre Ducale. Le garde posté là jeta aux arrivants un regard mauvais et pointa lui aussi son épée.

– Stop ! Attendez ici ! cracha-t-il. Déclinez vos identités !

– Je suis Colin Benson, et voici Pete Proudfoot. Nous sommes mouches de porte, prêts à prendre notre service, déclara Crafty.

– Qu'est-ce qu'il a, ton compagnon ?

– Il était à l'infirmerie. Je suis allé le chercher pour l'amener ici.

Le garde remit son épée au fourreau avant de frapper à la porte. Elle s'ouvrit sur le capitaine Clayton.

Le courrier toisa un moment les deux garçons.

– Eh bien, décida-t-il enfin, entrez tous les deux.

Il souleva Lucky dans ses bras comme un nourrisson et le porta à l'intérieur. Crafty le suivit.

– Il y a une aberration dans les couloirs, apprit-il au capitaine. Je crois que c'est un ne-mord-qu'une-fois.

– Elle n'est pas la seule à circuler en liberté, répliqua l'homme sans prendre la peine de se retourner. Beaucoup se sont échappées de la Ménagerie avant qu'on ait eu le temps de la sceller. Pour le moment, le seul endroit sûr est la Chambre Ducale.

Dès son entrée, Crafty examina la vaste salle du regard. Une demi-douzaine d'hommes et de femmes étaient assis à des tables. Le duc, dans son container en haut des marches comme d'ordinaire, conversait avec un homme en blouse blanche. Personne ne prêta attention au garçon.

L'appartement, cependant, paraissait différent. La lumière des torches, vacillante et d'un rouge maladif, peinait à percer la pénombre. Les quatre braseros allumés aux quatre coins de la pièce avaient peu d'impact sur le froid et produisaient plus de fumée que de chaleur, ce qui assombrissait encore l'atmosphère.

Crafty remarqua alors un élément nouveau : un large espace carré délimité par quatre solides poteaux reliés par une chaîne. Cela servait-il à tenir les gens à l'extérieur ? Et si oui, pourquoi ?

– Suis-moi, aboya le capitaine Clayton.

Crafty avait quantité de questions à poser. Combien le Shole avait-il fait de victimes ? Les directeurs des différents départements étaient-ils tous morts ?

Du moins était-il heureux de savoir son père à Clitheroe, hors de danger.

Le capitaine, visiblement, n'avait pas de temps à perdre. Portant Lucky, toujours inconscient, il traversa une sorte d'antichambre. Avant de devenir les appartements du duc, ces lieux étaient connus sous le nom de Salle des Pessimistes. En réalité, chaque « salle » formait un dédale de pièces, des zones spécialisées, desservies par le couloir du rez-de-chaussée. Celle-ci ne faisait pas exception. Trois longs couloirs s'enfonçaient dans l'obscurité, tandis que deux volées de marches conduisaient aux étages inférieurs.

Le capitaine désigna la première d'un mouvement de menton.

– Par là ! ordonna-t-il d'un ton sec. Troisième porte à gauche. Tu travailleras avec Mlle Crompton-Smythe. Je vais confier ton ami au docteur.

Sur ce, il fit demi-tour.

Crafty descendit l'escalier et frappa à la porte indiquée. Click lui ouvrit aussitôt.

– Où étais-tu ? s'exclama-t-elle. Je me suis fait un sang d'encre.

– Je me suis réveillé au moment où le château était englouti, expliqua le garçon. Puis je suis allé chercher Lucky à l'infirmerie pour l'amener ici.

– Il va bien ?

Crafty secoua la tête :

– Il a beaucoup de fièvre. Quand on est arrivés, il était inconscient. Le capitaine Clayton l'a emmené voir le docteur.

– Ne t'inquiète pas, il est entre de bonnes mains.

Elle désigna l'endroit d'un geste de la main :

– Voici mon nouveau bureau. Il n'est pas grand, mais on s'en contentera.

Une unique torche répandait sa lumière sanglante sur les murs et les dalles. Des caisses scellées et empilées occupaient la moitié de la pièce, laissant juste assez de place pour une petite table de travail et un siège. Dans le coin le plus éloigné se tenait le portail d'argent avec sa guillotine et la chaise équipée des lanières de cuir servant à maintenir une mouche de porte quand elle tentait une capture.

– C'est le portail qu'on utilisait avant ? demanda Crafty.

– Non, mais celui-ci est mieux adapté à nos besoins actuels. Je l'ai testé et je l'ai modifié pour augmenter sa précision. Ce portail nous permettra d'entrer à l'intérieur des bâtiments à condition qu'ils soient assez grands, et on utilisera des balises. Je les ai placées avec soin, en prévision du moment où le château serait englouti.

Crafty admira le soin et l'intelligence avec lesquels Click avait mené ses préparatifs. Sur combien de projets pouvait-elle bien travailler ? Elle gardait beaucoup de choses pour elle.

– Donc, poursuivit-elle, nous pouvons maintenant nous rendre n'importe où dans le Shole, y compris à l'intérieur du château pourvu que l'espace le permette. De nombreuses balises sont prévues pour ça.

Elle tapota du doigt le tiroir du bureau :

– Tout ce dont nous avons besoin est rangé là-dedans.

– C'est stupéfiant, Click ! On peut aussi sortir du Shole, alors ? Aller dans le Monde Diurne ? Et même dans les Îles Diurnes ?

Si tel était le cas, ils pourraient venir en aide aux personnes prises au piège dans ces lieux environnés par le Shole, ce qui ôterait un grand poids des épaules des courriers.

– On n'a pas encore trouvé le moyen de le faire. J'espère que ce sera possible un jour. Un portail spécial sera notre principal point de contact avec le nouveau quartier général. Tu as vu l'espace entouré d'une chaîne, face au trône du duc ?

Crafty hocha la tête.

– C'est là que le portail s'ouvrira quand il aura été testé. C'est quelque chose de tout à fait inédit : il est à peu près trois fois plus grand qu'un portail ordinaire. Ça facilitera l'approvisionnement. Comme tu le sais, le transfert par magie ne fonctionne pas dans les zones récemment englouties.

Crafty était de plus en plus impressionné. Les chercheurs faisaient visiblement de grands progrès. Il était seulement un peu triste que Click l'ait laissé si longtemps dans l'ignorance.

– Donc, reprit-il, Vipère avait raison. Non seulement il s'est évadé, mais sa prédiction s'est réalisée. Le château a bel et bien été avalé.

– C'est vrai, admit Click. Certaines aberrations en savent apparemment plus que nous. Elles sont encore plus dangereuses que nous ne le pensions.

– Bon, où va-t-on ? demanda le garçon en s'asseyant face au portail.

– Pour le moment, on ne va nulle part. Alors, installe-toi confortablement. Je vais juste te mettre rapidement au courant de certaines choses.

Prenant le siège derrière son bureau, elle le plaça près du garçon et s'assit.

Il pivota sur sa chaise pour la regarder :

– Avant que j'oublie, il y a un brasse-de-l'air encastré dans le plafond d'un des couloirs. J'ai compris ce qu'il disait, encore une fois. Il se croyait enfant et il était aveugle. Il appelait sa mère.

Click eut un sourire sombre :

– Les brasse-de-l'air fusionnent avec ce qui est à proximité quand ils sont pris dans le Shole. Ça se passe très vite, en quelques minutes, alors qu'il faut des heures ou même des jours pour transformer un humain en aberration. S'ils sont encastrés dans un arbre, ils conservent une partie de leurs facultés et survivent aussi longtemps que leur support, parce qu'un arbre est vivant et qu'ils se nourrissent de sa sève. Ceux qui sont pris dans la pierre ne résistent que peu de temps. Ils absorbent un peu d'eau et de minéraux, mais au bout d'une semaine, ils se flétrissent et meurent. La plupart sont aveugles, mais certains conservent une vision exceptionnelle, sans qu'on ait pu jusqu'à présent expliquer pourquoi. Encore un mystère à résoudre ! Au moins, ils ne sont pas à craindre. Car, crois-moi, les aberrations dangereuses sont déjà en chasse ! Peu après l'engloutissement du château, quelqu'un a libéré la plupart de celles qui étaient enfermées dans la Ménagerie, et...

– Oui, j'ai croisé un ne-mord-qu'une-fois dans le couloir. J'ai réussi à lui mettre une flèche dans l'épaule et il s'est enfui. Je croyais pourtant qu'on les maintenait endormis ?

Click poussa un soupir exaspéré :

– L'un des employés de la Ménagerie était Fey. On l'a retrouvé, le cou brisé. Il n'avait pas eu le temps de distribuer la nourriture droguée. On pense qu'une créature a pénétré dans les lieux par un portail, tué l'unique personne qui ne l'avait pas été par le Shole, et commencé à libérer les aberrations.

– Alors, elles n'ont pas toutes été relâchées ? Qu'a-t-on fait de Donna et de Minus ? demanda Crafty anxieusement.

– J'y viens, dit Click en fronçant les sourcils. Celui qui a fait ça a été interrompu par l'arrivée d'une patrouille. Les gardes ont tué les quelques aberrations qui erraient encore dans la Ménagerie. Puis ils ont scellé la porte pour que les autres ne sortent pas. Donna était – est encore – dans sa cage. Malheureusement, on ignore ce que Minus est devenu. Donna le sait peut-être. Et c'est là que tu interviens, Crafty. Dans une heure, les courriers pénètreront dans la Ménagerie. Sur ordre du duc, ils tueront toutes les aberrations qui s'y trouvent encore.

Crafty ouvrit la bouche pour protester ; Click le fit taire d'un geste et parla la première :

– Nous irons avec eux. Tu connais Donna, n'est-ce pas ? Tu es leur seule planche de salut, à elle et au garçon. Ce sera à toi de lui parler. Si elle répond et garde son calme, les courriers les laisseront en vie tous les deux. On les ramènera ici jusqu'à ce qu'on ait pu les évaluer correctement. Tu peux remercier le duc, c'est à lui que tu dois cette décision ; il semble toujours prêt à t'écouter. On a une chance de sauver Donna et Minus, Crafty. Ne la laisse pas passer !

21

LE COURAGE D'EN PARLER

Click et Crafty suivirent les sept courriers jusqu'à la Ménagerie. L'air était glacial, à présent, et le garçon boutonna son manteau – qu'on lui avait rendu – jusqu'au cou.

Le capitaine Clayton menait les hommes, tous pourvus du nouveau type d'arbalète conçu par Click. Trois d'entre eux portaient des torches, qui crachotaient en produisant une fumée âcre. Click et Crafty avaient aussi leurs armes, elles ne seraient sûrement pas inutiles.

Arrivés devant la porte, deux courriers mirent un genou en terre, en position de tir, tandis qu'un troisième arrachait bruyamment les planches à l'aide d'un gros pied-de-biche.

La porte enfin ouverte, ils pénétrèrent dans la salle où l'équipe de la Ménagerie avait entassé les caisses en prévision du déménagement vers Clitheroe. Quelques piles étaient encore là.

Le capitaine Clayton leva la main.

– Silence ! ordonna-t-il.

Ils tendirent l'oreille. Rien. Les aberrations, alertées par le vacarme du bois qui éclatait, s'étaient sûrement réfugiées dans les profondeurs des locaux.

Le capitaine s'engagea dans le couloir principal. Arrivé devant la porte marquée d'un panneau GRANDS SPÉCIMENS, il se tourna vers Click :

– Mademoiselle Crompton-Smythe, je pense préférable que vous restiez ici pendant que nous nous occupons des créatures qui se cachent dans cette salle. Vous entrerez quand nous aurons nettoyé le terrain.

Click acquiesça, et le capitaine franchit le seuil, laissant deux de ses hommes pour garder la porte. L'un d'eux tenait une torche, l'autre se mit en position avec son arbalète.

Au bout de cinq minutes, en dépit de leurs épais manteaux, Crafty et Click tapaient des pieds pour se réchauffer. Leur souffle montait en buée dans l'air glacé. De l'autre côté de la porte, ils entendaient des rugissements et parfois des cris inhumains : un carreau d'arbalète ou une lame d'épée avait trouvé sa cible.

Ils patientèrent une bonne demi-heure. À un certain moment, un grognement monta du fond du couloir, leur rappelant que le danger était partout.

Les aberrations qui erraient dans le labyrinthe des salles et des corridors devaient être affamées.

La porte s'ouvrit enfin, et le capitaine invita Click et Crafty à s'approcher.

– Je ne vous garantis pas qu'on les ait tous eus. Alors, restez vigilants.

Ils le suivirent, laissant les deux courriers en sentinelle. En passant entre les cages, Crafty vit que des aberrations les observaient à travers les barreaux. Elles étaient bien réveillées, désormais. Certaines arpentaient leur prison de long en large, émettant des grondements effrayés ou affamés et montrant les dents. Les courriers les tueraient plus tard. Le garçon devait absolument s'assurer que Donna et Minus ne subiraient pas le même sort.

Quand ils s'arrêtèrent devant la cage de Donna, le capitaine Clayton lui posa une main sur l'épaule :

– Ne t'attarde pas, jeune Benson ! Plus vite on sortira d'ici, mieux ça vaudra.

Agenouillée sur la paille, Donna fixait le garçon. Son visage et ses bras étaient noirs de crasse, et on devinait qu'elle avait pleuré.

– Crafty ! Crafty ! s'écria-t-elle d'une voix étouffée par l'émotion. Je suis si heureuse de te voir ! Fais-moi sortir d'ici, s'il te plaît ! Je ne supporte plus d'être enfermée !

Derrière le garçon, le capitaine Clayton ordonna :

– Demande-lui si elle sait ce qui lui est arrivé. Il nous faut estimer dans quelle mesure elle a conservé son humanité.

– Évidemment, je le sais ! gémit Donna en s'agrippant aux barreaux. Quand j'ai franchi le portail, Vipère a relâché la guillotine pour me trancher les jambes. Je suis morte, et le Shole m'a ramenée à la vie. C'était affreux, mais ce qui s'est passé depuis qu'on m'a amenée ici est bien pire. On nous a traités comme des bêtes, à coups de bâton. Ils ont battu le pauvre Minus.

– Quoi ? s'exclama Crafty, horrifié.

– Au début, il était avec moi. Puis un homme l'a piqué avec une baguette. Minus lui a craché dessus à travers les barreaux. Alors, on l'a traîné dehors. On l'a battu – je l'entendais pleurer sous les coups. Il est peut-être mort, maintenant, va savoir !

Click avait gardé le silence, mais Crafty l'entendit lâcher un cri étranglé. Il lui jeta un coup d'œil et vit que ses yeux brillaient de larmes.

– Si ces types sont encore en vie, gronda Clayton, ils le paieront.

– J'ai vu Vipère, sanglota Donna. Quelques minutes après l'engloutissement. Il avait changé, mais c'était bien lui. Des Capuchons Gris étaient avec lui. Ils faisaient sortir les aberrations de leurs cages. Moi, il ne m'a pas libérée. Il a dit qu'il s'occuperait de moi plus tard, qu'il me dévorerait. Vipère est devenu une aberration, lui aussi, n'est-ce pas ? Il y ressemblait, en tout cas.

Crafty n'eut pas le temps de répondre, le capitaine parla avant lui :

– J'en ai assez entendu ! Sortez-la d'ici !

L'un des courriers s'avança et déverrouilla la cage.

Ils repartirent derrière le capitaine, Crafty soutenant Donna d'un côté, Click de l'autre. Donna boitait et gémissait.

– Tu as mal ? s'enquit Click.

– Ce sont mes jambes ! Elles me brûlent à l'endroit de la coupure, et elles n'ont plus la force de me porter.

– Ça ira mieux quand tu auras repris l'habitude de marcher, dit Crafty. Tu es restée trop longtemps enfermée.

Soudain, un cri s'éleva devant eux :

– On l'a trouvé, monsieur !

Un courrier accourait, portant dans ses bras un jeune garçon inconscient :

– Il respire, mais on n'arrive pas à le réveiller.

– C'est Minus ! s'écria Donna.

Crafty craignit un instant que le capitaine refuse qu'on le ramène. Après tout, il n'avait pas passé le test comme Donna. Mais Clayton fit simplement signe au courrier de les accompagner.

Cependant, quand ils furent de retour dans la Chambre Ducale, au lieu d'envoyer Donna et Minus auprès du docteur, comme Crafty l'avait espéré, le capitaine les conduisit jusqu'à une cellule.

– Vous n'allez pas encore nous enfermer ? se lamenta Donna. On n'a rien fait de mal.

– C'est en partie pour votre propre sécurité, expliqua Clayton. Depuis l'engloutissement, beaucoup de gens sont morts, au château. En principe, vous êtes tous deux des aberrations. Certains survivants vous tueraient au premier regard. Vous devrez rester ici jusqu'à ce qu'on ait pu vous évaluer et prendre une décision quant à votre avenir.

Là-dessus, on poussa Donna dans la cellule et on déposa Minus, toujours inconscient, près d'elle, sur le sol. Le cœur de Crafty se serra quand la porte se referma sur eux. Click semblait aussi consternée que lui. C'était peut-être pour leur bien, mais ils ne méritaient pas un tel traitement.

Crafty et Click regagnèrent le bureau de la jeune fille, et ils restèrent un long moment en silence, assis devant le portail. Le garçon savait bien que Click ne pouvait rien faire ; il avait tout de même une question à lui poser.

– Donna a vu des Capuchons Gris à la Ménagerie *juste après* l'engloutissement du château, déclara-t-il enfin. Ce sont donc sûrement des Fey.

– C'est probable. Quelques-uns le sont certainement. Beaucoup pensent que la plupart des sorcières le sont aussi. Ça expliquerait pourquoi elles peuvent confier leurs défuntes au Shole, dans l'espoir qu'elles reviennent à la vie. Et, tu sais, étant donné ce que Vipère a fait, je suis presque sûre que c'est lui le tueur.

– Ça se pourrait, approuva Crafty.

Il ne fit pas mention de Vieille Nell, mais il lui vint soudain à l'esprit qu'elle était aussi une tueuse possible. La Dame Blanche, Vipère, et maintenant la sorcière. Lequel des trois était coupable ?

Le silence retomba. Il ne dura pas longtemps, Crafty ne put tenir sa langue.

– Ce n'est pas juste, grommela-t-il en secouant la tête. Donna et Minus ne méritent pas d'être encore emprisonnés. Donna et Lucky étaient très proches. S'il apprend ça, il va être fou de rage.

Click évita son regard, et il devina qu'elle lui cachait quelque chose.

– Qu'est-ce qui ne va pas ? la pressa-t-il. Qu'est-ce qu'il y a ? Parle, s'il te plaît !

Elle leva enfin les yeux sur lui, et il vit qu'elle pleurait.

– C'est Lucky, avoua-t-elle. Je n'avais pas le courage de t'en parler, mais je ne peux plus garder ça pour moi. Il faut que tu saches. Son état a empiré. Le docteur ne peut plus rien faire. Je ne sais pas comment te dire ça, Crafty : Lucky est mourant.

22

DANS LES PROFONDEURS DU MARÉCAGE

Crafty n'en crut pas ses oreilles.

–Non ! Non ! s'insurgea-t-il. Ce n'est pas vrai. Le médecin se trompe.

– Je suis désolée, Crafty. Le poison instillé par les griffes de l'aberration s'est répandu dans son sang. Il a presque atteint le cœur. On ne peut plus rien faire pour lui.

– On ne peut pas essayer un autre traitement ? Appeler un autre docteur ?

Click secoua la tête :

– Celui qui soigne Lucky est un expert en maladies et empoisonnements dus au Shole. C'est le praticien personnel du duc. Personne ne peut mieux soigner Lucky que lui.

Avec un soupir, elle répéta :

– Je suis désolée. J'aimerais pouvoir te dire qu'on va encore tenter quelque chose...

Mais Crafty n'écoutait plus, son cerveau fonctionnait à toute vitesse. Et, soudain, il sut ce qu'il fallait faire.

– Je connais quelqu'un qui saura traiter un empoisonnement dû au Shole mieux que n'importe quel docteur. Demandons à Bertha. Elle nous aidera.

– Tu crois ? fit Click, sceptique. As-tu déjà vu Bertha faire preuve de connaissances médicales ?

– Non, mais ça vaut le coup d'essayer. Elle sait tant de choses sur le Shole !

– Désolée, Crafty, tu te berces d'illusions.

– N'importe quoi ! se récria le garçon.

– Ne me parle pas sur ce ton, répliqua Click avec colère.

Il prit une profonde inspiration pour se calmer avant de poursuivre :

– Je la crois vraiment capable de nous aider. Bertha m'a dit que dans son repaire, au fond du marécage, elle conserve des objets datant de son époque, et d'autres qu'elle a trouvés depuis : des broches, des amulettes chargées de magie. On a vu comment elle contrôle le marécage. Elle pourrait user de ses pouvoirs pour sauver Lucky.

– Même si elle le pouvait, s'approcher d'elle serait dangereux. Tu sais que je la soupçonne d'être comme la Dame Blanche et le Sinistre Laboureur : bienveillante au premier abord, mais prête à obéir à la voix qui lui ordonnerait de te tuer.

– Et toi, tu *sais* que je lui fais confiance ! Je suis prêt à courir le risque. C'est notre seul espoir de sauver Lucky. Sinon, il mourra.

Il s'aperçut qu'il avait encore élevé la voix. Cependant, Click se cacha le visage dans ses mains, geste qu'elle faisait souvent quand, face à une décision difficile, elle s'enfonçait dans ses pensées.

– D'accord, faisons comme ça, dit-elle enfin en abaissant les mains. Et cette fois, je prendrai mon arbalète.

Crafty se renfrogna :

– Ça ne plaira pas à Bertha.

– Que ça lui plaise ou non, je ne prendrai aucun risque, et toi non plus. Bon, emmène-nous !

Click fit pivoter le siège de Crafty jusqu'à ce qu'il soit face au cadre d'argent. Il se concentra aussitôt sur Bertha.

Click attendait, le pied sur la pédale commandant la guillotine, ce qu'elle faisait rarement. La plus extrême prudence était de mise, en ces temps difficiles. N'importe quoi pouvait les guetter dans le Shole, peut-être Vipère lui-même.

Les nuées sombres s'éclaircirent, dévoilant le bord du marécage. Tout paraissait calme. Crafty franchit le portail, Click le suivit, son arbalète à la main. Elle s'arrêta devant le cercle bleu tandis que le garçon s'avançait lentement.

Dès qu'il arriva devant le marécage, il y eut une agitation à la surface. Quelques secondes plus tard, le crâne couronné de Bertha émergeait jusqu'au nez, ses yeux verts fixés sur le garçon. Quand sa tête fut totalement visible, elle lui adressa un sourire chaleureux qui le rassura aussitôt. L'allusion de Click à la Dame Blanche et au Sinistre Laboureur l'avait impressionné plus qu'il ne l'aurait cru. L'idée que Bertha puisse se transformer soudain en un être maléfique lui était insupportable. Ce sourire lui rappelait qu'ils étaient amis ; elle l'avait sauvé de la mort par le passé. Si seulement elle pouvait guérir Lucky !

Bertha sortit du marécage, et la boue glissa de son corps jusqu'à ce qu'il n'en reste plus une trace. Ses cheveux noirs luisaient, comme s'ils étaient fraîchement lavés. Elle jeta un coup d'œil en direction de Click, postée en sentinelle devant le portail, et parut inquiète.

– Je suis heureuse de te revoir, Crafty, dit-elle. Mais y a-t-il du danger ? Je ne sens aucune menace, pourtant ton amie Click est armée.

– Simple mesure de précaution ! Nous ne percevons pas l'approche du danger comme toi. Click préfère se tenir prête.

– Alors, que désirez-vous ? Veut-elle me poser de nouvelles questions ?

Crafty se sentit mal à l'aise. La dernière rencontre s'était terminée abruptement, quand Click avait demandé à Bertha si elle entendait des voix. Celle-ci n'avait pas répondu. Elle s'était simplement retirée. Le garçon espérait que ce n'était pas pour cacher la vérité.

– Pas de questions, cette fois. Je suis venu vous demander votre aide, Bertha. Le château a été englouti par le Shole, et mon ami Lucky a été blessé. Les griffes d'une créature ont pénétré dans sa chair. Il a été très malade. Il semblait aller mieux, puis son état s'est détérioré. Il brûle de fièvre. Le poison remonte vers le cœur, et notre médecin est impuissant. Lucky va mourir. Pouvez-vous nous aider en quelque manière ?

– Quelle espèce de créature l'a blessé ? voulut savoir Bertha.

– Le grand batelier, celui qui mène un cheval et une barge le long du canal.

Bertha fronça les sourcils :

– Je connais un peu ce personnage. Mieux vaut garder ses distances et ne pas se mêler de ses affaires. Guérir une blessure qu'il a infligée n'est pas chose facile. Je peux tout de même essayer. Je vais chercher un antidote, mais il faut que tu viennes avec moi.

Je possède des remèdes si puissants qu'ils peuvent aussi bien tuer que soigner. Tous tueraient certainement un humain ordinaire. Lucky et toi étant des Fey, vous montrerez une plus grande tolérance. Je dois cependant évaluer les effets secondaires.

Tout ceci ne plaisait guère à Crafty. Malheureusement, s'il voulait sauver Lucky, il n'avait pas le choix.

– Où m'emmènerez-vous ? s'enquit-il.

Bertha désigna la surface bourbeuse :

– Là-dessous, dans ma demeure du marécage.

Crafty la dévisagea, incrédule :

– Comment je vais respirer, si je suis couvert de boue ?

Bertha parut blessée :

– Jamais je ne te mettrais en danger, Crafty ! Tu ne me fais donc pas confiance ?

Malgré les avertissements de Click, Crafty faisait toujours confiance à Bertha. Ce qu'elle lui proposait paraissait insensé. Mais qu'importe ! Si c'était le seul moyen de soigner Lucky, il en passerait par là.

Il cria à Click :

– Bertha va tenter de nous aider. Je descends avec elle dans le marécage. Attends-moi ! Je serai de retour bientôt.

Il eut le temps de voir l'expression abasourdie de la jeune fille. Mais avant qu'elle ait dit quoi que ce soit, il s'était retourné vers Bertha. Elle lui tendit la main. Il la prit. Elle était chaude dans la sienne.

– Tiens-moi bien, Crafty !

Ils entrèrent dans le marécage. Au bout de trois pas, Crafty sentit qu'il n'y avait plus rien de solide sous ses pieds. Il continua pourtant.

– Garde ta bouche fermée, lui conseilla Bertha. Pince ton nez et ferme les yeux.

Il eut juste le temps d'obéir avant leur septième pas. Il eut l'impression de tomber du haut d'une falaise. Ils plongèrent dans le marécage, les pieds devant.

Crafty sentit son cœur lui remonter dans la bouche, et les ténèbres l'entraînèrent par le fond.

23

LE REPAIRE DE LA REINE DU MARÉCAGE

La terreur de Crafty augmentait à chaque seconde. Leur chute semblait sans fin, et la matière lisse et chaude qui les enveloppait ne faisait rien pour freiner leur descente.

Le garçon retenait son souffle et se pinçait le nez. Les yeux étroitement fermés, il sentait la boue glisser sur son visage. À quelle profondeur Bertha avait-elle fait sa demeure ? Ils tombaient toujours, et le besoin d'oxygène devenait insupportable. Mais Crafty savait que, s'il libérait son nez, la boue s'engouffrerait dans ses narines et emplirait ses poumons. Proche de la panique, il serra encore plus fort la main de Bertha.

Enfin, heureusement, ils ralentirent jusqu'à presque s'immobiliser. Et ils se posèrent sur ce qui semblait être une surface solide. Bertha avança de trois pas, tirant Crafty. La boue se retira de lui comme un vêtement, et un air frais lui caressa la peau. Quand il ouvrit les yeux, il vit qu'ils étaient sortis d'un mur de boue et se tenaient devant un tunnel obscur. Il lâcha son nez et inspira avec soulagement.

Bien qu'humide et saumâtre, l'air chargé d'une légère odeur d'algues n'était pas désagréable à respirer. Ils n'étaient pas loin de la baie de Morecambe. Avant que le Shole ait envahi la région, il y avait là beaucoup de marais salants. Le garçon entendait un clapotis. Sa vision s'adaptant peu à peu à la pénombre, il découvrit qu'il se tenait dans un ruisseau, de l'eau jusqu'à mi-bottes.

Bertha se tourna vers lui :

– Viens, Crafty ! Ce n'est plus très loin.

À mesure qu'il la suivait le long du tunnel, la lumière augmentait. Et ce qu'il découvrait était particulièrement perturbant.

L'eau dans laquelle il pataugeait était d'un rouge pâle, couleur du sang dilué quand on lave une blessure. Il lui semblait aussi que le sol bougeait sous ses pieds, et il remarqua que le tunnel s'écartait et se contractait comme sous l'effet d'une lente respiration. À croire que le marécage était vivant.

En jetant un œil à ses vêtements, il constata que son manteau était seulement un peu plus foncé à cause de l'humidité. La boue s'en était retirée comme elle le faisait pour Bertha. Ce n'était décidément pas une boue ordinaire.

Le tunnel se rétrécit et les mena devant une porte en bois massif. Bertha l'ouvrit ; Crafty pénétra avec elle dans un vaste espace. Il l'examina, tentant d'en comprendre la structure.

Dans la lande, on aurait appelé cela une palanque. Crafty se demanda si c'était le type de forteresse que les Segantii, la tribu de Bertha, utilisaient jadis. Il y avait des remparts et un chemin de ronde, mais ils s'appuyaient contre un solide mur de boue. Et au-dessus, on découvrait à la place du ciel une voûte de pierre caverneuse. Cette construction était-elle faite pour empêcher les autres aberrations d'envahir le repaire de Bertha ? Craignait-elle un assaut ?

– Pourquoi avez-vous besoin d'autant d'espace, Bertha ? demanda-t-il.

– Ce lieu est à l'image de celui où j'habitais au temps où j'étais en vie. Les murs me défendent des ennemis extérieurs. Et j'ai besoin de place pour entreposer mes collections.

Dans cette enceinte se dressaient quatre bâtiments carrés, faits eux aussi de rondins. Bertha conduisit le garçon vers le plus petit, au milieu de la cour. En guise de meubles, il n'y avait à l'intérieur que des placards en bois alignés le long des murs. C'était sans doute là qu'elle gardait ses objets précieux.

– Assieds-toi, ordonna Bertha.

Le sol était couvert de paille sèche. Crafty s'assit en tailleur, le plus confortablement possible.

Bertha fouilla un moment dans ses placards, puis vint s'asseoir en face de lui. Elle tenait trois fioles en terre fermées par un bouchon, et un petit flacon de verre contenant un liquide bleuté.

– Voici les trois seules potions que je possède, qui puissent soigner ton ami sans lui causer de lésion irréversible, déclara Bertha. Tends la main droite, la paume vers le bas ! On va voir ce que ça donne.

Il obéit, et Bertha, ayant ôté le bouchon de la première fiole, laissa tomber une goutte de liquide sur le dos de sa main. Puis elle plongea ses yeux verts dans les siens, guettant sa réaction. Elle n'eut pas à attendre longtemps. Là où la goutte avait touché la peau, le garçon ressentit d'abord du froid, qui se réchauffa jusqu'à ce que toute la main le brûle. La douleur était si intense qu'il en perdit le souffle. Il cria et voulut bondir sur ses pieds. Bertha le retint fermement et versa sur sa main un peu de liquide bleuté.

– Respire un bon coup, ça va passer, lui promit-elle.

Ses yeux se remplirent de larmes, mais il ne voulait pas pleurer devant une guerrière comme Bertha. Il inspira donc profondément, et, en effet, la douleur s'atténua. Quelques instants plus tard, il ne ressentait plus qu'une légère pulsation.

– Il est clair qu'on ne peut pas utiliser cette potion. Tu es prêt à essayer la deuxième ? demanda Bertha.

Crafty fit signe que oui, non sans appréhension.

– Alors, essayons sur ton autre main !

Il tendit sa main gauche, et elle versa dessus une goutte de la deuxième fiole. Ce fut encore pire que la première fois. Le liquide commença aussitôt à bouillonner et de la fumée s'éleva. Crafty hurla et voulut s'essuyer la peau. Bertha versa aussitôt dessus un peu de liquide bleu. La douleur disparut rapidement, et le garçon retrouva un rythme cardiaque normal.

– Désolée, Crafty, ceci est notre dernière chance, dit Bertha en ôtant le bouchon de la dernière fiole. Essayons de nouveau sur ta main droite.

Crafty retint son souffle.

Pourvu que ce soit la bonne ! songea-t-il.

Si le résultat était aussi mauvais que les deux précédents, il perdrait tout espoir de sauver Lucky.

Le liquide lui fit l'effet de la première goutte de pluie à la fin d'une chaude journée d'été. Il se crispa dans l'attente de la douleur. Il ne ressentit qu'une espèce de démangeaison, pas vraiment agréable, mais tout à fait supportable.

– Ça marche ! s'exclama-t-il joyeusement.

– Tu es sûr ? N'oublie pas qu'il faudra appliquer beaucoup plus qu'une goutte sur la peau de ton ami.

– Ça me gratouille, et la peau me chauffe un peu, c'est tout. Et c'est peut-être un reste de réaction à la première goutte, non ? supposa le garçon.

Bertha sourit :

– Ça se pourrait. Donc, cette potion conviendrait.

Elle reboucha la fiole et la tendit à Crafty.

Il la remercia et mit l'objet dans sa poche.

– Ce produit est à usage externe, précisa la reine du marécage. On ne doit surtout pas l'avaler. Il faut en frictionner la blessure et en masser la poitrine à l'emplacement du cœur à trois reprises, à une heure d'intervalle. Cela devrait combattre le poison.

– Vous croyez vraiment que ça va marcher ? demanda Crafty.

Bertha haussa les épaules :

– Je l'espère. On ne peut en être sûr. Les trois remèdes sont des contrepoisons, les effets secondaires des deux premiers auraient tué ton ami. Tu devrais repartir, maintenant. Plus tôt le traitement commencera, mieux ce sera.

Elle reconduisit le garçon jusqu'à l'entrée du fort. Puis ils s'engagèrent de nouveau dans le tunnel.

Soudain, Bertha s'arrêta :

– Je dois te dire quelque chose, Crafty. Ça ne va pas te plaire ; tant pis, il le faut...

Elle le fixa, et ses yeux lui parurent plus grands que jamais :

– Ton amie Click m'a posé l'autre jour une question à laquelle j'ai choisi de ne pas répondre. Elle m'a demandé si j'entendais des voix dans ma tête.

Elle marqua une pause.

– La vérité, c'est que j'entends une voix. Elle me donne des ordres...

Le cœur de Crafty fit un bond dans sa poitrine. Cette révélation était terrible. Cela signifiait que Bertha pouvait être dangereuse. Néanmoins, il s'efforça de conserver son calme.

– Et que vous ordonne cette voix ? rauqua-t-il.

– Tout à l'heure, quand je t'ai accueilli au bord du marécage, elle me disait de t'entraîner avec moi dans la boue et de te tuer. Elle me promettait que ta chair serait tendre et succulente, la meilleure que j'aie jamais goûtée.

Crafty crut que ses genoux se dérobaient. Était-ce un effet de son imagination, ou la lumière baissait-elle dans le tunnel ?

La terreur le saisit : Bertha allait lui faire du mal ?

24

COMME UN TRAÎTRE

La reine du marécage le dévisagea avec intensité :

– La voix m'ordonne de faire ce que je ne veux pas faire. J'ai refusé, bien sûr. Tu es mon ami, Crafty, je ne toucherai pas à un cheveu de ta tête.

Le garçon ressentit un profond soulagement, même si ses jambes tremblaient encore. Il espéra que Bertha ne s'en apercevrait pas.

– Parmi tous ceux qui habitent le Shole, poursuivit-elle, certains écoutent la voix et lui obéissent. D'autres suivent leur propre chemin, indifférents à ce qu'elle leur dit.

Crafty acquiesça. Il avait hâte de remonter à la surface et de soigner Lucky, mais il y avait encore une chose qu'il désirait savoir.

– D'où vient cette voix ? demanda-t-il. Celle qui parle dans votre tête. Vous le savez ?

– C'est la voix du Shole, Crafty. Le Shole est vivant, et avide d'absorber de plus en plus de vie. Il ne cessera de s'étendre que lorsqu'il aura avalé la terre entière. Tu tentes de mettre un terme à ses progrès, tu dois donc être éliminé.

Vieille Nell lui avait dit la même chose. Elle aussi l'avait averti des ambitions du Shole.

– Il y a une menace plus immédiate, reprit Bertha. La voix a ordonné à toutes les aberrations d'attaquer le château. Le premier assaut se fera cette nuit. D'autres suivront, et chaque nuit ce sera pire. Pars, maintenant ! Préviens tout le monde et sauve ton ami !

Crafty fut secoué par cette révélation. Il pensa à Donna et à Minus. Étaient-ils toujours enfermés dans leur cellule ? Obéiraient-ils à la voix et tenteraient-ils de tuer quiconque s'approcherait d'eux ? Et sa mère ? Recevrait-elle le même ordre ? Y résisterait-elle, à l'exemple de Bertha ?

Il tournait encore ces questions dans sa tête quand Bertha lui saisit la main et l'entraîna en lui recommandant de fermer les yeux et de se boucher le nez. Ce qu'il fit. Aussitôt, ils s'enfoncèrent dans le mur de boue. Crafty se sentit enveloppé de cette matière lisse et froide, et ils commencèrent à s'élever.

Ils traversèrent le marécage, plus lentement que lors de leur descente, et le garçon éprouva bientôt le besoin désespéré de respirer. À l'instant où la panique s'emparait de lui, il sentit un souffle frais lui caresser le visage. Serrant toujours fermement la main de Bertha, il s'avança, inspirant de grandes goulées d'air, et il ouvrit les yeux. Le cercle bleuté du portail était juste devant lui. Click se tenait sur le seuil, guettant anxieusement son retour, armée de son arbalète.

– Au revoir, Crafty ! lui lança Bertha. Fais bien attention ! Tu devrais quitter le château et te réfugier dans les terres au-delà du Shole. Il vient, et rien ne pourra l'arrêter.

Sur ces mots, elle recula et s'enfonça de nouveau dans le marécage, où elle disparut. Elle lui avait donné un bon conseil ; malheureusement, il ne pouvait pas quitter le château. Il espérait seulement qu'elle se trompait sur les intentions du Shole.

Quand il s'approcha de Click, il lut sur son visage un mélange de colère et de soulagement.

– J'ai cru que tu ne remonterais jamais ! s'exclama-t-elle. Ça fait des heures que je t'attends. J'étais sur le point d'abandonner.

Comment était-ce possible ? Crafty la fixa d'un air ahuri :

– Pour moi, il ne s'est écoulé que quelques minutes. Je n'ai sûrement pas été absent si longtemps.

Regardant autour de lui, il constata qu'en effet, la lumière avait baissé. On était en fin d'après-midi.

– Tu as pris un risque terrible, l'accusa Click. Tu nous as mis en danger tous les deux.

– Je sais, j'en suis désolé. Mais ça valait le coup, dit-il en sortant le flacon de sa poche. Ce remède peut sauver Lucky.

Ils franchirent le portail, et Crafty raconta rapidement à Click ce qui s'était passé. Il lui parla de la voix que Bertha entendait dans sa tête et de la prochaine attaque du château.

Click l'écouta d'un air sombre.

– Bien, soupira-t-elle. Il faut commencer tout de suite le traitement. Je vais porter cette potion au médecin. Je t'avoue ne pas être totalement à l'aise avec l'idée de l'utiliser, sachant que Bertha est peut-être sous l'influence de cette voix. Enfin, elle l'a testé sur toi, et c'est notre dernière chance de sauver Lucky. Après, je rapporterai tout ce que tu as dit au duc et au capitaine Clayton. Reste ici !

Click quitta la pièce, et Crafty se prépara à attendre. Il s'était passé tant de choses en une journée, depuis que le Shole avait englouti le château, que ce moment de tranquillité était le bienvenu.

Mais à peine commençait-il à se détendre que de nouvelles angoisses l'envahirent. Il savait que le dernier conseil de Bertha était raisonnable. Tenter de défendre le château, maintenant qu'il était envahi, n'avait guère de sens. Comment espérer vaincre ?

S'ils ne quittaient pas les lieux, beaucoup d'entre eux mourraient – et ils étaient les derniers Fey assez entraînés pour accomplir ce genre de tâche. Ne valait-il pas mieux préserver leurs vies ? Gagner le Monde Diurne et poursuivre le combat depuis Clitheroe serait sûrement une meilleure tactique. Pourquoi ne le faisaient-ils pas ?

Puis Crafty comprit quelle terrible arrière-pensée se dissimulait tout au fond de lui. Elle avait beau le mettre affreusement mal à l'aise, il n'arrivait pas à la chasser de sa tête : ils ne pouvaient quitter le château parce que le duc s'y était enraciné. C'était l'unique raison qui les empêchait de partir. S'ils l'abandonnaient, ils seraient libres.

Rien que d'envisager cette possibilité donnait à Crafty le sentiment d'être un traître.

Click mit plus d'une heure à revenir.

Souriante, elle déclara :

– Tu as commis une grave imprudence, mais je suis heureuse de t'annoncer que ton audace a payé. Le docteur vient d'administrer la deuxième dose, et Lucky réagit bien. La fièvre est tombée, il a repris des forces et paraît hors de danger.

– C'est magnifique ! se réjouit Crafty. J'étais sûr que Bertha saurait nous aider. J'ai tout de même vécu de sales moments, surtout quand elle m'a parlé de la voix qui lui ordonnait de me tuer.

– Oui, en effet, tu m'as raconté le principal. Pourrais-tu maintenant me donner davantage de détails ? Me décrire *tout* ce que tu as vu et me rapporter *précisément* les paroles de Bertha ?

Trop heureux de le faire, Crafty ne lui cacha rien. Il savait à quelle vitesse le cerveau de Click emmagasinait et analysait les choses. Elle prit des notes tout au long de son récit.

Quand il eut terminé, elle le remercia, et ils restèrent assis un moment en silence. Elle semblait digérer toutes ces informations. Crafty, lui, songeait à sa mère, aux craintes que cette nouvelle situation lui inspirait, et aussi à Donna et à Minus qui seraient certainement considérés comme des menaces potentielles. Ils avaient probablement peu de chances d'être libérés. Le garçon espérait qu'au moins, ils ne seraient pas maltraités.

– Le détail crucial, déclara soudain Click, c'est que Bertha résiste à la voix. Si seulement nous savions pourquoi elle en est capable…

Sans autre commentaire, elle se leva :

– Viens ! On est attendus dans la Salle du Trône dans cinq minutes. Le duc se prépare à faire un discours important et il veut que tout le monde soit là.

Crafty la suivit donc jusqu'à ce qu'elle avait appelé la Salle du Trône. Au fond, c'était le terme exact.

En y entrant, il réprima un sourire : le « trône » était en réalité un pot de fleurs géant recouvert par un large vêtement pourpre serré à la taille du duc et descendant jusqu'au sol. C'était à la fois drôle et tragique. Quel sort cruel pour un jeune homme !

Une cinquantaine de personnes s'étaient rassemblées ; les gens chuchotaient entre eux. Beaucoup de chercheurs et d'employés des différents départements portaient des blouses blanches. Crafty reconnut un dénommé Doon grâce à sa tignasse rousse. Il papotait avec un collègue en affichant son éternel sourire.

Doon travaillait aux Autopsies. Un peu plus âgé que Crafty, il était originaire d'Écosse, une région située au nord du Lancashire. Crafty ignorait qu'il était Fey. Lucky le connaissait, et ils l'avaient rencontré une fois, en ville. Il leur avait donné des informations sur un tueur soupçonné de passer par les portails. Si la situation était déjà inquiétante, à l'époque, c'était bien pire aujourd'hui. Ils allaient affronter des centaines d'aberrations, bien décidées à faire un carnage.

Le capitaine Clayton était là avec des courriers. Crafty n'en avait jamais vu autant rassemblés.

Tandis qu'il se glissait sur le côté avec Click, la salle lui parut plus sombre qu'à l'ordinaire. Il se demanda si c'était un effet du crépuscule et si, loin au-dessus du Shole, le soleil commençait à décliner. Il s'était rarement trouvé dans le Shole après la tombée du jour. Bientôt, tous les habitants du château devraient survivre à ces heures d'obscurité, toujours les plus dangereuses.

L'espace délimité par des chaînes se trouvait juste derrière le trône. C'est là que se matérialiserait le nouveau grand portail d'argent, destiné à relier le château au Monde Diurne.

Et à nous offrir une possibilité d'évasion, pensa Crafty.

De nouveau, il s'efforça d'ignorer cette idée. Il n'avait pas le droit de céder à la tentation.

Le duc leva la main pour demander l'attention, et le silence se fit aussitôt. Il commença alors son discours. Il parlait à voix basse, pourtant, chacun de ses mots portait, aussi clair que le cristal.

– Si quelques-uns d'entre vous sont déjà au courant, pour la plupart, ce sera un choc. Je n'ai malheureusement aucun moyen de l'atténuer. Nous vivons depuis longtemps sous la menace du Shole ; maintenant, nous faisons face à un danger d'une ampleur sans précédent. Non seulement nous avons été engloutis – avalés par ces miasmes immondes – mais une armée d'aberrations marche vers le château, dans l'intention de nous massacrer tous. La première vague devrait déferler cette nuit. Et même si nous survivons aux heures noires qui s'annoncent, ce ne sera pas fini. Chaque nuit, cela se reproduira, et le danger d'être submergés augmentera à chaque fois. Mais nous résisterons. Nous vaincrons notre ennemi. *Il le faut !* Je suis sûr que le courage et les talents de tous nous mèneront à la victoire. Nous monterons la garde à tour de rôle : une moitié de nos troupes veillera pendant que l'autre dormira. Cependant, dès le début de l'attaque, nous combattrons ensemble. Chacun de vous recevra ses ordres du capitaine Clayton. Maintenant, profitez du repas qui va vous être servi et prenez des forces pour la bataille à venir !

Le discours était terminé. Chacun s'inclina devant le duc et sortit en silence. Crafty et Click suivirent le mouvement et se retrouvèrent bientôt dans un vaste réfectoire où une longue et unique table était dressée. Ils s'assirent l'un en face de l'autre. Les serveurs apportèrent des plats de pommes de terre et de carottes accompagnées d'épaisses tranches de bœuf recouvertes d'une sauce fumante. Crafty se fit la réflexion qu'en dépit des circonstances, ils avaient encore de quoi remplir leurs assiettes et la possibilité de dîner confortablement. C'était le fruit d'une bonne organisation et de la concentration des différents services dans les appartements ducaux, qui pourraient être défendus. Mais combien de temps cela durerait-il ? Même s'ils réussissaient à repousser les aberrations, la nourriture serait bientôt rationnée.

Ils se mirent à manger sans attendre. Autour d'eux, tous se taisaient, trop occupés à se remplir l'estomac pour parler. On n'entendait que le cliquetis des fourchettes et des couteaux. Crafty n'avait rien mangé depuis un bon moment et il avait très faim. Un bon repas était tout ce qu'il désirait.

– C'est délicieux, dit Click. Je plains le pauvre duc…

– Pourquoi ?

– Il ne peut plus s'alimenter comme nous. Ses racines absorbent les principes nutritifs du sol. Tout ce qu'il peut encore faire, c'est s'humecter les lèvres avec de l'eau.

Crafty n'avait pas pensé à ça. Il se sentit encore plus coupable de ses idées de fuite.

Le duc était un chef inspiré et plein de ressources. En dépit de ses craintes, Crafty songea qu'il était peut-être raisonnable de rester sur place. Le château de Lancaster n'était pas seulement une place forte et la base de la lutte contre le Shole, il revêtait également une importance symbolique.

Tant que le château tiendrait, ils auraient une chance de l'emporter lors des affrontements à venir.

25

UN CRI DE TERREUR

À la fin du repas, Click reprit la parole :

– Cette nuit, nous patrouillerons dans le château deux par deux.

– Toi et moi ?

Elle secoua la tête :

– Non, j'ai un travail à terminer. Tu accompagneras sans doute l'un des courriers.

– J'aimerais que mon père soit là. On monterait la garde ensemble. Ce serait bien...

– Désolée, Crafty, ce ne serait pas bien du tout. Ton père est le dernier avec lequel on t'associerait. Réfléchis un peu : en cas de danger, il penserait d'abord à toi ; cela affecterait son jugement.

Click avait raison. Son père le protégerait à n'importe quel prix.

Les convives quittaient peu à peu la table. Comme Crafty se levait et repoussait sa chaise, Click ajouta :

– Viens d'abord prendre ton arbalète.

Le garçon la suivit donc jusqu'à son bureau. Click lui donna aussi un deuxième sac de carreaux et lui montra comment le fixer.

Ils s'assirent ensuite face au cadre d'argent.

– Je vais tenter de nouvelles expériences avec le portail, expliqua la jeune fille. Je vais disposer des balises à l'intérieur du château. Bonne chance, Crafty ! On se verra demain matin, quand on sera venus à bout de cette première nuit.

Il acquiesça avec un sourire. Elle s'exprimait avec une assurance que démentaient ses traits tirés par l'angoisse et son évidente nervosité. Rien ne leur assurait qu'ils seraient encore en vie au lever du jour.

Sur cette pensée déprimante, Crafty regagna la Salle du Trône pour se présenter devant le capitaine Clayton.

Celui-ci attendait devant la porte. La pièce était presque vide ; seuls deux courriers en arme se tenaient au pied des marches montant vers le trône, et un chercheur discutait avec le duc.

– Je suis en retard, désolé, dit Crafty.

– Tu n'es pas en retard, Benson, mais il s'en faut de trente secondes, répliqua le capitaine d'un ton sévère. Toutes les patrouilles ont été constituées et sont déjà parties. Les autres sont allés dormir en attendant le deuxième tour de garde. Puisque tu es le dernier, tu vas venir avec moi.

Le capitaine pivota sur ses talons et s'engagea dans le couloir à grands pas. Crafty dut forcer l'allure pour le suivre. Le capitaine n'avait pas d'arc, mais deux fourreaux contenant de longues épées pendaient à son épaisse ceinture de cuir.

Crafty comprit vite qu'ils se dirigeaient vers les remparts. Tandis qu'ils gravissaient les degrés de pierre, des cris aigus et des hurlements montaient ici et là le long des murs, poussés par les gardes transformés par le Shole en brasse-de-l'air. Ils ne résisteraient pas très longtemps, incrustés dans le granite et non dans le bois vivant d'un arbre. Cette fois, le garçon ne saisissait aucun mot, rien que de tristes plaintes chargées de peur et de désespoir. Il se demanda quels souvenirs ils conservaient de leur vie d'avant. En perçant l'obscurité, il en compta au moins douze, qui remuaient bras et jambes, et un qui ne bougeait plus. En s'approchant, il pensa d'abord qu'il s'agissait d'un nouveau type d'aberration. De forme vaguement humaine, il était recouvert d'épines comme un hérisson.

Puis le garçon comprit : les épines étaient des flèches tirées par les courriers. Exaspérés par ces cris insupportables, ils l'avaient fait taire définitivement.

L'air était encore plus glacial au sommet des remparts, et il faisait presque complètement noir.

On n'apercevait qu'une vague lueur à l'ouest, à travers la brume qui enveloppait la baie de Morecambe.

– Sait-on jusqu'où le Shole s'est étendu, cette fois ? s'enquit Crafty.

– À vrai dire, oui. Un courrier est allé vérifier : il s'étend jusqu'au nord de la rivière.

Crafty se demandait combien de membres du Corpus avaient survécu. Le Chef Mancien et les responsables des différents services étaient-ils morts ? Il n'avait jamais vraiment été en bons termes avec Bob Gingembre ; il espérait malgré tout qu'il était vivant, en sécurité quelque part.

Mais, avant qu'il ait pu poser la question, le capitaine posa un doigt sur ses lèvres.

– Assez de questions ! chuchota-t-il. Utilise tes oreilles, pas ta voix !

Et il se dirigea vers la partie sud des remparts, d'où on découvrait la ville et le canal en contrebas.

Le canal était de nouveau visible, ce qui étonna le garçon. Au temps où il coulait à l'intérieur du Shole tandis que le château appartenait encore au Monde Diurne, il avait disparu. À présent, il semblait luire doucement.

– Le canal brille, capitaine, ou c'est mon imagination ? demanda Crafty, incapable de contenir sa curiosité.

– Parle à voix basse, Benson ! Oui, il brille. Des organismes microscopiques transformés par le Shole seraient à l'origine de ce phénomène. Cependant, il ne se produit pas chaque nuit. Nos chercheurs s'emploient à résoudre cette énigme. Maintenant, je suis sûr que tes jeunes yeux sont plus perçants que les miens. Alors, observe la ville entre le canal et le château. Et dis-moi si tu remarques quoi que ce soit d'insolite.

La visibilité était toujours mauvaise, dans le Shole. Ce soir-là, des lambeaux de brume obscurcissaient le dédale des ruelles pavées, en contrebas. Crafty laissa courir son regard de gauche à droite, depuis la rive du canal et tout le long des rues en remontant jusqu'aux murs du château. Il y avait des lueurs derrière certaines fenêtres – probablement des torches qu'on n'avait pas éteintes. Elles finiraient bientôt de brûler, laissant l'obscurité s'emparer des chambres où gisaient des morts.

Soudain, il repéra un mouvement. Il fixa l'endroit, mais ne vit plus rien.

– J'ai cru voir quelque chose bouger au coin de Blades Street, chuchota-t-il. Je me suis sans doute trompé.

– Tu as peut-être vu quelque chose qui s'est caché, suggéra le capitaine. N'oublie pas que tout être vivant n'a pas forcément été tué ; des gens et des bêtes sont en début de métamorphose. Mais ce que nous cherchons vraiment, c'est un mouvement général : des créatures convergeant vers le château. Regarde encore !

Crafty obéit, et distingua deux nouveaux déplacements. Il nota aussi une lumière vacillante derrière une fenêtre.

Finalement, le capitaine fut rassuré : l'ennemi n'était pas encore en vue. Il entraîna donc Crafty vers le rempart nord. Il était peu probable que le danger vienne de ce côté, mais Clayton craignait que les aberrations ne les encerclent avant de lancer l'attaque.

Crafty fut prié de scruter à nouveau les lieux. Il ne remarqua rien d'inquiétant.

Soudain, le capitaine Clayton se tourna vers lui :

– J'ai beaucoup entendu parler de toi, Benson. En bien, la plupart du temps.

Crafty le dévisagea, étonné.

– Je sais quelle part tu as prise au combat contre cette aberration, au bord du canal, aux côtés de ton père, poursuivit le capitaine. C'est également grâce à toi que nous avons été avertis de l'attaque de cette nuit. Et tu as sauvé ton père et un autre courrier.

Crafty ne s'attendait pas à ces louanges, mais il savait qu'il ne les méritait pas entièrement.

– En vérité, c'est surtout Bertha, la reine du marécage, qu'il faut remercier, objecta-t-il.

Le capitaine opina de la tête, tout en semblant mécontent :

– À mon avis, toutes les aberrations devraient être effacées de la surface de la terre. Peut-être faut-il faire une exception avec cette créature du marécage. J'ai entendu dire que tu avais pris un grand risque en descendant dans son repaire. Alors, ne sois pas si modeste. Non seulement tu nous as avertis à temps, mais tu as aussi sauvé la vie du jeune Proudfoot. Tu as certainement l'étoffe d'un courrier. Tu serais mieux employé en rejoignant nos rangs et en étant formé à cette tâche qu'en servant de mouche aux manciens de porte.

La volonté du capitaine d'éradiquer toutes les aberrations réveilla les craintes du garçon à propos de sa mère et de Donna. Et cesser de travailler avec Click et Lucky pour devenir courrier ne lui disait qu'à moitié. D'autant qu'on manquait cruellement de mouches de porte. Les Fey étaient rares, et peu d'entre eux étaient capables d'utiliser les portails d'argent.

Le tour de garde s'acheva sans le moindre signe de l'attaque attendue. Il faisait très froid, sur les remparts, et malgré son épais manteau, Crafty était glacé jusqu'aux os. Le capitaine Clayton le renvoya enfin, et il se dirigea vers le deuxième dortoir, situé juste au-dessous de la cuisine récemment installée dans les appartements du duc.

Tandis qu'il suivait le couloir, Crafty croisa Doon. Les deux garçons se saluèrent.

– Je ne savais pas que tu étais Fey, lui dit Crafty.

– Eh bien, il faut croire que oui, mon pote ! Sinon, je ne serais plus qu'un tas d'os pourrissants, à cette heure, plaisanta Doon. Ou alors, je courrais au plafond avec huit pattes et une gueule garnie de dents aussi coupantes que des rasoirs.

L'image fit sourire Crafty.

– Où est ton ami Lucky ? s'enquit Doon.

– Il a été blessé par une créature du Shole. Il a été très malade. Il va mieux, maintenant.

– Vous faites vraiment un sale boulot, vous, les mouches de porte. Je suis désolé pour lui. Salue-le de ma part quand tu le verras !

Doon poursuivit son chemin, et Crafty s'engouffra dans les escaliers. Il descendit deux étages, passa la porte des cuisines où des cuisiniers en tabliers blancs préparaient les petits-déjeuners, et sa faim se réveilla.

Il trouva bientôt le dortoir. Le premier tour de garde s'achevait, une dizaine d'arrivants étaient à la recherche d'un lit – si on pouvait appeler ça des lits : une rangée de hamacs, suspendus par des cordes à deux poteaux de bois. Un marin se serait senti chez lui, mais, pour la plupart, les gens n'étaient guère à l'aise. Crafty observa un homme qui bataillait avec son hamac. Il avait à peine grimpé dedans qu'il en fut éjecté et retomba lourdement sur le sol. La salle était si remplie que Crafty se demanda s'il trouverait un hamac de libre.

Le sergent à moustache vint à sa rencontre :

– Par là ! aboya-t-il en désignant une place disponible tout au bout de la salle, près du mur. Enlève ton manteau et tes bottes, mais reste habillé. Tu peux être appelé au combat d'un instant à l'autre.

Le dortoir était sombre, et il y faisait très froid. Crafty n'ôta que ses bottes et rangea son arbalète à côté. Il réussit à grimper dans le hamac et s'allongea sur le dos, attendant que le balancement s'arrête. C'était assez confortable, mais le sort de sa mère le tourmentait, l'empêchant de s'endormir. Soudain, il eut une autre inquiétude.

En tant que Fey, il continuerait de développer ses talents lui permettant de combattre le Shole. Or, la capacité d'entendre les paroles d'un brasse-de-l'air ou d'une tache d'ombre était rare. Il était capable de comprendre deux types d'aberrations. Et si la voix qui ordonnait aux aberrations d'attaquer le château tentait de le soumettre à sa volonté ? Saurait-il lui résister ?

Bertha résistait. Il devrait faire de même. Il devrait trouver cette force quelque part en lui.

Il sombra enfin dans le sommeil, et fut bientôt plongé dans une série de rêves. Le premier le ramena à l'époque heureuse où le Shole n'avait pas encore englouti la maison familiale. Il faisait noir, il se tenait à la porte de derrière et regardait rougeoyer la pipe de son père. Ses parents, assis dans le jardin, bavardaient à voix basse en se tenant les mains. Le garçon savait combien ils s'aimaient, et il était heureux de les voir heureux. Dans son rêve, lui aussi se sentait aimé et heureux de vivre.

La scène changea soudain. Il faisait jour, et le rêve se mua en cauchemar. Crafty jouait dans le jardin avec sa chienne, un border collie appelée Sandy. Il jetait un bâton par-dessus la haie, et Sandy le lui rapportait. Alors son père apparut sur le seuil. Il l'appelait en désignant quelque chose du doigt : le mur sombre du Shole avançait vers leur maison à grande vitesse.

Tout redevint noir, et Crafty rêva à nouveau de Vieille Nell. Elle se balançait au bout de sa corde en émettant une étrange lueur. Les yeux lui sortaient de la tête, tels deux bubons furieux. Quand son visage se tourna vers le garçon, elle toussa, crachota et parla d'une voix enrouée :

Écoute bien ! Écoute l'avertissement de Vieille Nell ! La voix du Shole nous ordonne d'attaquer le château et de tuer quiconque se trouve à l'intérieur. Des créatures à long crocs se dirigent déjà vers vous. Les premières arriveront dans une minute. Réveille-toi et tiens-toi prêt à fuir ! Sinon, tes jours sont comptés. Tu ne pourras pas dire que je ne t'ai pas prévenu.

Crafty se réveilla en sueur. Il crut entendre des bruits de pas s'éloignant de son hamac, mais quand il regarda, il ne vit personne.

Pourquoi rêvait-il encore de la sorcière ? Et à quoi lui servirait un conseil qu'il ne pourrait pas suivre ? Il avait ordre de rester là où il était.

Dans ce rêve, la sorcière reprenait la mise en garde de Bertha. L'idée qu'une voix lançait les aberrations à l'attaque du château était préoccupante, mais ce qui l'inquiétait le plus c'étaient ceux qui présentaient un risque. Comment réagiraient Donna et Minus ? Ils étaient toujours enfermés. Obéiraient-ils à la voix et tenteraient-ils de tuer quiconque les approcherait ?

L'esprit de Crafty revint à son rêve. Quand son jardin avait été englouti par le Shole, il avait pu rentrer dans la maison, mais pas la chienne. Et quand il avait utilisé un portail pour la première fois, Sandy avait bondi vers lui, terriblement changée : bien plus grande, et la gueule garnie de trois rangées de crocs acérés. Pourtant, elle ne lui avait pas fait de mal. Elle s'était souvenue de lui. Était-elle encore dehors, galopant vers le château avec la meute des aberrations ?

Pire encore, sa mère elle-même était dans le Shole. Il entendait encore sa voix quand elle lui avait parlé dans la cave, de l'intérieur du placard. Elle lui disait qu'elle était changée, qu'elle ne voulait pas qu'il la voie, qu'elle ne voulait jamais revoir Crafty ni son père.

Tu ne dois jamais revenir. J'ai tant changé que tes pauvres frères eux-mêmes ne me reconnaissent plus. Je leur fais peur. Va-t'en, maintenant, tant que c'est encore possible. Je garderai toujours ton souvenir.

Bertha résistait à la voix. Sa mère saurait-elle faire de même ? Si elle était parmi les attaquants, elle pouvait être tuée par un des défenseurs. Il devrait peut-être l'affronter lui-même.

Et Brock et Ben ? Ils étaient morts, ils avaient été enterrés dans la cave, deux grosses pierres marquaient leur tombe. Certes, Bertha avait empli la cave de boue pour que sa mère n'y revienne pas. Et puisque ses frères étaient morts, peu leur importait. Tout de même, Crafty n'aimait pas les imaginer dans cette boue.

Il se tourna vers le mur, et le balancement du hamac faillit le jeter à terre. Il se rallongea avec précaution, mais il savait qu'après ces cauchemars, il ne retrouverait pas le sommeil.

Il entendait son voisin ronfler. L'unique torche, accrochée au mur près de la porte, ne donnait qu'une faible lumière. Le garçon regarda prudemment pardessus son épaule, ce qui fit de nouveau remuer le hamac. Le sergent à moustache montait la garde sur le seuil. Si l'alerte était donnée, ce serait à lui de réveiller tout le monde et d'organiser la défense.

C'est alors que Crafty perçut un bruit. Ça ne venait pas du dortoir. Ça venait d'un endroit d'où aucun son n'aurait dû sortir : du mur de pierre à côté de lui. Le dortoir était situé dans les profondeurs du sol, on ne pouvait trouver derrière ce mur que du roc et de la terre. Pourtant, il y avait un bruit, de plus en plus audible. C'était un grincement, une vibration qui agaçait les dents, comme si on frottait la pierre avec une râpe. Crafty était-il le seul à l'entendre ? L'homme, près de lui, continuait à ronfler. Les autres paraissaient endormis. Et le sergent était sans doute trop loin.

Qu'est-ce qui pouvait bien remuer, à l'extérieur ? Qu'est-ce qui se frayait un chemin à travers la terre et le rocher ?

Devait-il se lever et donner l'alerte ? Le sergent le prendrait pour un fou. Mais s'il ne lui disait rien et que quelque chose de terrible arrivait ? Il serait responsable. Sa conscience l'obligeait à descendre du hamac. C'est ce qu'il fit, non sans difficulté, manquant de perdre l'équilibre et s'étaler. Puis il se dirigea vers la porte.

Le sergent le vit venir et l'intercepta à mi-chemin :

– Personne ne quitte cette pièce tant que le capitaine n'en a pas donné l'ordre. Si tu cherches à te soulager, mon gars, c'est là-bas.

Il désigna une rangée de pots de chambre d'un air affecté.

– J'ai entendu un bruit suspect derrière le mur, lui apprit le garçon en pointant le doigt dans l'autre direction.

Le sergent tirailla sa moustache avec un sourire condescendant :

– On est au-dessous de la surface du sol. Tu as rêvé, mon garçon. Retourne te coucher.

– Je n'ai pas rêvé, insista Crafty. Quelque chose gratte à l'extérieur du mur, ça se dirige vers les cuisines.

Le sourire du sergent s'effaça. Il ouvrit la bouche pour envoyer promener Crafty. Il n'en eut pas le temps.

Il y eut un choc sourd, puis un grondement qui fit trembler tout le plancher, aussitôt suivi par un cri suraigu, un hurlement de pure terreur.

Ça venait des cuisines.

26

LE VER GÉANT

Un autre cri succéda au premier. Il se passait quelque chose. Quelque chose de terrible.

Le sergent poussa Crafty sur le côté en hurlant :

– Debout là-dedans ! Enfilez bottes et manteaux ! Il y a du grabuge !

Crafty regagna son hamac en courant, enfila ses bottes et les laça. Il vérifia que son poignard était bien à sa ceinture, empoigna son arbalète et revint se placer devant le sergent. Un seul homme l'avait battu de vitesse, un courrier.

Un troisième cri retentit. Le reste de la troupe finissait de s'habiller. Un homme se débattait encore avec son hamac. Le sergent roula des yeux exaspérés.

– On ne peut pas attendre, grommela-t-il.

Puis il lança d'une voix tonnante :

– Prenez vos armes ! Rejoignez-nous aux cuisines !

Quand ils arrivèrent sur les lieux, les deux cuisiniers n'étaient plus dans la petite pièce où l'on épluchait les légumes, et la porte menant directement sur la cuisine était grande ouverte.

Le sergent banda son arc et s'avança prudemment. L'endroit semblait désert. Les cuisiniers s'étaient-ils enfuis ? Étaient-ce eux qui avaient poussé ces cris ? Qu'est-ce qui avait pu les terrifier à ce point ?

Le regard de Crafty courut sur les éviers, encombrés d'ustensiles et de vaisselle, et sur les trois gros fours. Derrière le plus éloigné, là où aurait dû être un mur, il remarqua une cavité. Il en montait un bruit étrange, une sorte de glissement râpeux.

Ayant suivi le sergent et le courrier qui contournaient le four, il découvrit une large ouverture dans le mur. Des fragments de pierre et de la terre recouvraient le sol. Une créature énorme s'introduisait dans le château ; elle s'extirpait du tunnel qu'elle avait creusé !

Elle ressemblait à un ver géant. Déjà à moitié sortie du trou, elle progressait en contractant et rétractant rythmiquement ses segments grisâtres hérissés de grosses verrues noires.

Ils contemplaient le monstre avec effarement quand leur attention fut attirée par une apparition cauchemardesque, qui se dirigeait droit vers eux. L'aberration avait été un être humain. Elle avait encore deux bras et deux jambes, mais sa tête s'était transformée en une chose hideuse. Son crâne ressemblait à un coquillage noir et luisant. À la place du visage s'agitaient une masse de tentacules et des espèces de pattes aux multiples articulations.

Avant que Crafty ait eu le temps de viser, le sergent avait placé une flèche en plein dans le poitrail de la créature. Elle tomba de tout son long devant les bottes du soldat.

Crafty s'aperçut alors que la chose portait un tablier blanc. Il lui fallut un instant pour comprendre : c'était certainement un des cuisiniers qui travaillaient là. Mais ça n'avait pas de sens ! À part les brasse-de-l'air, la transformation d'un humain en aberration pouvait prendre des heures, des jours, voire des semaines. C'était trop rapide ! Beaucoup trop rapide !

Ce qui se passa alors les fit tous reculer d'un pas, Crafty, le sergent et le courrier. La face immonde se détacha soudain du corps. Elle tomba sur le sol où elle se mit à courir. Le cuisinier n'était pas une aberration, en fin de compte, c'était une victime : l'arrière de sa tête n'était plus qu'une cavité dévorée jusqu'à l'os.

Pendant ce temps, le ver géant rampait sur le carrelage. Son corps était mou, pourtant il avait réussi à se frayer un passage dans l'épaisseur du mur – Crafty l'avait entendu gratter la pierre. Il comprit soudain que ce qu'il avait pris pour de grosses verrues étaient en réalité des espèces d'insectes à carapace comme celui qui avait attaqué le cuisinier. Ils se détachaient un à un pour se répandre sur le sol sur leurs pattes articulées. Le ver n'avait servi qu'à les transporter, telle une monture chevauchée par des guerriers en armure. Une gigantesque monture et une armée de guerriers ! L'aberration qui avait dévoré le crâne du cuisinier galopait maintenant vers le sergent. Crafty visa et tira. Sa flèche rebondit sur la carapace sans causer le moindre dommage. Celle décochée par le courrier atteignit aussi sa cible, sans avoir plus d'effet.

Le sergent démontra alors qu'il n'avait pas volé ses galons. D'un seul mouvement fluide, il lâcha son arbalète inutile et tira une longue épée du fourreau. Il ne tenta pas de couper la créature en deux. Il introduisit la pointe de son arme sous sa carapace et la jeta en l'air. Quand elle retomba, il l'empala sur sa lame dressée. Puis il la projeta au loin. Elle s'écrasa sur le dos, agitant inutilement ses pattes. Le sergent enfonça alors sa lame dans le ventre vulnérable, et la bête ne bougea plus.

Mais de plus en plus d'aberrations se détachaient du ver et convergeaient vers eux. Le courrier rejoignit rapidement le sergent, et se montra tout aussi habile avec son épée.

Crafty se demanda quel rôle il pouvait jouer. Son poignard trop court mettrait son bras à portée de pattes et de tentacules. Les traits de son arbalète ne traverseraient pas les carapaces, et certaines aberrations, échappant aux épées, se dirigeaient vers lui. Il fut soulagé lorsque d'autres courriers, menés par le capitaine Clayton, joignirent leurs forces aux leurs.

Crafty vit alors des hommes de son dortoir hésiter sur le seuil. Il pouvait difficilement les blâmer – certains n'étaient armés que de matraques, guère utiles contre les dures carapaces protectrices.

Il sut alors ce qu'il pouvait faire d'utile avec son arbalète. Le ver avait un corps lisse, une bouche ovale dépourvue de dents. S'il ne représentait pas une menace en lui-même, il pourrait transporter d'autres petites créatures lors d'une prochaine attaque contre le château. La bête n'avait pas d'yeux, mais on voyait sur ce qui pouvait être un front deux dépressions pourpres, circulaires, emplies de poils courts qui s'agitaient rythmiquement. Peut-être ces poils percevaient-ils les mouvements ou les sons, permettant ainsi à la créature de trouver son chemin.

Le garçon visa avec soin et tira. Son premier trait passa six ou sept pouces trop bas et s'enfonça dans le corps grisâtre. Le ver n'eut aucune réaction. Le deuxième trait trouva sa cible, et cette fois, la créature poussa un cri terrible qui fit trembler la vaisselle et les couverts. Le troisième transperça le deuxième « œil ». La bête se convulsa et commença à se retirer dans le trou qu'elle avait creusé. Juste avant qu'elle disparaisse, un autre trait se ficha dans le même cercle pourpre. Le garçon tourna la tête et découvrit Click à sa droite, qui abaissait son arbalète.

– Joli coup ! lança-t-il.

– Presque aussi joli que les tiens, répliqua-t-elle.

Toutes les aberrations en vue étaient à présent éradiquées. Le capitaine Clayton et le sergent s'approchaient du trou dans lequel le ver s'était retiré. Crafty et Click les rejoignirent en contournant les cadavres. Mais la terre s'était refermée derrière la créature, et ils ne virent rien.

Le capitaine leva la main pour solliciter l'attention de tous :

– Beau travail ! Vous vous êtes montrés aussi efficaces que courageux. L'attaque que nous attendions a pris une forme inattendue, mais vous l'avez repoussée.

Ces paroles encourageantes n'apaisèrent guère les angoisses de Crafty. Certes, ils s'étaient bien défendus. Mais les choses avaient été presque trop faciles. Était-ce vraiment tout ce dont le Shole était capable ? Ou bien cette première nuit ne faisait-elle que commencer ? D'autres dangers n'allaient-ils pas surgir avant l'aube ?

Il eut presque aussitôt la réponse à ses questions.

Un hurlement monta de la Salle du Trône.

Il exprimait une terreur au-delà du supportable. Cela ne pouvait qu'annoncer une deuxième attaque.

Ils se précipitèrent tous dans le couloir et grimpèrent quatre à quatre les marches menant à la Chambre Ducale. Dès leur entrée dans les appartements, ils comprirent qui avait poussé ce cri terrible.

C'était le duc.

27

UNE CHANCE DE SURVIVRE

La tête renversée en arrière, le duc s'arrachait les cheveux et hurlait toujours, sans presque reprendre son souffle.

Un courrier était posté devant chaque escalier menant au trône, et Crafty ne voyait dans la salle aucun signe de danger. À gauche du duc, un homme en blanc tentait vainement de lui parler.

– C'est le médecin qui a soigné Lucky, commenta Click.

Le docteur redescendit de l'estrade en secouant la tête, laissant le duc à ses cris. Puis il s'adressa au capitaine Clayton.

– Au début, le duc était cohérent, expliqua-t-il. La douleur était encore supportable. Il disait qu'on était en train de le dévorer vivant, qu'on mâchait ses racines.

– Sans doute quelque chose de semblable à ce que nous venons de combattre, dit le capitaine.

Désignant le pot géant dans lequel le duc était planté, il ajouta :

– Il faut ouvrir ce caisson pour voir ce qu'il y a dedans.

Crafty s'avança pour offrir son aide, mais Click le retint :

– Il y a des experts, ici. Ils savent s'y prendre. Mieux vaut les laisser faire.

Ils regardèrent donc de loin trois hommes en blouses blanches agir avec rapidité et efficacité. Ils ôtèrent d'abord la longue jupe pourpre recouvrant l'énorme container, qui mesurait bien dix-huit pieds de haut et douze de diamètre.

Ça en fait, de la terre, songea Crafty.

Les aberrations étaient-elles dedans, attaquant de toutes leurs dents les racines du duc ? Ses hurlements s'étaient réduits à des plaintes pitoyables traversées parfois de cris aigus. Le médecin était de nouveau penché sur lui. Sans doute lui avait-il administré une drogue pour apaiser la douleur.

Crafty découvrit que le pot géant n'était pas fait de terre cuite mais de planches de bois incurvées qu'on retirait une à une. Les hommes s'affairaient à les dévisser du haut jusqu'en bas. L'entrelacs des racines blanches apparut tandis que la terre se déversait sur le sol. L'un des hommes l'ôtait à coups de pelle à la base du pot. Puis elle se déversa en torrent à mesure que les planches étaient enlevées. Crafty commença à s'inquiéter. Ne commettaient-ils pas une erreur ? Si tout le contenu du pot s'effondrait, le malheureux duc basculerait. Mais, en observant plus attentivement, il constata que les quatre principales planches verticales étaient maintenues par des cercles de métal, à la manière d'un gigantesque tonneau.

Deux courriers, l'épée à la main, se tenaient prêts à affronter les aberrations qui attaquaient le duc.

Les hommes travaillaient vite, et la sueur leur coulait sur le visage. Ils atteignirent enfin le niveau du sol et se concertèrent avec le capitaine. Le tonneau était vide de terre, à présent, et aucune aberration n'était encore apparue. Les racines s'enfonçaient profondément à travers le plancher, et une pensée terrible traversa la tête de Crafty.

Le duc lui avait dit un jour que ses racines plongeaient bien au-delà des fondations du château. Et si c'était là que l'attaque avait lieu ? Comment pourrait-on descendre aussi bas pour les affronter ?

Il fit part de ses craintes à Click. Elle eut un signe d'assentiment et alla parler au capitaine.

– Le capitaine a envisagé cette possibilité, dit-elle à Crafty en revenant. Mais ils vont d'abord ôter les dernières planches, au cas où de petites bêtes se cacheraient là.

Au bout d'une heure de travail, il s'avéra que le pot était vide. Le capitaine s'entretint avec le docteur puis avec Click. À ce moment, les plaintes du duc se transformèrent à nouveau en cris aigus.

La plupart de ceux qui, attirés par le bruit, s'étaient rassemblés dans la Salle du Trône se retirèrent en silence. Crafty les comprenait. Être témoin d'une telle douleur était trop éprouvant. Les seules personnes à demeurer sur place, à part Click, le capitaine et le docteur, étaient les quelques courriers.

Soudain, Crafty eut une idée. La vie du duc serait mise en grand danger, mais c'était le seul moyen. Sur une impulsion, il se mêla à la discussion.

– Capitaine, dit-il, je sais ce qu'il faut faire.

Clayton leva les sourcils :

– Content que quelqu'un ait une proposition...

Le garçon prit une grande inspiration :

– Il faut couper les racines du duc au ras du sol et le libérer.

– Impossible ! se récria le docteur. Le choc le tuerait.

– De toute façon, objecta Crafty, il est en train de mourir, dévoré vivant par ces aberrations. On lui offrirait au moins une chance de s'en sortir.

– Benson, reprit le capitaine, tu étais présent quand le duc a été libéré du Shole. S'il a survécu, c'est grâce à toi. Cette fois, pourtant, la situation est différente.

Crafty acquiesça, sans quitter du regard l'endroit où l'entrelacs des racines s'enfonçait dans le sol :

– C'est vrai, capitaine. Nous avons creusé autour des racines pour les dégager, et celles que nous coupions accidentellement étaient très petites. Celles-ci sont plus grosses. Mais tant que le pivot central ne sera pas endommagé, nous aurons une chance de sauver le duc. Ma mère faisait de même, parfois, avec ses plantes. Elle disait qu'elles étaient très résilientes.

– La racine principale s'enfonce profondément, objecta le capitaine.

– Peut-être, et peut-être pas, reprit Crafty. Elle est au centre, cachée par les autres racines. On ne peut pas s'en rendre compte tant qu'on ne les aura pas enlevées.

– Je ne veux pas être mêlé à cette folie, protesta le médecin.

– À situation extrême, mesures extrêmes, décréta le capitaine. Pouvez-vous lui administrer une dose d'antalgique assez forte pour le plonger dans l'inconscience ?

– Je le peux, mais dans l'état de faiblesse où il se trouve, je ne réponds pas de sa vie.

– Faites ! ordonna le capitaine. J'en prends la responsabilité.

Secouant la tête d'un air accablé, le docteur prit sa sacoche de cuir et monta les marches.

Click se dirigea vers l'office en lançant :

– Je vais chercher les outils.

Peu après que le docteur eut donné la potion au duc, les cris cessèrent, et le silence retomba dans la Salle du Trône. Crafty, le capitaine et les courriers attendirent, anxieux, le retour de Click.

Elle revint bientôt, chargée de deux gros sécateurs, comme ceux que Crafty avait utilisés pour libérer le duc dans le Shole. Elle lui en tendit un, et, sans un mot, ils s'agenouillèrent côte à côte et commencèrent à couper les racines au ras du plancher.

Ils travaillèrent d'abord avec une lenteur prudente. Puis, mesurant l'importance de la tâche, ils accélérèrent la cadence. Étant venus à bout des racines extérieures, ils les repoussèrent sur le côté pour dégager le cœur du système. Crafty soupira de soulagement, et Click eut un sourire confiant : l'épais pivot central s'arrêtait à quelques pieds sous le plancher.

– On n'aura pas besoin de le couper, déclara Crafty en se tournant vers le capitaine.

Le duc avait une chance de survivre.

Pendant que Click et Crafty s'affairaient, un large cercle bleu s'était matérialisé dans l'espace délimité par des chaînes. Le nouveau portail, trois fois plus grand que ceux dont Crafty s'était servi jusqu'à présent, était enfin activé. Le capitaine s'en approcha et s'adressa à l'homme qui se tenait à côté. C'était le Chef Mancien.

Crafty fut aussi heureux que rassuré en découvrant que Bob Gingembre avait survécu. Il l'aimait bien, en dépit de ses manières pompeuses. Il savait combien sa contribution était précieuse dans leur lutte contre le Shole.

Or, le portail s'effaça soudain. Fronçant les sourcils, le capitaine rejoignit les deux jeunes gens occupés à arracher les dernières racines qui reliaient le duc aux profondeurs de la terre.

– Je crains que le nouveau portail ne soit pas encore stabilisé, leur apprit-il. On y travaille. Dès que ce sera fait, on sortira le duc d'ici pour le transférer dans le Monde Diurne. Il aura plus de chances de se remettre dans de meilleures conditions médicales.

Crafty et Click reculèrent pour laisser la place aux courriers. Ils enroulèrent une corde solide autour du cerclage du tonneau avant de lancer l'extrémité au-dessus d'une poutre métallique qui traversait le plafond. Unissant leurs forces, ils firent basculer le container avec précaution sur le côté. Ils entassèrent de la terre autour du corps du duc, puis, le docteur lui soutenant la tête, ils le firent rouler doucement vers l'endroit où le portail devait se trouver. Soudain le cercle bleu réapparut, et Bob Gingembre leur fit signe d'avancer.

Ils se hâtèrent, craignant sans doute une nouvelle disparition du portail. Le container étant trop large pour y entrer de côté, ils le firent pivoter de façon à engager d'abord les racines et le tirèrent au travers.

Le visage du duc était très pâle. Ses lèvres s'agitaient comme s'il tentait de dire quelque chose, mais il avait les yeux clos. L'extrémité des racines coupées était devenue noire ; Crafty espéra qu'elles n'étaient pas en train de mourir. La partie hors sol avait aussi changé de couleur, pour passer du blanc au vert pâle. C'était peut-être bon signe.

Le duc disparut enfin à travers le portail, et le docteur le suivit en empruntant le même chemin.

Crafty restait optimiste quant aux chances de survie du duc. Par plaisanterie, des gens le surnommaient le Duc de Bois. Il avait pourtant insisté pour rester sur place et combattre le Shole même après l'engloutissement du château et avait souhaité être connu sous le titre de Duc de Fer. Crafty songea avec tristesse que le château était perdu, même si, d'une certaine façon, il se sentait soulagé. À présent, ils n'avaient plus aucune raison de rester. Ils allaient certainement tous rejoindre le Monde Diurne pour continuer de là-bas la lutte contre le Shole.

Le capitaine mit tout de suite un terme à cet espoir.

– Vous deux, ordonna-t-il à Click et à Crafty, allez manger quelque chose. Il reste des sandwiches à la cuisine. Puis vous irez dormir un peu. Vous devrez être en forme pour affronter la prochaine nuit. Benson, tu prendras le premier tour de garde.

Crafty s'aperçut que la Salle du Trône était un peu mieux éclairée. Ce qui tenait lieu de jour dans le Shole venait de se lever.

La nuit suivante arriverait bien assez tôt, leur promettant une nouvelle attaque d'aberrations.

Quelle forme prendrait-elle, cette fois ?

28

UNE ESPÈCE DE PLANTE

Crafty et Click quittèrent la Salle du Trône ensemble. Malgré l'épuisement, et la faim qui le tenaillait, le garçon avait une priorité.

– Crois-tu que Lucky soit en état de supporter une visite ? demanda-t-il.

– Pourquoi pas ? Le docteur n'est pas là pour nous l'interdire, et une courte visite ne lui fera pas de mal. Il a sûrement besoin qu'on lui remonte le moral.

Ils trouvèrent Lucky assis dans son lit, un oreiller derrière le dos, enveloppé dans une épaisse robe de chambre. Un damier posé sur les genoux, il disputait une partie contre lui-même.

Crafty fut heureux de le trouver en si bonne forme. Leur souffle montait en buée dans l'air glacial, des lambeaux de brume s'enroulaient tels des serpents autour du lit et d'étranges ombres remuaient dans les coins de la pièce. Pourtant, Lucky était là, occupé à jouer comme si de rien n'était.

– Je pensais t'avoir convaincu de laisser tomber les dames, le railla gentiment Click. Tu exercerais mieux ton cerveau avec les échecs.

– J'exerce parfaitement mon cerveau, rétorqua Lucky avec un large sourire. Je joue des deux côtés du plateau !

Il remarqua alors les arbalètes, et ses yeux s'écarquillèrent.

– Elles me plaisent bien, celles-là ! Je pourrai en avoir une ?

– Dès que tu seras capable de tenir debout, lui promit la jeune fille. Il y en a une qui t'est réservée.

Click et Crafty s'assirent et Lucky mit le damier de côté, curieux d'apprendre les dernières nouvelles.

– On ne nous dit rien, ici, déplora-t-il. Le docteur m'a assuré que je pourrai me lever demain mais que je devrai y aller doucement. Alors ? Qu'est-ce qui s'est passé ?

Prenant la parole à tour de rôle, Click et Crafty lui résumèrent les derniers évènements en terminant par le récit de l'attaque nocturne. Cependant, ni l'un ni l'autre ne mentionna le retour à la vie de Donna et de Minus ni leur nouvelle incarcération. Crafty savait combien la mort de Donna avait bouleversé son ami.

– Mieux vaut ne pas lui parler de Donna pour le moment, confirma Click quand ils quittèrent la chambre.

– Les grands esprits se rencontrent, plaisanta tristement Crafty. On pourrait peut-être aller la voir, maintenant ? Ça la réconfortera de voir qu'on ne l'oublie pas.

– N'en fais pas trop, Crafty ! J'ai été debout toute la nuit et toi aussi. On est épuisés. Allons manger et dormir un peu. On se retrouvera dans la Salle du Trône dans quatre heures. Alors, on ira.

Le garçon sentit que Click céderait s'il insistait. Mais il était à bout de forces ; il mit donc sa culpabilité de côté.

Ils se retirèrent bientôt dans leurs dortoirs respectifs. Dès que Crafty se fut allongé dans son hamac, le sommeil l'emporta.

Crafty avait le don de se réveiller au moment qu'il avait choisi. À l'heure dite, il ouvrit les yeux dans un dortoir vibrant de ronflements.

Avec l'eau d'un baquet posé près de la porte, il se lava succinctement – bien que sans savon ni serviette. Puis il se dirigea vers la Salle du Trône pour y retrouver Click. Il s'était muni de son arbalète ; même si c'était encore ce qu'on appelait le jour dans le Shole, mieux valait rester sur ses gardes.

À peine avait-il franchi le seuil qu'il ressentit une étrange impression. Cinq personnes – Click, le capitaine Clayton et trois courriers dont le sergent – se tenaient devant quelqu'un, assis à l'endroit où se tenait auparavant le container du duc. Le cercle bleu du portail avait disparu. Était-ce à cause de son instabilité ou l'avait-on fermé provisoirement ?

Quand le garçon s'approcha, il sentit ses cheveux se hérisser sur sa nuque : le personnage assis au centre, immobile, la tête baissée, portait une tunique verte qui descendait jusqu'au sol. Le duc ? Impossible ! On n'avait pas pu le ramener pour le replanter ici !

En rejoignant Click, il vit de plus près le personnage que tous fixaient et lâcha une exclamation. Ce n'était pas le duc. C'était une espèce de plante qui avait poussé des racines tranchées.

La créature avait les yeux fermés comme si elle dormait. Elle ressemblait au duc au détail près. Pourtant, en l'examinant plus attentivement, Crafty remarqua que si les couleurs étaient exactes, de la barbe aux boutons dorés qui fermaient la tunique verte, tout était fait d'une espèce de matière végétale. Les boutons semblaient être des bourgeons, et on n'aurait pas pu ôter la tunique parce qu'elle adhérait au corps comme une écorce. Quant à la peau du visage, elle s'irisait de pâles reflets verts.

– Te voilà, Crafty ? dit Click. Un énorme bourgeon a commencé à se former il y a quelques heures. Il s'est développé à une vitesse stupéfiante, jusqu'à devenir cette réplique du duc.

– Le mieux est de détruire cette aberration immédiatement, déclara le capitaine Clayton avec assurance.

Crafty fronça le nez. Il percevait un relent qui lui rappelait le cheval pourrissant sur lequel il avait trébuché, un jour, dans un bois. Puis un souvenir lui revint : le parfum d'une fleur que sa mère avait cultivée.

– Cette chose représente probablement un danger, capitaine, dit Click. Mais n'oubliez pas que le duc, que nous avons transféré dans le Monde Diurne, est lui aussi une aberration. Ce phénomène nous offre l'opportunité d'en apprendre davantage sur le Shole. Ce serait dommage de ne pas en profiter.

Le capitaine continua de fixer la créature en silence.

Finalement, il reprit la parole :

– Je vous accorde quelques heures pour l'étudier, mademoiselle Crompton-Smythe. Mais je veux qu'elle soit détruite avant le crépuscule. La nuit sera chargée de nouvelles menaces. Inutile d'en ajouter une de plus !

Crafty était aussi fasciné que Click par l'aberration. Il ne pouvait en détacher son regard. Soudain, la plante sembla frémir. Il faisait froid, dans la Salle du Trône, et le feu des braseros était presque éteint. Leurs haleines montaient en vapeur dans l'air glacé. Et, maintenant, l'aberration respirait elle aussi. Seulement, son souffle avait une couleur verdâtre.

Soudain, elle ouvrit les yeux.

29

UN SOUFFLE INFECT

Tous reculèrent d'un pas à l'exception du capitaine. L'aberration les balaya du regard en affichant un léger sourire. Puis elle parla.

– Que c'est agréable de se sentir aussi bien, déclara-t-elle avec la voix du duc. Approchez, capitaine Clayton ! Je veux entendre votre rapport sur tout ce qui s'est passé pendant que j'étais inconscient.

Crafty s'attendait à un refus du capitaine. N'avait-il pas affirmé quelques instants plus tôt qu'il fallait détruire la créature avant la tombée de la nuit ? Et voilà qu'il obéissait comme s'il était face au véritable duc.

Le garçon l'écouta, stupéfait, résumer les derniers évènements, jusqu'au moment où le duc avait été transféré, par le portail, dans le Monde Diurne.

– Mon corps d'avant ne m'est plus utile, reprit l'aberration quand le capitaine eut achevé son récit.

Ce n'est qu'une coquille vide qui va bientôt se flétrir et mourir. Je vais vivre désormais dans cette nouvelle enveloppe, forte et florissante. Je suis prêt au combat et je souhaite discuter avec vous en privé de notre stratégie de défense.

– Certainement, Votre Grâce, dit le capitaine.

Congédiant ses compagnons d'un geste de la main, il s'approcha de l'aberration.

Crafty et Click reculèrent pour regarder la scène à distance.

– C'est ahurissant ! souffla Click.

– Oui..., et ça me fiche la trouille, avoua Crafty. Tu crois que ça peut *vraiment* être le duc, régénéré à partir de ses racines, avec sa mémoire et ses facultés intactes ?

Click haussa les épaules sans quitter l'aberration des yeux :

– Tout est possible, dans le Shole. Qui sait de quoi une aberration est capable ? C'est peut-être aussi autre chose... Écoute, Crafty, je sais que je t'ai promis d'aller voir Donna avec toi, mais j'aimerais garder un œil sur ce phénomène. Tu ne m'en voudras pas si je reste ici ?

– Bien sûr que non !

– Salue-la de ma part, et dis-lui qu'on espère les libérer bientôt, elle et Minus.

Crafty quitta donc la salle pour se diriger vers

la cellule où Donna était enfermée, sans cesser de s'interroger sur la scène à laquelle il venait d'assister.

Le capitaine avait appelé l'aberration « Votre Grâce ». C'était le titre le plus respectueux. En tant que chef des courriers, Clayton était le seul à l'employer. Cela signifiait donc qu'il pensait s'adresser au véritable duc.

En ce cas, qu'est-ce qui lui avait fait changer d'avis aussi vite ? Quelle qu'en soit la raison, Crafty n'était guère convaincu.

Aucun garde n'était en sentinelle à l'extérieur de la prison, aussi le garçon traversa-t-il aussitôt l'antichambre sans encombre. Donna et Minus étaient les seuls encore enfermés. Donna se trouvait dans la première cellule sur la gauche, Minus dans la dernière sur la droite, à croire qu'on les avait délibérément éloignés l'un de l'autre. Crafty scruta la pénombre à travers les barreaux. Les deux captifs semblaient dormir, leur poitrine se soulevait doucement au rythme de leur respiration.

Soudain, le garçon remarqua un trousseau de clés accroché au mur. L'une d'elles ouvrait certainement les cellules. Il s'avança vers la première et appela doucement Donna. Elle tourna la tête et écarquilla les yeux de surprise. Elle s'approcha d'une démarche vacillante. Crafty se demanda si c'était à cause de ses jambes recousues. Peut-être ne marcherait-elle plus jamais correctement ? Rester confinée n'arrangeait sûrement pas son état.

– Crafty ? Tu viens enfin me faire sortir ? l'interrogea-t-elle, pleine d'espoir.

– Ça, c'est la responsabilité du capitaine Clayton. Ne t'inquiète pas, je suis sûr qu'on te libérera bientôt.

Elle agrippa les barreaux, si fort que ses jointures blanchirent :

– Je ne crois pas. C'est terrible, ici. Ils sont si cruels ! Hier, on ne m'a rien apporté à manger, je n'ai eu droit qu'à un peu d'eau. Et la nuit dernière, pendant qu'ils me croyaient endormie, j'ai entendu deux gardes parler de me tuer. Ils disaient que je représentais un danger de plus et qu'ils ne prendraient pas le risque de me faire sortir.

– Des paroles en l'air, la rassura Crafty. Ce n'est pas à eux d'en décider. Et Click te salue. Nous allons demander tous deux au capitaine de te libérer.

Donna ne semblait guère convaincue :

– Je connais la réputation du capitaine : il hait les aberrations, et j'en suis une, maintenant. C'est un miracle qu'il ne nous ait pas encore tués, Minus et moi. Demande plutôt au duc, il t'écoutera.

– Je le ferais si je le pouvais. Mais il s'est passé des choses très étranges...

Crafty raconta à Donna les derniers évènements,

terminant par l'énigme que représentait la réplique du duc.

Donna secoua la tête :

– Ce n'est pas possible. Il y aurait deux ducs ? Et le capitaine croit que cette nouvelle aberration est le vrai ? Si j'étais lui, je ne m'y fierais pas.

– Je suis d'accord avec toi. Il y a là-dedans quelque chose de sinistre.

À cet instant, un clairon sonna longuement à deux reprises.

– C'est le signal lancé par le capitaine, dit Crafty. Tout le monde doit se rassembler dans la Salle du Trône.

– Ça annonce un danger ?

– Peut-être. Ou une simple réunion d'information.

– Où est Lucky ? demanda soudain Donna. Il n'est même pas venu me voir ; pourquoi ?

– Il a été malade, Donna : une blessure reçue dans le Shole. Il est presque complètement rétabli, à présent. Il viendra sûrement te voir bientôt.

Donna se mit à pleurer :

– Fais-moi sortir, Crafty ! Je t'en prie, ne me laisse pas enfermée plus longtemps ! Regarde ! La clé de ma cellule est là, accrochée au mur. En deux secondes, tu auras ouvert la porte.

Malgré toute sa compassion, Crafty savait qu'il n'avait pas le droit de faire ça :

– Je ne peux pas, et pas seulement parce que ça me causerait de gros ennuis. Ce serait trop dangereux. Si tu étais surprise dans le château sans la permission du capitaine, tu serais pourchassée et tuée. Je suis désolé, Donna, je dois te laisser. Je reviendrai dès que la réunion sera terminée, je te le promets.

Un hurlement monta alors de l'autre cellule. Minus, agrippé aux barreaux, la bouche tordue par la rage, le visage rouge de colère, criait d'une voix suraiguë :

– Sortiiiir ! Sortiiiir ! Je veux sortiiiir d'ici *tout de suiiiite* !

Crafty pensa qu'il était devenu fou. Un tel comportement ne ferait que compromettre sa libération.

– Il faut que Minus se calme, Donna, dit-il, inquiet. Si le capitaine Clayton le voit dans cet état, jamais il ne le relâchera. Tâche de le raisonner.

Donna parut sceptique :

– Ce ne sera pas facile. Tu sais, les gens le surnomment aussi Hystéricus, tellement il est bizarre et irritable. Et là, il est plus déchaîné que jamais !

– Fais de ton mieux, insista Crafty. Au revoir, Donna !

Il quitta la prison, accompagné par les cris stridents de Minus.

Tout en doutant d'obtenir du capitaine la libération des deux captifs, il tenterait tout de même le coup. Laisser Donna libre de ses mouvements n'était pas sans risque, il le savait. Peut-être entendait-elle une voix, elle aussi, comme les aberrations lancées à l'attaque du château.

Il arriva le dernier à la Salle du Trône. Une masse de gens postés devant l'entrée lui bloquait la vue. Mais il entendit la voix du duc s'adressant à l'assistance. Il joua des coudes pour se faufiler.

En regardant par-dessus l'épaule d'un courrier, il découvrit Click, le capitaine et le sergent. Ils étaient assis à même le sol, tout près du duc. Le garçon nota avec stupéfaction qu'ils avaient les yeux fermés. Et le sergent bavait ! La salive lui dégoulinait le long du menton. Ce n'était pas normal...

– Approchez ! ordonna le duc d'une voix tonnante.

Tous ceux qui se tenaient au premier rang firent un pas en avant. Mal à l'aise, Crafty se hâta de reculer.

Il s'aperçut alors que la salle baignait dans une légère brume verdâtre. Sortait-elle de la bouche de l'aberration ? Était-ce son haleine qui avait endormi Click, le capitaine et le sergent ?

L'instant d'après, cette hypothèse se confirma.

Le duc émit un formidable grondement, et Crafty sentit le sol vibrer sous la semelle de ses bottes. Puis l'aberration exhala un énorme nuage vert qui s'éleva jusqu'au plafond avant de redescendre pour emplir toute la salle. Tous s'affalèrent en tas. La tête d'un courrier heurta le plancher avec un craquement sonore.

Crafty recula rapidement jusqu'au seuil de la porte, mais la brume verte rampait vers lui. Il était le dernier à tenir encore sur ses jambes, ce qui attira sur lui l'attention de la créature.

– Approche ! cria-t-elle. C'est un ordre ! Obéis à ton duc !

Avec un nouveau grondement, elle exhala un autre nuage d'haleine verte, directement sur le garçon.

30

LES BALISES DU CHÂTEAU

Crafty fit volte-face et partit en courant pour échapper à l'haleine empoisonnée. Puis il ralentit et s'arrêta, le temps de reprendre son souffle. Il se dirigea alors vers l'infirmerie, tandis que les terribles implications de ce qui venait de se passer prenaient forme dans sa tête.

Quand il arriva dans la chambre de Lucky, il trouva de nouveau celui-ci assis sur son lit. Cette fois, il jouait aux échecs.

Il leva la tête à l'entrée de son ami.

– Je suis le conseil de Click, dit-il avec un large sourire. Il n'est peut-être pas trop tard pour exercer mes méninges !

Son expression changea dès qu'il vit le visage de Crafty :

– Qu'est-ce qui ne va pas ?

– Rien ne va. Ça ne pourrait pas être pire.

Crafty s'assit sur le rebord du lit et raconta brièvement la scène à laquelle il venait d'assister dans la Salle du Trône.

– La nuit va bientôt tomber, conclut-il. La deuxième vague d'aberrations va lancer son assaut. La plupart de nos défenseurs sont inconscients, certains sont peut-être déjà morts.

Ils ne pouvaient guère compter sur une aide extérieure, malgré le système de communication établi entre les deux châteaux. Peut-être quelques courriers étaient-ils en route, porteurs de messages de Clitheroe, peut-être même le père de Crafty en personne, mais c'était un espoir bien mince.

Lucky se leva aussitôt et commença à s'habiller.

– Il reste au moins deux défenseurs : toi et moi. On ne renoncera pas avant de s'être battus, déclara-t-il, le visage déterminé.

– On est peut-être plus que ça, dit Crafty. On pourrait bien être quatre...

Et il lui parla de Donna.

– Donc, ajouta-t-il, elle pourra sûrement nous aider, ainsi que ce garçon surnommé Minus.

– Je n'arrive pas à y croire ! s'exclama Lucky, rayonnant. Donna revenue de la mort ! Elle va bien ? Tu lui as parlé ?

– Pour le moment, ils sont incarcérés tous les deux. Mais je sais où est la clé.

– Qu'est-ce que Donna fait dans une cellule ? demanda Lucky, fixant sur Crafty un regard chargé de reproches, comme si c'était sa faute.

– Quand elle est revenue de la mort, elle a immédiatement été classée parmi les aberrations. Ils ne lui font pas confiance, Lucky.

– Ils ne font pas confiance à Donna ? Ils sont idiots ou quoi ?

Crafty parla alors de la voix qui ordonnait aux aberrations d'attaquer le château.

– Elle pourrait l'entendre, elle aussi. Cette voix pourrait influer sur son comportement et la pousser à nous faire du mal. La relâcher serait dangereux. Et le gamin, Minus, paraît à moitié cinglé.

– Tant pis, on doit courir le risque, déclara Lucky. Allons tout de suite la libérer !

Crafty aurait fini par libérer Donna, de toute façon. Mais il eut l'impression d'être revenu en arrière, au temps où il débutait comme mouche de porte. Lucky était le plus expérimenté, c'était lui qui prenait les décisions.

Déchargé de cette responsabilité, Crafty conduisit Lucky à la prison. Quand Donna vit celui-ci entrer et aller décrocher le trousseau de clés, elle cria :

– Lucky ! Lucky ! Je savais que *toi*, tu ne me laisserais pas tomber !

Son intonation insinuait que Crafty, lui, l'avait fait, et il en fut blessé.

Il se tourna vers Minus, roulé en boule sur le sol de sa cellule. Ses doigts saignaient et il se rongeait frénétiquement les ongles en marmonnant on ne savait quoi. Était-il bien prudent de le libérer ?

Au troisième essai, Lucky trouva la clé qui ouvrait la porte de Donna. Crafty se raidit. À quoi devaient-ils s'attendre ? Et si la fille se jetait sur eux ?

Elle bondit, et Crafty, retenant son souffle, referma la main sur le manche de son poignard. Mais Donna se jeta dans les bras de Lucky avec des larmes de joie, et ils s'étreignirent longuement.

– Qu'est-ce que tu pues ! dit enfin Lucky en riant et en la tenant à bout de bras. Tu as besoin d'être décrassée des oreilles jusqu'aux orteils !

– Je sens sûrement moins mauvais que tes pieds crasseux ! se moqua-t-elle.

Crafty gardait ses distances. Cette Donna ressemblait en tous points à celle qu'il avait connue ; néanmoins, mieux valait rester prudent.

S'étant dégagée des bras de Lucky, elle observa Crafty. Il s'attendit à des reproches pour ne pas l'avoir laissée sortir plus tôt. Au lieu de ça, elle lui adressa un sourire chaleureux.

– Merci d'avoir été chercher Lucky, dit-elle d'une voix douce.

Puis, gravement, elle ajouta :

– Le capitaine est au courant ? Ou vous avez fait ça derrière son dos ? Est-ce que je suis en danger ?

Crafty lui fit un bref récit de ce qui s'était passé dans la Salle du Trône.

– Autant que je sache, conclut-il, nous sommes probablement les seuls, dans le château, à avoir conservé nos esprits. Et dans quelques heures, il faut s'attendre à une nouvelle attaque.

– Et moi ? Et moi ? cria alors une voix.

Ils se retournèrent tous les trois. Minus secouait ses barreaux comme un fou.

Sans consulter ses compagnons, Donna s'empara du trousseau de clés. Elle trouva très vite la bonne et libéra le gamin. Elle le serra dans ses bras, courbée en deux tant il était petit par rapport à elle. Crafty et Lucky échangèrent un regard incertain. Minus roulait des yeux déments, ce qui ne leur inspirait guère confiance.

– Maintenant, décréta Donna, il nous faut des armes. Des arbalètes comme les vôtres, ou même des épées. On en trouvera à l'armurerie. Prends ces clés, Lucky !

L'armurerie n'était qu'à quelques portes de distance. Tandis que Donna ouvrait la marche, Crafty remarqua qu'elle boitait légèrement, ce qui ne ralentissait nullement son allure. Ils parvinrent devant une lourde porte de fer, qu'une des clés leur permit d'ouvrir. À l'intérieur, les murs étaient couverts d'armes, surtout de longues épées et des lances. Il y avait aussi des arbalètes, toutes munies de leur poche pleine de carreaux. Donna, Lucky et Minus en prirent chacun une, et Crafty leur montra rapidement comment s'en servir.

– Quand un carreau est parti, le suivant se met automatiquement en place, expliqua-t-il. Ça permet de tirer presque en continu.

– Formidable, se réjouit Donna. On devrait prendre aussi une épée chacun.

Crafty observait d'autres armes, qui venaient de lui donner une idée.

– Prenons plutôt ça, déclara-t-il en les désignant.

– Des haches ? s'étonna Donna.

C'étaient des haches de guerre à deux tranchants et à longs manches, conçues pour être maniées par des bras musculeux. Aucune des mouches de porte n'avaient une carrure de guerrier, Minus encore moins. Que feraient-ils avec des haches ?

Crafty sourit :

– Je pense juste à quelque chose.

– Encore une de tes idées futées, c'est ça ? le taquina Lucky.

– On n'est que quatre, poursuivit Crafty. On ne peut pas espérer patrouiller sur les remparts et repousser l'attaque en même temps, surtout si elle vient de plusieurs côtés à la fois. On a besoin d'aide. Alors, allons en demander !

– Aux gens qui sont dans la Salle du Trône ? demanda Donna.

– À qui d'autre ?

– Et cette créature qui souffle une haleine empoisonnée ? objecta Lucky.

– On va la distraire. Et si possible, la détruire. Elle a poussé à partir de racines et semble presque entièrement faite de bois. C'est pourquoi il nous faut des haches.

– Continue ! le pressa Donna.

– On va d'abord s'assurer que vous êtes capables tous les trois d'atteindre une cible à dix pas, dit Crafty en tapotant son arbalète. On va prendre une réserve de carreaux et on va aller sur le terrain d'entraînement.

Ils rassemblèrent des armes et des munitions avant de se rendre dans la cour arrière, à l'abri derrière ses hauts murs. En chemin, Crafty ne cessait de regarder à droite et à gauche. Des aberrations erraient encore dans le château, seule la Chambre Ducale était gardée.

Crafty plaça quelques traits au centre de la cible, pour montrer que c'était possible. N'ayant aucune expérience du maniement de l'arbalète, Lucky et Donna se montrèrent moins adroits. Cependant, s'ils ne firent mouche ni l'un ni l'autre, ils placèrent tout de même leurs projectiles dans le bois. Minus, en revanche, fut une révélation. Il avait un coup d'œil excellent, et ses traits rejoignirent ceux de Crafty au beau milieu de la cible.

Crafty les conduisit ensuite dans le dortoir. Des draps et des couvertures étaient entassés dans un coin, au cas où il n'y aurait pas assez de hamacs pour tous les dormeurs.

– On va mouiller des draps et s'en entourer la tête pour se couvrir la bouche et le nez, expliqua-t-il. Ça devrait nous protéger en partie de la brume verte. On ne restera pas longtemps, de toute façon.

Ils mouillèrent donc des draps en utilisant l'eau de la grande jarre posée près de la porte.

– Si j'ai bien compris, dit Lucky, on entre, et pendant que trois d'entre nous attaquent l'aberration à l'arbalète et à coups de hache, le quatrième tire les courriers dehors ?

– C'est à peu près ça, mais pour employer le vocabulaire de Bob Gingembre, il faudra faire preuve d'un peu plus de subtilité.

– *Subtilité* ? répétèrent d'une seule voix Donna et Lucky, tandis que Minus se contentait d'ouvrir une bouche étonnée.

– Oui, pour nous donner l'avantage de la surprise, reprit Crafty. On va passer par un portail.

– Quoi ? s'exclama Donna, incrédule. À l'intérieur du château ? C'est très dangereux d'utiliser un portail dans un espace fermé. S'il heurte quelque chose de solide comme de la pierre ou des briques... Il ne faut même pas y penser.

– Il y a toujours un risque, mais c'est faisable. Click a modifié son portail et placé des balises à l'intérieur du château. Étant donné les circonstances, je pense que ça vaut le coup d'essayer. Allons dans son bureau, je vous donnerai davantage de détails.

Encombrés des draps mouillés en plus de leurs armes, les quatre mouches se dirigèrent vers la nouvelle pièce de Click, dans les appartements ducaux.

Ils déposèrent leur chargement sur le sol pendant que Crafty tâchait d'ouvrir le tiroir du bureau. Il le trouva fermé à clé, ce qui ne le fit pas renoncer pour autant. S'emparant d'une des haches, il introduisit le tranchant de la lame dans l'interstice et le fit pivoter. Le tiroir s'ouvrit avec un craquement sec.

– Click ne va pas aimer ça, s'exclama Lucky.

– Si les choses tournent bien, elle nous remerciera. Si elles tournent mal, ça n'aura plus d'importance.

C'était vrai. S'ils échouaient, ils ne survivraient pas à l'attaque des aberrations, y compris celles qui dormaient dans la Salle du Trône.

Il y avait plusieurs boîtes dans le tiroir, toutes étiquetées. Crafty plaça sur le bureau celle étiquetée

BALISES DU CHÂTEAU et souleva le couvercle. Il espérait trouver aussi quelques indications et ne fut pas déçu.

Il avait devant lui sept petites balises cylindriques numérotées. Il y avait aussi un morceau de papier qu'il déplia. Un plan du rez-de-chaussée du château y était dessiné, avec les sept emplacements, clairement indiqués par des étoiles, où les autres moitiés de balises étaient cachées. Click les avait probablement testées, elles devaient être fiables.

L'une des balises se trouvait dans les appartements du duc, non loin de la porte ouvrant dans la Salle du Trône. C'était parfait. Ils pourraient déplacer le portail jusque-là sans être vus par qui ou quoi que ce soit dans la salle.

Malheureusement, aucune balise n'était à l'endroit où Crafty aurait voulu amener le portail, dans le dos de l'aberration, pour la prendre par surprise. Il devrait donc l'approcher de face, en utilisant les simples talents qu'il avait développés en tant que mouche.

Et, sans balise, ce serait extrêmement dangereux.

31

FUREUR ET TERREUR

Crafty réfléchit rapidement. S'il faisait part de cette découverte aux autres, ils insisteraient pour y aller eux-mêmes. Ils avaient plus d'expérience que lui, ce qui leur donnait la priorité. Mais Crafty avait vu l'aberration qui ressemblait au duc, il avait senti l'écœurante odeur de pourriture qu'elle dégageait. Il était le plus à même de s'en approcher.

Il devrait se montrer doublement prudent en déplaçant le portail. Il lui fallait surprendre l'aberration sans risquer de blesser Click, le capitaine et le sergent, assis devant elle. S'il les heurtait, il pourrait même les tuer.

Aussi, sachant qu'il n'utiliserait qu'une seule balise, il en prit ostensiblement deux dans la boîte. Un sourire forcé sur le visage, il en mit une dans chaque poche et déclara :

– Ça devrait faire l'affaire !

Et il expliqua son plan.

Il s'assit sur la chaise, face au portail. Ils avaient tous rapproché leur matériel. Lucky et Minus tenaient leurs arbalètes ; ils étaient chargés de faire diversion. Donna s'était emparée d'une hache. Elle viendrait avec Crafty.

Ils s'étaient enveloppé le visage de draps mouillés, qui pendaient dans leur dos. Celui de Minus traînait à terre derrière lui. Ce n'était pas très confortable, mais ça pouvait leur sauver la vie.

– Prêts ? demanda Crafty d'une voix étouffée par la toile.

Les autres firent signe que oui, et il fixa la nuée qui tourbillonnait dans le cadre d'argent. Serrant la balise dans sa main gauche, il se concentra. Aussitôt, le nuage s'éclaircit, et le mur extérieur de la Salle du Trône apparut.

Lucky passa le premier, son arbalète à la main. Crafty et Minus le suivirent. Donna devait attendre le second déplacement du portail. Elle tenait la hache à deux tranchants.

Quand ils approchèrent de la porte, Crafty remarqua qu'un peu de brume verte filtrait par-dessous. S'étant introduits prudemment dans la Salle du Trône, ils aperçurent les courriers prostrés à travers un épais brouillard. Aucun d'eux ne bougeait. Avaient-ils tous succombé à l'haleine empoisonnée de l'aberration ? Crafty s'efforça de repousser cette idée et observa la créature. Elle semblait ignorer leur présence. Dormait-elle ? Auquel cas, ce n'était plus pour longtemps...

Il leva son arbalète et visa avec soin. Le trait partit avec un léger claquement et fila dans les airs. Son premier tir atteignit sa cible, en plein milieu du front. L'aberration s'éveilla avec un cri de douleur. Elle arracha la flèche et fixa les intrus. Crafty sentit de nouveau le sol vibrer sous ses semelles quand la créature exhala un puissant jet de brume verte.

Il entendit siffler les carreaux de Lucky et Minus, mais il retournait déjà en courant vers le portail. Les deux mouches continueraient de tirer sur le faux duc pour détourner son attention pendant qu'il agirait avec Donna. Il franchit le portail, s'assit sur la chaise, prit une grande inspiration et se concentra. C'était le moment le plus difficile.

Il fixa son esprit sur l'aberration, imaginant son odeur répugnante, se représentant son dos. Il eut un instant de doute qui le terrorisa. S'il ratait son coup, le portail pourrait blesser Click et ceux qui l'entouraient. Il s'efforça de repousser cette idée.

D'abord, rien ne se passa. La nuée sombre continua de tourbillonner. Il se concentra plus intensément. Enfin, à son grand soulagement, le nuage s'éclaircit et le portail se plaça exactement à l'endroit qu'il espérait.

Crafty avait ordonné à Lucky et à Minus de cesser les tirs dès que le cercle bleu apparaîtrait, et de rester en vue juste au seuil de la porte, pour continuer de distraire l'aberration.

Donna franchit rapidement le portail, la hache levée. Crafty se prépara à la suivre, seulement armé de son poignard puisque son rôle consistait à tirer les gens à travers le portail pour les mettre en sécurité dans le bureau de Click.

La hache était lourde, mais Donna la mania comme si elle ne pesait presque rien. Elle porta à l'aberration un coup terrible par derrière, à l'intersection entre le corps et les racines. La créature rejeta la tête en arrière en hurlant. Donna la frappa une deuxième fois, plus furieusement encore, avant même que Crafty ait traversé la salle.

L'aberration poussait des cris stridents :

– Trahison ! Trahison ! Je suis votre duc !

Crafty courut vers le sergent, le capitaine et Click, toujours assis, la tête retombant sur la poitrine. Il n'aurait su dire s'ils respiraient, mais tous trois bavaient, et la salive leur coulait sur le menton. Par lequel commencer ? Et s'il ne réussissait à n'en mettre qu'un seul en sécurité ? Il n'aurait peut-être pas le temps d'en sauver davantage, car l'aberration, le visage tordu de fureur, s'était retournée pour saisir la hache, et Donna luttait pour la lui arracher.

La décision à prendre emplissait Crafty d'angoisse. Peut-être devrait-il s'occuper d'abord du capitaine ? Un chef les aiderait à survivre et – qui sait ? – à triompher. Le sergent était lui aussi un rude combattant. Ce fut finalement Click, à moitié la traînant, à moitié la portant, qu'il transporta vers le portail. Click avait une intelligence hors pair, qui pouvait faire la différence. Du moins c'est ce qu'il se disait. Mais tout au fond de lui, il savait qu'il l'avait choisie parce qu'elle était son amie.

Il la ramena dans son bureau, la roula sur le côté pour qu'elle ne s'étouffe pas si elle revenait à elle. Et il repartit dans l'intention de sauver le sergent. Puis, au moment de franchir le portail, il hésita. Donna se débattait toujours pour libérer la hache, et la créature l'avait saisie par le poignet et la tirait vers elle avec une force incroyable.

La priorité était de secourir Donna. Le garçon s'empara donc d'une autre hache. Il puisa dans sa peur et sa fureur l'énergie nécessaire pour la soulever.

Son premier coup trancha la main de bois qui tenait Donna. Le second entailla le bras droit à la hauteur de l'épaule, ce qui libéra la hache de la jeune fille. L'aberration hurla, se contorsionna et tenta de les frapper avec ses moignons. Mais ils travaillaient à présent comme s'ils devaient abattre un arbre. Des éclats de bois volaient en tous sens. Bientôt, la créature cessa de se tortiller et de crier. Ils l'avaient vaincue !

Néanmoins, ce n'était pas le moment de se reposer sur leurs lauriers. Ils se mirent aussitôt à traîner le sergent et le capitaine vers le portail. En parcourant du regard le bureau de Click, Crafty constata avec soulagement que la brume empoisonnée n'y avait pas pénétré. Lucky et Minus, venus à la rescousse, aidèrent à tirer les trois inconscients dans le couloir.

Même à quatre, il leur fallut plus d'une heure pour mettre en sécurité toutes les victimes de la brume verte. Pendant ce temps, celle-ci s'était dispersée ; ils purent donc se débarrasser de leurs draps mouillés.

Ils eurent enfin le temps de souffler un peu. Ils étaient rassemblés près des restes de leur ennemi, souriants et plutôt contents d'eux, quand Lucky fit soudain une découverte inquiétante.

Son sourire s'effaça aussitôt. Il pointa un doigt tremblant. L'aberration avait été si sauvagement massacrée qu'elle ne ressemblait plus du tout au duc.

Cependant, de nouveaux bourgeons se formaient déjà.

La créature n'était pas morte.

32

DU CRÉPUSCULE À L'AUBE

Ils vinrent rapidement à bout des pousses fraîches à coups de hache. Mais ce n'était qu'une solution provisoire. Tant que la masse des racines enfoncée sous le château serait vivante, l'aberration continuerait à se régénérer. Ces racines représentaient une menace permanente.

Au bout d'une heure, les victimes du faux duc reprirent peu à peu leurs esprits. Malheureusement, le docteur, parti avec le vrai duc, n'était pas revenu. Ils trouvèrent tout de même un infirmier qui les aida à soigner ceux qui avaient du mal à se remettre. Ça toussait, ça crachait, les nez coulaient, les yeux larmoyaient. Certains étaient pris de nausées, et l'air s'emplit d'une odeur acide de vomi. Deux, hélas, étaient morts.

Par chance, bien qu'elle se soit trouvée tout près de l'aberration, Click fut une des premières à revenir à elle.

– Tu as joué à pile ou face, accusa-t-elle dès qu'elle fut sur pieds. Transporter le portail dans la Salle du Trône sans balise… ! Tu prends trop de risques, Crafty.

– Quoi ? s'écria Donna. Il n'y avait pas de balise ? Tu nous as menti ?

Le garçon sentit monter sa colère :

– Si je l'ai fait, c'est pour une excellente raison. J'avais été en présence de cette chose qui prétendait être le duc, pas vous ! J'avais donc une chance de l'approcher. Et ça a marché.

Il n'eut pas le temps d'en dire davantage, le capitaine Clayton venait vers eux. Les cheveux en bataille, l'uniforme souillé, il puait le vomi. Il avait également l'air furibond.

– Vous deux, ordonna-t-il en désignant Donna et Minus, retournez immédiatement dans vos cellules ! Vous n'auriez pas dû être libérés sans mon autorisation.

Donna lui jeta un regard noir, et Minus émit une espèce de feulement, plus animal qu'humain.

– Capitaine, vous n'étiez plus en état d'autoriser quoi que ce soit, objecta Crafty d'une voix calme.

Ce n'était pas le moment d'irriter le bonhomme !

Mais Lucky bondit, hors de lui et oublieux de toute marque de respect :

– Vous voulez encore les enfermer ? C'est complètement idiot ! Ils ont aidé à vous sortir de là, vous et tous ces gens. On n'aurait jamais réussi sans eux !

– Silence, petit insolent ! aboya le capitaine. Un mot de plus, et je t'enferme aussi !

Ce fut Click qui sauva la situation. Avant que Lucky ait eu le temps d'aggraver son cas, elle lui passa un bras autour des épaules en déclarant :

– Capitaine, je suis certaine que Lucky ne voulait pas vous offenser. Cependant, ce qu'il dit est vrai. Ils ont libéré Donna et Minus parce qu'ils avaient besoin de leur aide, et tous deux ont prouvé qu'on pouvait leur faire confiance. Ils ont sauvé de nombreuses vies, dont la vôtre et la mienne.

Le capitaine resta un moment silencieux. Puis il lâcha un long soupir :

– Très bien. En ce cas, je les garde à l'essai, et je les place sous *votre* responsabilité, mademoiselle Crompton-Smythe.

Puis il se tourna vers Lucky :

– Et toi ? Tu as quelque chose à déclarer ?

– Je vous présente mes excuses, monsieur. Je n'aurais pas dû vous parler sur ce ton, mais je disais la vérité.

Ces mots ne semblèrent guère améliorer l'humeur du capitaine. Néanmoins, il acquiesça d'un signe de tête et, tournant les talons, s'en alla donner ses ordres.

La nuit tomba beaucoup trop vite. Cette fois, personne n'aurait le temps de dormir, ils n'étaient plus assez nombreux pour organiser deux tours de garde. Les chambres de l'infirmerie étaient toutes occupées par ceux qui souffraient encore des effets de l'haleine empoisonnée. La veille durerait donc du crépuscule à l'aube, et, cette fois encore, Crafty fit équipe avec le capitaine.

Donna et Minus furent placés avec Click et Lucky – Clayton n'avait toujours aucune confiance envers les deux mouches revenues à la vie. Crafty non plus, en dépit de leur précédent comportement. Si la voix leur ordonnait de se retourner contre leurs amis, seraient-ils capables de lui résister ?

Crafty suivit le capitaine sur les remparts, où leur souffle monta en buée dans l'air glacial. Seuls les courriers, avec l'appui de Click, Lucky, Donna, Minus et Crafty lui-même, défendaient cette partie du château. Tous ceux encore capables de combattre, des cuisiniers jusqu'aux chercheurs, devaient rester dans les appartements ducaux. Si une intrusion avait lieu, ils devraient faire de leur mieux pour protéger ceux qui étaient encore en incapacité.

– Utilise encore une fois tes yeux de lynx, ordonna abruptement le capitaine. Que vois-tu ?

Crafty scruta l'obscurité qui régnait sur les rues étroites et les maisons entassées de la ville. De faibles lumières brillaient çà et là, mais rien ne bougeait.

– C'est comme la nuit dernière, dit-il. Il y a des

présences – je distingue des lueurs – mais aucune menace apparente.

– L'attaque viendra peut-être encore des profondeurs, bien qu'on ne puisse être sûr de rien. J'ai donné des instructions pour qu'on taille les racines de l'aberration, dans la Salle du Trône, toutes les demi-heures, au cas où…

Ils se dirigèrent vers le côté nord, et Crafty examina la pente jusqu'à la rivière. Là encore, il ne détecta aucun signe d'activité.

– Au début, Benson, reprit le capitaine, je t'ai pris pour un élément incontrôlable. Tu vois ce que je veux dire ? Puis j'ai changé d'avis. En réalité, tu es un rebelle.

– Et c'est pire que d'être un élément incontrôlable ? demanda Crafty, embarrassé.

Le capitaine sourit :

– Non, au contraire. Tu fais montre d'un esprit indépendant et volontaire. Et, entre nous, c'est exactement ce qui te rend tout à fait apte à la tâche de courrier. Nous ne sommes pas comme la Garde, avec sa hiérarchie et sa discipline. Dans notre métier, nous sommes souvent seuls pour prendre des décisions importantes. Cela exige de l'imagination et de l'initiative, des qualités que tu possèdes, Benson. Je crois qu'on te donne un surnom ?

– En effet, monsieur. On m'appelle Crafty.

– Le Futé, hein ? Tu as certainement mérité ce sobriquet quand tu as sauvé ton père et l'autre courrier. On me l'a raconté. Tu as établi un plan que tu as suivi avec astuce. Tu t'es montré impitoyable et tu as fait ce qu'il fallait faire sans regarder par-dessus ton épaule pour quêter une quelconque autorisation. Ça me plaît. Tu es né pour être courrier. Dès que cette crise sera réglée, j'en toucherai un mot au Chef Mancien. Je suis sûr qu'il approuvera ton transfert.

Crafty grommela intérieurement. Il n'avait aucune envie d'être séparé de ses amis. Le capitaine avait déjà dit quelque chose du même genre, la nuit précédente.

Il est comme un chien qui a trouvé un os, pensa le garçon. *On ne peut pas le lui faire lâcher.*

Cependant, avant qu'il ait eu le temps de protester, une sonnerie de clairon retentit. Le sergent était le seul autre courrier à en posséder un. C'était un appel d'urgence.

Le capitaine dévala l'escalier de pierre, suivi de Crafty, jusqu'au rez-de-chaussée. Le clairon sonna encore – plus près, cette fois. Suivant le son, ils remontèrent le couloir en courant, passèrent devant la Salle du Trône, celle des Autopsies et celle des Reliques jusqu'à atteindre une porte ouverte, tout au bout. Crafty était déjà passé devant cette salle, dont le nom n'était pas indiqué, et il s'était souvent demandé ce qu'elle renfermait.

Deux courriers se tenaient à l'intérieur, élevant une torche au-dessus de leur tête. L'un d'eux était le sergent, une hache dans l'autre main, le clairon accroché à sa ceinture. D'un coup d'œil, Crafty vit qu'il s'agissait d'une sorte d'entrepôt. De grosses caisses s'entassaient contre le mur du fond, le sol était couvert de paille sèche. Et au milieu, il y avait quelque chose qui n'appartenait pas à leur monde. Quelque chose de dangereux.

Le personnage, d'aspect humain, qui se tenait parfaitement immobile, était une autre version du duc. La tête baissée, les bras le long du corps, il portait un vêtement en écorce dont le capuchon lui dissimulait le visage. Mais, à partir de la taille, ce n'était qu'un enchevêtrement de racines fibreuses. Crafty remarqua un détail étrange : ses bras démunis de coude étaient tendus, tout raides, jusqu'à toucher la paille.

– Ça a poussé à partir des racines du duc, comme l'autre, capitaine, dit le sergent. Pour le moment, c'est endormi. Mieux vaut l'abattre avant qu'il ne cause de nouveaux problèmes...

– Faites, sergent, approuva Clayton.

– Tiens-moi ça ! dit le sergent à l'autre courrier en lui tendant sa torche.

Agrippant sa hache à deux mains, il se lécha la moustache et marcha vers l'aberration avec détermination.

Au même instant, la créature leva la tête et le regarda. Il avait un visage très pâle, des yeux aux pupilles verticales.

Crafty le reconnut aussitôt. C'était Vipère.

Alors, l'aberration parla :

– Vous êtes fous de vous attaquer à moi ! Quant à toi, Crafty, petite mouche, je t'aurais cru moins bête !

33

LE MONSTRE

Crafty s'attendait à le voir exhaler une haleine verte empoisonnée. Au lieu de ça, il fit une chose aussi horrible qu'imprévisible, qui ne laissait aucune chance au malheureux sergent.

Jusque-là, les bras de l'aberration étaient enfoncés dans la paille. Crafty découvrit soudain leur incroyable longueur. Le gauche se dégagea. Une main terminée par des griffes acérées se referma sur le cou de sa victime et la souleva jusqu'au plafond. Émettant un son étranglé, le sergent lâcha la hache. Le sang jaillit de sa nuque et dégoulina sur la paille. Il eut une dernière convulsion, et son corps se relâcha, inerte.

La flèche de Crafty siffla et s'enfonça profondément dans l'œil gauche de l'aberration. Poussant un cri aigu, elle laissa tomber le cadavre du sergent et battit l'air de ses bras. Crafty lui plaça aussitôt un deuxième trait dans l'autre œil, et un troisième en plein front.

– Bien visé, approuva le capitaine. Maintenant, cesse le tir !

Ramassant la hache, il se mit à cogner, envoyant des éclats de bois en tous sens. Finalement, il porta un coup terrible qui fendit la tête de la créature en deux. Ses bras cessèrent de s'agiter, et elle s'affaissa, apparemment sans vie.

Toutefois, Crafty savait qu'elle allait se régénérer. L'entrelacs des racines s'était largement répandu sous le château. À combien d'aberrations donnerait-il encore naissance ? De nouvelles menaces se formaient peut-être déjà dans les profondeurs. Faudrait-il donc se tenir constamment sur le qui-vive ?

Et pourquoi cette créature avait-elle pris l'apparence de Vipère ? Le garçon sentait que son ennemi était là, quelque part, toujours en possession de son propre corps. La chose ressemblait à Vipère ; avait-elle été dirigée par son esprit ? Était-ce la conscience de Vipère qui l'avait regardé par les yeux de l'aberration ? C'était probable, puisqu'elle l'avait désigné par son nom.

Crafty et l'autre courrier rejoignirent le capitaine, qui contemplait le corps du sergent.

– C'était un bon et brave courrier, un homme sur qui on pouvait compter. On a travaillé ensemble pendant presque vingt ans, et je le considérais comme un ami autant que comme un collègue. Il va nous manquer.

Le capitaine soupira ; des larmes brillaient dans ses yeux.

– Jameson, reprit-il en se tournant vers l'autre courrier, vous aurez désormais le grade de sergent. Votre première tâche consistera à sonder le sous-sol du château au cas où de nouvelles aberrations seraient en train de pousser.

Il lui tendit sa hache :

– Vous savez ce qu'il faut faire si vous en trouvez une. Prenez deux courriers avec vous, et armez-vous de vos arbalètes.

Tandis que le nouveau sergent s'en allait, le capitaine posa une main sur l'épaule de Crafty :

– Tu as été vif et efficace, Benson. Tu as aveuglé cette créature, de sorte qu'elle ne m'a pas vu venir. Sinon, je n'aurais jamais pu l'approcher.

Soudain, des pas pressés retentirent. Un autre courrier entra, haletant. Il jeta un coup d'œil au sergent mort avant de déclarer :

– L'ennemi marche sur le château, capitaine ! Une troupe nombreuse.

– Aux remparts ! ordonna Clayton en s'élançant dans le couloir.

Crafty promena son regard sur le sud de la ville, et ce qu'il découvrit l'emplit d'horreur et de consternation.

En bas, dans le dédale des ruelles, des lueurs mouvantes convergeaient vers le château. Elles évoquaient plus le doux scintillement jaune et vert des vers luisants que le flamboiement des torches. Oui, ces corps émettaient leur propre lumière. Puis, ses yeux s'accoutumant à l'obscurité, Crafty repéra des ombres qui bondissaient sur leurs quatre pattes. Celles-là ne produisaient aucune luminosité, et le cœur lui manqua quand il entendit leurs cris lointains : c'étaient les espèces de chats géants qui hantaient habituellement les alentours de Winckley Square à Preston.

Ces aberrations l'avaient poursuivi plus d'une fois ; elles étaient puissantes et féroces, et leurs mâchoires garnies d'une triple rangée de dents les classaient parmi les plus redoutables prédateurs. L'une d'elles avait failli rattraper Donna à l'instant où elle franchissait le portail, fournissant à Vipère une bonne excuse pour faire usage de la guillotine.

Leurs feulements sauvages se rapprochaient ; la meute, surgissant des étroites rues pavées, remontait au galop la pente herbeuse qui menait sous les murs du château.

Un des courriers leva son arbalète, et une flèche siffla dans l'obscurité.

– Économisez vos traits, ordonna le capitaine. Ces créatures n'escaladeront pas les murailles, elles n'ont aucune chance de franchir le pont-levis et le portail principal. Mais il existe des aberrations qui le peuvent. Ce seront elles vos cibles.

Crafty trouva cette remarque sensée. Les bêtes hurlantes qui les encerclaient en contrebas avaient des griffes puissantes. Cela les rendait sûrement capables de monter dans les arbres, pas le long d'un mur de pierre lisse.

Mais quelles étaient ces créatures rougeoyantes qui envahissaient la colline derrière elles ? Quand elles se rapprochèrent, Crafty frémit. D'apparence presque humaine quoique plus musculeuses, elles étaient couvertes de fourrure, avec des bras si longs que leurs doigts touchaient presque le sol. Sans hésitation, elles se dirigèrent vers les murailles et commencèrent à grimper.

D'autres courriers arrivaient sur les remparts. Leur présence était plus que nécessaire. Puis Crafty aperçut ses quatre amis. Donna paraissait horrifiée, et il comprit soudain pourquoi.

Ce n'étaient pas les aberrations escaladant les murs sud du château qui la terrorisaient, mais les feulements des bêtes-chats, les derniers sons qu'elle avait entendus avant que la lame de la guillotine lui coupe les jambes.

Donna frémit, inspira profondément et reprit contenance. Puis, avec les trois autres, elle se pencha du haut du rempart et commença à tirer sur les assaillants.

Crafty atteignit une cible. Il pensait l'avoir frappée à l'épaule, mais elle poursuivit son escalade en chancelant à peine. Il lui décocha un deuxième trait. Cette fois, la bête s'arrêta pour lever vers lui sa face démoniaque. Elle émettait une lueur d'un jaune maladif, et de longs crocs incurvés lui remontaient de chaque côté du museau. Cette aberration avait été jadis un être humain ; elle était devenue un prédateur féroce, avide de chair et de sang, et ses mâchoires ouvertes dégoulinaient de salive. Elle soutint le regard de Crafty, et il détecta dans ses yeux une lueur d'intelligence. Comme si elle lui disait *c'est toi que je viens chercher, petit.*

Il lui décocha une troisième flèche, dans la gorge, cette fois. La bête hurla, dégringola du mur et heurta violemment le sol. Elle resta sur le dos en agitant ses quatre pattes. Si elle était encore vivante, elle ne représentait plus aucune menace.

Cependant, certains assaillants avançaient rapidement. Crafty vit une créature se hisser par-dessus les créneaux, à sa gauche. Malgré quatre ou cinq flèches plantées dans les épaules et la poitrine, elle continuait à rugir sa haine. Elle saisit un courrier par la tête, souleva le malheureux et le jeta du haut des remparts. Il tomba avec un long hurlement.

Avant qu'elle ait eu le temps de s'en prendre à un autre, le capitaine prit son épée à deux mains et la mania comme une hache. Un autre courrier vint lui prêter main-forte, et quelques instants plus tard, l'aberration gisait, morte, à leurs pieds.

De plus en plus d'aberrations se jetaient à l'assaut. Comment les repousser toutes ? Les bêtes-chats continuaient leurs allées et venues en bas, et Crafty observa parmi eux deux créatures différentes, avec des cornes et des corps de chien. Ces ne-mord-qu'une-fois fixaient les murailles comme s'ils guettaient quelque chose.

Puis un éclat de lumière blanche attira l'attention du garçon, et ce qu'il vit le terrifia plus que tout le reste. La Dame Blanche se tenait sous un arbre, les yeux levés. Elle portait toujours sa longue robe blanche, plus lumineuse que le corps des aberrations occupées à escalader les murs. Crafty se souvenait du sang coulant des mèches quand il lui avait coupé les cheveux. Ils avaient repoussé et retombaient, luxuriants, jusqu'au sol, où ils ondulaient tels les anneaux d'un long serpent d'argent.

Soudain, elle remua légèrement la tête, et leurs yeux se rencontrèrent. Le garçon frissonna d'effroi. Elle n'oublierait jamais ce qu'il lui avait fait. Elle voudrait se venger. Il eut beaucoup de mal à détourner le regard.

Mais une horde d'aberrations escaladait la colline en direction du château, des silhouettes sombres de toutes formes et de toutes tailles. C'était de cette nouvelle menace qu'il fallait s'occuper en priorité.

Il choisit une cible et tira trois flèches à la suite. La bête continua de grimper. Il regarda autour de lui : le capitaine devait bien se rendre compte qu'ils n'étaient pas assez nombreux pour défendre le château. Allait-il lâchement donner l'ordre de se replier ?

De l'avis de Crafty, la situation ne pouvait empirer davantage. Ce fut pourtant ce qui arriva.

Il entendit tout à coup l'appel d'un brasse-de-l'air, des cris perçants qui formèrent bientôt des mots :

Le ciel ! Le ciel ! Chauves-souris ! Chauves-souris !

– Danger au-dessus ! hurla Crafty, même si ses compagnons d'armes étaient trop occupés à repousser les assaillants pour entendre son avertissement.

Une chose énorme, aux ailes noires et au corps velu, fondit sur un courrier. Il y eut un jet de sang ; l'homme porta la main à sa gorge et tomba sur le dos. Il se convulsa, aspirant l'air désespérément. La bête se posa sur sa tête et, agitant ses ailes géantes, projeta des gouttes de sang sur tout le corps de sa victime. Puis, arquant le cou, elle vomit un liquide noir.

Crafty avait vu un spécimen de cette aberration dans la Salle des Reliques et avait trouvé des informations à son sujet à la Bibliothèque Grise. C'était un nécrophage, se nourrissant des champignons qu'il faisait pousser sur les cadavres. Celui-ci venait de répandre des spores sur sa victime.

L'instant d'après, il gisait, mort, près du courrier égorgé. Crafty avait placé deux traits dans sa poitrine velue.

Dans le ciel ténébreux, les hideuses créatures étaient difficiles à repérer. Il en aperçut une qui piquait vers les remparts, il n'eut qu'une seconde pour viser et tirer. Mais, à présent, il n'était plus seul à les prendre pour cible. Minus en abattit deux à la suite. Ce gamin était un tireur-né. Cependant, chaque archer occupé par les bêtes volantes était un défenseur de moins contre les assaillants venus par les murailles, et cette idée tourmentait Crafty.

Le capitaine Clayton n'aurait peut-être jamais ordonné la retraite. Ils auraient peut-être combattu jusqu'à l'aube ou jusqu'à ce qu'il ne reste plus aucun survivant. Mais ce qui se passa alors rendit cette décision inéluctable.

Un être terrifiant approchait par la pente de la colline. Avec son corps velu, ses longs bras, sa gueule armée de crocs, il avait à peu près l'apparence des aberrations escaladant les murailles. Il émettait la même répugnante lueur jaunâtre. Sauf qu'il était plus gros. Beaucoup plus gros.

Il était bien quatre fois plus grand qu'un humain et au moins deux fois plus large. Il pouvait sûrement décapiter un homme d'un coup de mâchoires. La créature se dirigeait droit vers le portail principal, et Crafty sentait ses pas lourds résonner sous la semelle de ses bottes.

Certes, une solide herse de fer fermait l'entrée. Elle arrêterait le monstre, non ? Et le formidable portail, taillé dans un chêne épais renforcé par des clous, était cerclé de métal.

En contrebas, les chats géants avaient cessé leur va-et-vient. Ils se rassemblèrent derrière le monstre avec les deux ne-mord-qu'une-fois. La Dame Blanche elle-même s'était rapprochée. Ils semblaient tous attendre quelque chose...

L'énorme aberration s'arrêta devant la herse, son nez presque au contact des barreaux. Crafty retint son souffle.

Soudain, la bête empoigna les barreaux de fer à deux mains. Puis, aussi facilement qu'on brise une brindille, elle les arracha, créant un large trou. Le crissement du métal tordu s'était à peine tu qu'un choc effroyable ébranlait tout le château : la bête avait abattu son poing massif contre le portail, qui s'était fracassé sur les trois quarts de sa hauteur, envoyant des éclats de bois en tous sens.

– On bat en retraite ! tonna le capitaine. On se regroupe dans la cour !

34

LA RETRAITE

Au passage, Clayton se pencha vers Click et lui cria quelque chose à l'oreille en gesticulant. Crafty n'entendit pas, mais il vit la jeune fille froncer les sourcils et secouer la tête.

– Faites ce que je vous dis ! beugla le capitaine en s'éloignant.

Crafty, Lucky, Donna et Minus coururent aussitôt auprès de Click.

– Il veut utiliser mon portail pour évacuer les blessés, leur apprit-elle. Je lui ai demandé de venir avec nous, mais il insiste pour poursuivre la bataille, le temps qu'on s'échappe.

Pas étonnant que Click ait tenté de refuser ! Pour le capitaine et les quelques hommes qui lui restaient, continuer de se battre contre un tel ennemi, c'était du suicide. Leurs chances de survie étaient quasi nulles.

Sans perdre de temps, ils suivirent cet ordre. En passant devant la victime du nécrophage, Crafty eut un haut-le-cœur. Le cadavre était déjà couvert de larges protubérances brunes : des champignons se développaient sur la chair morte.

Ils dévalèrent les marches menant à la cour intérieure. Arrivé en bas, Crafty jeta un regard en arrière. Ce qu'il découvrit ne lui plut pas du tout. À travers la déchirure du portail, on voyait l'énorme tête du monstre, qui rugissait comme pour défier les humains encore à l'intérieur. Il continuait de marteler le bois avec ses poings comme si les flèches qui lui hérissaient le mufle n'étaient que d'agaçantes morsures d'insectes.

Crafty comprenait à présent pourquoi les autres aberrations attendaient patiemment. Dès que le portail aurait volé en éclats, elles envahiraient le château pour y massacrer tout ce qui avait encore souffle de vie.

Soudain, il s'aperçut que quelqu'un n'était plus là.

– Où est Minus ? hurla-t-il.

Tous s'arrêtèrent, et Click repéra le gamin. Il décochait flèche sur flèche avec des rires déments. Ses tirs étaient d'une précision mortelle : trait après trait, il avait crevé les énormes yeux du monstre, qui secouait la tête en mugissant de douleur, sans cesser pour autant de démolir le portail.

Crafty se précipita et tira Minus en arrière. À la suite de Click, ils rentrèrent dans le château pour courir vers la Salle du Trône. Crafty espérait que le nouveau grand portail était toujours opérationnel – ça faciliterait l'évacuation. Mais quand la porte s'ouvrit, il grogna de dépit. Il n'y avait pas trace du portail. Ils devraient faire passer les gens par celui de Click, beaucoup plus petit.

– Expliquez le plan à tout le monde ! ordonna Click. Je vais localiser la meilleure balise.

Elle se dirigea vers son bureau tandis que Crafty, Lucky et Donna fonçaient vers l'infirmerie. Le portail ne les conduirait pas directement dans le Monde Diurne. Click allait donc ouvrir ses tiroirs et fouiller frénétiquement dans les boîtes, à la recherche d'une balise qui les en approcherait le plus possible.

Ayant trouvé l'infirmier en chef, ils lui annoncèrent l'ordre d'évacuation. Blême, le visage couvert de sueur, il semblait au bord de la panique.

– Un autre malade vient de mourir, leur apprit-il. J'ai fait de mon mieux, mais il n'a pas résisté aux effets du souffle empoisonné. J'espère que les autres vont se remettre.

Les survivants avaient des allures de zombis. Ils avançaient à pas saccadés. Il fallut en soutenir quelques-uns jusqu'au bureau de Click. Ce fut un long, lent et pénible travail. Les bruits de la bataille se rapprochaient. Beaucoup d'aberrations avaient dû pénétrer dans le château ; celles qui avaient escaladé les murailles devaient descendre des remparts. Crafty songea que la Dame Blanche elle-même était peut-être entrée, avide de le tenir entre ses griffes.

Il entendait les cris et les rugissements des assaillants, les appels des courriers qui se retiraient vers la Salle du Trône. C'était là qu'ils se réfugieraient si l'ennemi investissait la place. La porte extérieure était solide. Mais Crafty avait vu ce que la monstrueuse aberration avait fait de la herse et du portail. La porte ne résisterait pas longtemps.

Et ce n'était pas son seul souci. Ils ne pouvaient pas simplement faire passer les malades par le cadre d'argent. Quand ils surgiraient de l'autre côté, ils seraient encore dans le Shole et ils n'étaient pas en état de se défendre. Quelqu'un devrait passer avant eux. Qui ? Faire passer ceux qui s'étaient occupés des malades paraissait la meilleure solution. Or, s'ils étaient armés – certains avaient même des arbalètes, ils n'étaient guère entraînés.

Quand il arriva dans le bureau de Click, il lui fit part de ses réflexions.

– Deux d'entre nous devraient les accompagner. J'irai, si tu veux. Je pourrais prendre Minus avec moi. Il est habile à l'arbalète...

Le problème se résolut alors de lui-même. Le nouveau sergent fit irruption dans la pièce en compagnie de deux courriers, et Click leur exposa rapidement la situation. Sans hésiter, le sergent Jameson accepta d'escorter les malades.

Click s'assit sur la chaise, la balise à la main. Quelques secondes plus tard, la nuée tourbillonnante s'éclaircit, révélant un bosquet d'arbres dénudés. Le soleil ne se lèverait pas avant un bon moment, et n'importe quelle horreur pouvait se tenir à l'affut dans l'ombre.

– Cette balise est la seule qui nous amène à la lisière sud-est du Shole, expliqua la jeune fille. Il restera encore une bonne marche à faire, j'en ai peur.

Le sergent passa le premier, la hache levée. Deux courriers le suivirent, armés de leurs arbalètes. Puis Crafty et Lucky aidèrent le premier des survivants à franchir le cadre d'argent. Derrière eux, la queue s'allongeait jusque dans le couloir.

– On est à quelle distance du Monde Diurne ? se renseigna Crafty.

– Environ un mile, par la route directe vers le château de Clitheroe, lui apprit Click. Je n'ai pas pu faire mieux.

– Je retourne aider l'infirmier en chef à amener les derniers malades, dit le garçon avant de filer.

Les hurlements des aberrations se rapprochaient, et tous se hâtaient. Crafty revint bientôt avec l'infirmier, soutenant les deux dernières victimes. Un jeune homme se préparait à franchir le portail. C'était Doon, brandissant une arbalète.

– Rendez-vous à Clitheroe ! lança-t-il avec un clin d'œil.

Quelques instants plus tard le capitaine et ses courriers se réfugiaient en hâte dans la Salle du Trône. Ils fermèrent la porte derrière eux et fixèrent la lourde barre de métal en travers. Crafty eut un choc en ne comptant qu'une dizaine de survivants. Ils laissaient beaucoup de morts derrière eux.

Click se retourna à leur entrée :

– Les malades ont été évacués, le sergent et ses hommes les accompagnent, annonça-t-elle. On est à environ un mile de la lisière du Shole.

Le capitaine Clayton hocha la tête :

– Dès qu'on sera tous passés, on gagnera Clitheroe le plus vite possible. Cette porte ne résistera pas longtemps.

Puis, balayant la pièce du regard, il ajouta :

– Beau travail, vous tous !

Tandis que le capitaine conduisait ses hommes à travers le portail, Crafty remarqua une étrange expression sur le visage de Click. Il la connaissait bien : elle leur dissimulait quelque chose.

– Allez-y, tous les quatre, dit-elle en se tournant vers Donna, Lucky, Minus et lui avec un sourire qui lui parut forcé. Suivez les ordres du capitaine.

– Et toi ? s'enquit Crafty, tout en ayant déjà deviné la réponse.

Quelqu'un devait rester pour fermer le portail. Sinon, les aberrations qui s'attaquaient déjà à la porte n'auraient plus qu'à les suivre dans le bois, et ils seraient bientôt pris. Les malades n'avançaient que lentement. Pour certains, un mile représentait une longue distance.

Crafty ne pouvait accepter que Click se sacrifie. C'était à lui de le faire.

Mais Donna avait deviné les intentions de Click. Elle parla la première.

– Laisse-moi rester pour fermer le portail. Si quelqu'un doit se sacrifier, ce sera moi. C'est moi qui ai le plus d'ancienneté. Et puis, de toute façon, tenta-t-elle de plaisanter, je suis déjà morte.

– Non, protesta Lucky en la retenant par le bras, ce sera moi. J'ai été très malade, sans vous, je ne serais plus là. À mon tour de vous sauver !

Visiblement, il ne pouvait supporter l'idée de perdre son amie une deuxième fois.

– Pas question, répliqua Crafty. Je reste !

– Ne soyez pas ridicules, dit Click. Je n'ai aucune intention de me sacrifier. Il y a un autre portail dans le bureau du Chef Mancien. Je l'utiliserai dès que j'aurai fermé celui-ci. Je localiserai un point de chute à bonne distance de celui du capitaine et des autres. Je ne les mettrai pas en danger et, si je suis poursuivie, je ne serai pas ralentie par les malades. J'aurai le temps de m'échapper.

– Et comment comptes-tu gagner ce portail ? objecta Crafty. Tu devras sortir d'ici et remonter le couloir au-delà de la Salle d'Attente. Tu sais ce qui se terre par là...

Des grattements et des éclatements leur parvenaient de la Salle du Trône. Pendant qu'ils parlaient, les aberrations s'attaquaient à la porte. Les lieux seraient bientôt envahis par des créatures avides de sang.

– Il existe un passage secret, révéla Click. Il permettait au Chef Mancien d'entrer dans les divers départements sans passer par les portes principales. Je l'utiliserai. Alors, assez discuté ! Obéissez aux ordres et franchissez le portail ! On se retrouve plus tard.

Cette réponse laissait Crafty insatisfait. Ce passage existait-il vraiment ou l'avait-elle inventé pour l'occasion ?

– Alors, comme ça, il y a un *passage secret* ? reprit-il, sarcastique. Et, comme par hasard, Bob Gingembre t'en a parlé ?

Click eut un froncement de sourcils irrité.

– Parce que j'en avais besoin, répliqua-t-elle sèchement. Quand on travaille sur les moyens de lutter contre le Shole, il est nécessaire de joindre rapidement les divers spécialistes.

Ça paraissait logique. Comme elle l'avait déjà expliqué, Click était une synthétiste. Elle travaillait à rassembler toutes les informations concernant le Shole et devait donc échanger avec beaucoup de gens. Elle disait la vérité.

Crafty lui adressa un sourire penaud :

– Désolé d'avoir mis ta parole en doute. Mais tu sais aussi bien que moi qu'à plusieurs, on est plus forts. On va utiliser tous les cinq le passage secret et le portail du Chef Mancien. Alors, ferme celui-ci tout de suite, Click ! Plus vite on sortira d'ici, mieux on se portera.

Click fit mine de protester, mais Donna intervint :

– Crafty a raison ! Aller jusqu'au bureau de Bob Gingembre sera dangereux. À cinq, on a plus de chances de s'en sortir.

À cet instant, il y eut un fracas de porte défoncée, accompagné d'un rugissement de triomphe. Il était temps de filer.

Click haussa les épaules. Puis, le visage déterminé, elle ferma le portail, et la nuée tourbillonnante réapparut dans le cadre d'argent.

– Très bien, dit-elle. On fait comme ça. Merci pour votre sollicitude. J'ai toujours eu l'intention d'utiliser cet autre portail. Le seul problème, ce sera de l'atteindre...

35

LE TUNNEL EN FEU

Sans un mot d'explication, Click sauta sur ses pieds et saisit son arbalète. Armés des leurs, Crafty, Lucky, Donna et Minus la suivirent dans le labyrinthe de pièces derrière la Salle du Trône.

Comme Crafty s'y attendait, ils s'enfoncèrent dans les sous-sols. Au bas d'une volée de marches, il estima qu'ils devaient se trouver au niveau des bureaux des manciens. Il s'étonna que Click les fasse descendre encore plus bas.

Ils arrivèrent bientôt devant une porte de fer. Click sortit une clé de la poche de son manteau, déverrouilla la serrure. Puis elle s'empara d'une torche accrochée au mur et la tendit à Crafty.

– Je prends la tête. Passe derrière moi et éclaire-nous ! Lucky, Minus et Donna, suivez Crafty ! Le passage est étroit, nous devrons marcher en file.

Elle remit la clé à Donna :

– Tiens ! Tu refermeras la porte. Ça nous donnera un peu plus de temps. Ne perds surtout pas la clé ! On en aura besoin plus tard.

Des aberrations flaireraient sûrement leur piste, elles les poursuivraient. Ils devaient se hâter.

Click ouvrit la porte et s'introduisit dans le passage. Crafty n'aimait pas cet endroit, aussi sombre qu'oppressant. Il sentait le château peser au-dessus de lui, comme si les anciennes pierres cherchaient à l'écraser. S'efforçant de chasser cette impression pénible, il éleva la torche pour donner à ses compagnons le plus de lumière possible. Derrière lui, la clé tourna bruyamment dans la serrure.

– C'est fait, annonça Donna. La porte est verrouillée.

Click s'avança et ils la suivirent. De l'eau gouttait quelque part ; leurs bottes sonnaient bruyamment sur les pavés humides. Le passage s'élargit bientôt. Ils restèrent cependant en file, se surveillant mutuellement du coin de l'œil. La galerie fit un coude vers la gauche, et, passé l'angle, Crafty eut un coup au cœur.

Le tunnel était obstrué par un enchevêtrement de racines.

Click se retourna, sortant de ses vastes poches deux paires de sécateurs :

– C'est le problème que j'évoquais, mais je l'avais prévu. Inutile de dégager complètement le passage, il suffit de ménager une brèche pour nous faufiler sur le côté.

Elle tendit un sécateur à Crafty :

– Tiens ! C'est toi l'expert en jardinage !

Ils confièrent leurs arbalètes à Lucky et à Donna ; Crafty tendit sa torche à Minus et se mit au travail avec Click. La plupart des racines n'étaient guère plus épaisses qu'un doigt. Click en coupa deux, ce qui leur donna assez de place pour s'avancer. Ils progressaient régulièrement, dégageant la partie droite du tunnel. Pourtant, Crafty se sentait de plus en plus mal à l'aise. Il lui semblait détecter de légers mouvements dans les entrelacs blanchâtres. Ce n'était sans doute qu'une impression, due à la lumière vacillante de la torche ou peut-être à un souffle de vent. Puis il nota que l'air froid était parfaitement immobile et que leur haleine montait toute droite devant eux.

Soudain, il en eut la certitude : une racine qu'il s'apprêtait à trancher lui échappa. Avant qu'il ait eu le temps d'en avertir Click, celle-ci poussa un cri : un des segments coupés lui avait saisi le poignet.

Crafty se précipita pour la libérer d'un coup de sécateur. Mais à présent, ils étaient attaqués tous les cinq. Les racines intactes ne bougeaient pas, mais celles qui étaient coupées se recourbaient et les fouettaient tels de souples serpents furieux. L'une d'elles s'enroula autour du cou de Minus et serra. Il toussa, hoqueta, à moitié étranglé. Pour tenter de se dégager, il lâcha d'abord son arbalète, puis la torche, qui tomba dans une masse de rhizomes, à ses pieds. Il y eut un souffle et un craquement, suivis d'un flamboiement.

Les flammes se propagèrent rapidement, dégageant une vive chaleur et menaçant de les brûler vifs. Crafty s'élança pour dégager Minus afin qu'ils puissent repartir vers la porte. Il espéra que Donna n'avait pas perdu la clé.

Un cri suraigu, qui semblait monter des entrailles de la terre, le figea sur place. On aurait dit la plainte d'un animal blessé. Les racines en feu se mirent soudain à se convulser violemment et à se rétracter. Elles disparaissaient dans la voûte du tunnel avec des sifflements de serpents.

La torche brûlait encore faiblement. Mais, avant que Crafty l'ait ramassée, elle s'éteignit, les plongeant dans l'obscurité, et le garçon se demanda comment ils sortiraient du tunnel.

Tout à coup, une vive clarté illumina les lieux : Click avait sorti un orbe de sa poche et l'avait jeté en l'air. Il l'avait déjà vue faire ça à plusieurs occasions, et chaque fois, il lui en était reconnaissant.

Elle leur fit signe de continuer. Sans un commentaire sur le danger mortel auquel ils venaient d'échapper, ils ramassèrent leurs arbalètes et s'enfoncèrent dans le tunnel qui, grâce au feu, était maintenant dégagé.

Le silence, seulement troublé par le claquement de leurs bottes et les raclements de gorge de Minus, avait quelque chose d'oppressant. L'orbe lumineux accompagnait Click, flottant légèrement au-dessus de sa tête. Crafty se souvenait que les précédents s'étaient contentés de monter et de se stabiliser dans les airs. Click ne cessait d'améliorer ses inventions. Cependant, la lumière commençait à baisser.

Ils passèrent devant plusieurs portes – Crafty supposa que chacune menait à un département. Ce ne fut que devant la dernière que Click demanda la clé à Donna.

Elle ouvrit la porte de métal rouillé juste à l'instant où l'orbe s'éteignait. Ils montèrent quelques marches, et une deuxième porte les mena directement dans le bureau du Chef Mancien. Crafty n'avait jamais remarqué cet accès : il était dissimulé derrière un placard, dans un coin de la pièce.

Ils contournèrent la table de travail, encombrée de papiers et de livres, parsemée de miettes de biscuits, et s'approchèrent du rideau sombre, dans l'autre coin. Click l'ouvrit d'un coup sec, s'assit sur la chaise et sortit une balise de sa poche.

– Ceci devrait nous amener plus loin au sud, à un mile et demi de la lisière est du Shole et à environ quatre miles de ceux qui nous ont précédés. Ainsi, si nous sommes poursuivis, nous ne les mettrons pas en danger. Prêts ?

Le regard fixé sur le cadre d'argent, elle se concentra.

Les nuées s'éclaircirent, et ils franchirent le portail. Ils se trouvèrent sur un chemin qui serpentait entre des taillis. Crafty frissonna. Il faisait encore plus froid que dans le château, et le sol était blanc de givre. Sur sa gauche, un bruit d'eau courante annonçait la présence d'une rivière. Plus ils avançaient, plus l'impression de menace augmentait. Un mile et demi, c'était une longue marche dans le Shole, aux heures noires de la nuit. Cependant, l'endroit devait être relativement sûr. La voix n'avait-elle pas envoyé les aberrations à l'assaut du château ? Le seul danger viendrait de celles restées dans les parages, qui décideraient de se mettre à leur poursuite.

Le garçon entendait derrière eux des jappements lointains, mais il n'aurait su dire s'ils se rapprochaient ou non. Il craignait surtout les bêtes-chats. Elles semblaient intelligentes et sauraient trouver le portail dans le bureau du Chef Mancien. Si elles le franchissaient, rapides et féroces comme elles l'étaient, elles auraient vite fait de rattraper les fuyards. Leur vie, alors, ne pèserait pas lourd.

En dépit des craintes de Crafty, ils atteignirent la lisière du Shole sans encombre et surgirent dans le Monde Diurne avec soulagement. Le ciel rosissait déjà à l'horizon, annonçant l'aube, et la température était plus douce. Une rivière roulait ses flots rapides vers le mur sombre du Shole. C'était la Ribble, qui prenait sa source dans les montagnes du nord. Le château de Clitheroe, la nouvelle demeure du Corpus, était un peu plus haut. Crafty était curieux de découvrir à quoi il ressemblait.

Ses pensées furent brusquement interrompues par un appel angoissé de Lucky :

– Donna !

Il se retourna. La jeune fille s'était effondrée, et Lucky était à genoux à ses côtés. Crafty avait à peine fait deux pas vers eux que Minus vacillait à son tour avant de tomber face contre terre.

– Elle ne respire plus ! s'affola Lucky.

Click accourut, s'accroupit près de Minus et le mit sur le dos. Puis elle approcha sa joue de la bouche du gamin.

– Lui non plus, constata-t-elle avec inquiétude.

Crafty avait vu les restes d'êtres humains, morts après avoir été avalés par le Shole. Leur chair se liquéfiait, formant une flaque sur le sol. Il ne restait d'eux qu'un squelette baignant dans une matière visqueuse. Et voilà que le visage de Donna commençait à se boursouffler. Des taches pourpres envahissaient celui de Minus. Était-ce le début du processus ? Le garçon resta médusé : ils étaient dans le Monde Diurne, pas dans le Shole !

– Aidez-la ! Faites quelque chose ! suppliait Lucky.

Mais Crafty et Click ne pouvaient que regarder les deux mouches agoniser, impuissants.

Il n'y avait rien à faire.

36

LE COMBAT CONTINUE

Soudain, Crafty eut une inspiration. Une seule chose pouvait les sauver.

– Vite ! cria-t-il. Ramenons-les dans le Shole !

Lucky le dévisagea comme s'il avait perdu la tête. Mais Click comprit son intention :

– Oui, ça vaut le coup d'essayer.

Posant son arbalète au sol, elle saisit Donna par les jambes tandis que Crafty la soulevait par les épaules. Ils la transportèrent rapidement derrière la lisière du Shole. Puis ils revinrent et firent de même avec Minus.

– Crafty a sans doute raison, dit Click à Lucky, qui les observait avec anxiété. Le Shole les a ramenés à la vie. S'ils le quittent, ils mourront de nouveau.

Crafty savait que certaines aberrations s'aventuraient parfois dans le Monde Diurne. On appelait cela des *incursions*. Il en allait sans doute autrement pour les morts que le Shole avait ramenés à la vie : ils ne pouvaient plus le quitter.

Il était probablement déjà trop tard pour sauver Donna et Minus. Ils avaient quitté le Shole depuis trop longtemps : ils avaient passé deux jours entiers au château avant qu'il soit avalé, c'était probablement le maximum de ce qu'ils pouvaient supporter. Les conséquences étaient peut-être irréversibles. Pourtant, au bout d'un moment, Donna se remit à respirer par saccades. Bientôt, elle put se relever. Son visage avait repris un aspect normal, même si elle semblait profondément perturbée. Minus, lui aussi, se redressait en se frottant les yeux et en se plaignant d'avoir mal à la tête.

Crafty et Click leur firent part de leurs suppositions.

– Si c'est le cas, dit tristement Donna, ça signifie qu'on doit rester dans le Shole pour toujours.

– Je pourrais repasser dans le Monde Diurne, juste le temps de voir si ça recommence, non ? suggéra Minus, plein d'espoir. La prochaine fois, ça se passera peut-être bien ? C'était peut-être juste le choc ?

– Ce serait trop risqué, objecta Click. La prochaine fois, l'effet pourrait être définitif. Ce phénomène n'a encore jamais été étudié. On ignore à quoi on a affaire...

– Je suis d'accord avec Click, intervint Lucky. Ne tentez pas de recommencer. Je ne supporterais pas de te perdre encore une fois, Donna. Ne t'inquiète pas, je resterai dans le Shole avec toi...

Donna refusa, et ils se lancèrent dans un débat auquel Minus ajoutait ses propres commentaires.

Crafty et Click n'intervinrent pas. Le garçon scrutait nerveusement les alentours. Le château de Clitheroe était beaucoup plus loin de la lisière du Shole que celui de Lancaster ; les bêtes-chats pouvaient encore les poursuivre dans le Monde Diurne.

Il fallut un long moment avant que la discussion fiévreuse entre Donna et Lucky aboutisse à un accord. Donna interdit à Lucky de risquer sa vie en restant avec elle. Elle ne serait pas seule, argumenta-t-elle : elle aurait la compagnie de Minus.

Minus semblait quelque peu calmé et beaucoup moins tendu. Il était clair que Donna lui faisait confiance, et Crafty songea qu'ils se soutiendraient mutuellement.

– Nous veillerons l'un sur l'autre, déclara Donna d'un ton assuré. Et j'espère que nous vous reverrons.

Ce fut une bien triste séparation. Donna et Minus s'avancèrent jusqu'à la lisière du Shole pour faire leurs adieux. Crafty était désolé pour eux. Oui, ils se porteraient secours, mais ce serait une lutte de chaque instant. Pourvu qu'ils trouvent un endroit où se réfugier ! Et pourvu qu'ils soient réunis un jour tous les quatre !

Lucky reprit la marche vers Clitheroe derrière Click et Crafty et sanglota tout le long du chemin.

En découvrant le château de Clitheroe, Crafty ne put cacher sa déception. Placé au bord de la ville, il était plus petit que celui de Lancaster. Serait-il plus facile à défendre ? Du moins était-il bâti en hauteur, au sommet d'un piton rocheux.

Le garçon s'imagina les lueurs jaunes produites par les aberrations velues, surgissant des ténèbres pour se lancer à l'assaut des murailles. Il revit le monstre terrifiant qui avait abattu le formidable portail. Quelles chances auraient-ils, ici, contre de tels assaillants ?

Certes, Clitheroe était situé très à l'est, et jusqu'à présent le Shole ne s'était pas étendu dans cette direction : il n'avait gagné que quelques pieds par an ; on n'avait constaté aucune avancée significative en plus de quatre décennies. Peut-être les laisserait-il en paix encore un moment.

Des gardes en armes vinrent à leur rencontre, et ils franchirent le portail principal sous bonne escorte. Là, ils apprirent que le capitaine Clayton, les courriers et le reste des survivants, y compris les malades, étaient tous sortis du Shole sans encombre. Cette nouvelle les réjouit.

Quant au vrai duc, il était vivant et se remettait doucement de la rude épreuve qu'il avait subie. Crafty en fut heureux. Il avait toujours aimé le duc et il admirait son courage.

La mauvaise nouvelle était qu'ils seraient logés à l'étroit. Plusieurs fermes environnantes avaient été réquisitionnées pour abriter les membres du Corpus. Cependant l'espace était limité.

Pour Crafty, cela signifiait qu'il aurait encore droit à un hamac dans un dortoir. Mais, après tout ce qu'ils venaient de vivre, il se serait contenté d'un tas de paille dans une grange ouverte à tous les vents. Exténué, il s'endormit avant même que le hamac ait cessé de se balancer.

Et il sombra aussitôt dans un nouveau cauchemar.

La sorcière se mit à ricaner, les yeux plissés de malice. Elle s'avança vers lui, et il eut un mouvement de recul.

Crafty était accroupi sur la paille sale d'un cachot, à Lancaster, enchaîné à un anneau fixé au sol. Vieille Nell était si près qu'il voyait ses longs ongles griffus, noirs de sang séché. Si elle l'attaquait, il serait à sa merci.

Il savait qu'il rêvait, il luttait pour se réveiller, mais il était englué dans le rêve.

– Ce n'est qu'un rêve ! cria-t-il à Vieille Nell. Ce n'est pas réel !

Tu dis vrai, petite mouche ! Pour moi, c'est le meilleur moyen de te parler.

Crafty nota que les dents de la sorcière n'étaient plus celles d'un prédateur : elle n'en avait qu'une rangée en haut et en bas, et elles n'étaient pas particulièrement pointues.

– Vos dents sont redevenues normales, lui fit-il observer.

Tu l'as remarqué, hein ? C'était pour rire, Crafty ! Quand j'étais vivante, je soignais les gens ; j'aimais bien aussi les effrayer un peu. Qu'est-ce qu'une vieille femme peut faire d'autre pour s'amuser, hein ?

– Ce n'est pas gentil, s'indigna Crafty.

Oh, je suis plus gentille que tu ne le penses ! Tu ne t'en rends pas compte pour l'instant, mais toi et moi, on est du même côté de la barrière, petite mouche !

– J'ai du mal à le croire, dit Crafty, luttant toujours pour se réveiller. Comment est-ce possible ?

Vieille Nell s'était encore approchée, il sentait son odeur de pourriture. Il détourna le regard pour ne plus voir les griffes redoutables.

Nous sommes de la même espèce, Crafty. Nous sommes Fey tous les deux. Nous pouvons nous aider l'un l'autre.

Avant que le garçon ait pu protester, elle émit un nouveau ricanement et poursuivit :

Ils m'ont pendue, Crafty ; je ne méritais pas un tel châtiment, tu le sais. Je ne faisais rien d'autre que soigner les verrues et les furoncles... Bon, ce n'est peut-être pas l'exacte vérité. Je vendais aussi des potions d'amour, petite mouche ; je jetais quelques sorts... Oh, rien de très méchant ! Une vieille femme doit bien gagner sa croûte. Méritais-je pour autant d'être pendue par le cou jusqu'à ce que mort s'ensuive ?

Crafty ne savait plus quoi dire. La sorcière paraissait furieuse, les yeux lui sortaient de la tête. Il ne voulait surtout pas la provoquer.

Il y a dans le Shole des entités qui n'ont rien à voir avec toi et moi. Elles sont le mal incarné. Elles veulent infliger aux humains les plus vives douleurs, les pertes les plus cruelles, ou les transformer en créatures à leur image. Des aberrations comme Vipère. Il aime blesser et tuer. Tu as raison depuis le début. C'est lui l'être malfaisant qui a tué les manciens dans le château. Je suis de ton côté, Crafty. Ces créatures-là, il faut les empêcher de nuire, non ? Alors, quand nous reverrons-nous ? En chair et en os, cette fois, pas en rêve ! Je connais un endroit secret qui nous conviendra parfaitement... Nous nous rencontrerons à l'ombre de l'Arbre Tordu.

Étendant la main, elle caressa de l'index le visage de Crafty, et sa griffe lui entama la peau. Il eut l'impression qu'elle lui ouvrait la joue en deux.

Il s'éveilla en sueur. Son hamac se balançait si fort qu'il faillit tomber. Il toucha sa joue, s'attendant presque à ce que ses doigts se poissent de sang. Il ne sentit rien.

Malgré tout, il le savait : ce qu'il venait de vivre n'était pas qu'un mauvais rêve.

37

L'ARBRE TORDU

Dès l'aube, Crafty se rendit dans le réfectoire bondé pour y prendre un petit-déjeuner. Il dut s'asseoir par terre en attendant qu'une place se libère. La seule personne qu'il reconnut fut Doon, qui le salua joyeusement de la main avant de retourner à ses œufs au jambon.

Crafty avait faim, il eut vite fait de vider son assiette. Il finissait de la nettoyer avec un morceau de pain quand un garde se présenta avec une convocation : le duc désirait le voir immédiatement.

Les appartements du duc, à Clitheroe, étaient très différents de la Chambre Ducale de Lancaster. Son trône était installé dans une ancienne orangerie, bâtie contre un des murs intérieurs du château. Le garde y escorta Crafty, qui découvrit une vaste salle aux parois et au plafond de verre. L'automne allait sur sa fin, mais le soleil qui traversait les verrières rendait la nouvelle demeure du duc chaude, lumineuse et accueillante. Elle était emplie de plantes en pots, dont certaines n'étaient visiblement pas originaires du Lancashire. Au centre s'épanouissait la plus exotique de toutes : le duc en personne.

Son nouveau container était plus bas, si bien que sa tête n'était qu'à six pieds à peine au-dessus du sol. Il était prolongé de chaque côté par une sorte de longue caisse. Comme toujours, son vêtement pourpre s'élargissait sous la tunique verte aux boutons dorés, telle une jupe recouvrant le pot central et ses extensions.

Le garde s'étant retiré, Crafty leva les yeux et comprit aussitôt que le duc n'était pas complètement remis. Le visage hâve, le regard fatigué, il semblait avoir vieilli.

– Approche, Crafty, ordonna-t-il. Ma voix ne porte plus aussi loin qu'avant.

Crafty obéit.

– Je tenais à te remercier personnellement pour ta contribution à la défense du château et au repli qui a suivi. On m'a fait un excellent rapport sur ton travail. Je te remercie aussi pour l'aide que tu m'as apportée à moi, ton duc.

Le garçon s'inclina, embarrassé.

– Je n'ai fait que mon devoir, monsieur, marmonna-t-il.

– Nous sommes ici dans un lieu beaucoup plus sûr, continua le duc. Il nous offrira un répit bienvenu, après les horreurs que nous avons vécues. Certes, il présente des inconvénients. Si la distance nous éloigne du danger, elle impose aux gardes et aux courriers de plus longs trajets.

Il marqua une pause, comme si ces quelques phrases lui avaient coûté un trop gros effort. Il toussota, s'essuya la bouche avec un mouchoir de soie. Puis, désignant l'étoffe rouge qui recouvrait les extensions autour de lui, il reprit :

– La croissance de mes racines se poursuit, quoique plus lentement. Les menuisiers ont fait en sorte de les contenir. Après ce qui est arrivé à Lancaster, je ne veux plus qu'elles s'enfoncent trop profondément dans le sol.

Une lueur d'effroi passa dans ses yeux au souvenir des souffrances infligées par l'attaque des aberrations.

– Tu as encore la clé que je t'ai confiée ? demanda-t-il.

Crafty la sortit de sa poche pour la lui tendre :

– La voici, monsieur. Vous désirez la reprendre ?

– Au contraire ! Je souhaite que tu poursuives tes investigations ici, à Clitheroe. Cette clé fonctionnera où que nous soyons. À la simple idée de te voir surgir inopinément, les différents départements marcheront sur des œufs. Tu pourras peut-être même m'apporter quelques lumières sur les conspirations des Capuchons Gris. Ce ne sera pas tâche facile, mais je sais que tu feras de ton mieux. La surveillance du jeune homme de la Salle des Reliques nous a permis d'identifier quatre de ses comparses et de les arrêter.

– Quel a été leur châtiment, monsieur ?

Le duc pinça les lèvres et son visage s'assombrit :

– Ils ont été pendus tous les cinq...

Crafty retint une exclamation. Il s'attendait à une punition sévère, pas à une exécution. S'il n'avait pas repéré ce jeune homme le jour de l'émeute, celui-ci serait encore en vie.

– Cela te choque ? Sache que je ne prononce un tel verdict qu'après de sérieuses délibérations. Ces Capuchons Gris avaient infiltré le Corpus ; ils travaillaient activement à saper nos efforts. Nous ne pouvons nous permettre de perdre la guerre que nous menons contre le Shole, ce qui nous oblige à prendre des mesures extrêmes. Venons-en maintenant à la deuxième raison pour laquelle je désirais te parler...

Le duc toussa de nouveau dans son mouchoir et se tamponna la bouche avant de poursuivre :

– Le capitaine Clayton recommande que tu suives la formation de courrier. Il t'estime fait pour cette tâche. Je suis d'accord. Malheureusement, nous ne pouvons nous passer de tes services de mouche de porte pour le moment. Les recherches entreprises sur le Shole sont plus vitales que jamais. Mais dès que nous t'aurons trouvé un remplaçant, tu seras transféré.

Crafty se dirigea vers la nouvelle Salle d'Attente, perturbé par cette nouvelle et plus encore par celle de la pendaison. Qui était-il pour désapprouver un châtiment que le duc avait estimé nécessaire ? Malgré tout, il n'arrivait pas à oublier qu'il était responsable de la mort de cinq hommes.

Et il n'avait aucune envie de devenir courrier. En dépit du danger, il désirait continuer à travailler comme mouche avec ses amis. Cependant, le duc avait visiblement pris sa résolution, et Crafty ne s'était pas senti capable de refuser. Il trouverait peut-être le courage de le faire quand son transfert se déciderait – s'il se décidait un jour. Les Fey susceptibles d'être formés comme mouches de porte étaient rares. On ne lui trouverait sans doute pas de sitôt un remplaçant.

La nouvelle Salle d'Attente était petite. Mais par la large fenêtre à meneaux, on avait une belle vue, par-delà les remparts. Dans les champs encore verts, les arbres se dressaient, noirs et dépouillés, contre le bleu du ciel. L'hiver approchait.

La pièce était meublée d'une table ronde et de quatre chaises. Deux d'entre elles étaient occupées par Click et Lucky.

– Quoi ? s'exclama Crafty en découvrant la table nue, pas de jeu de dames ?

– Je vais voir ce que je peux faire, dit Click en souriant. Ce sera plutôt un jeu d'échecs, d'ailleurs. Et je vous fournirai quelques ouvrages utiles pour vous aider à passer le temps. Ils ont réussi à transférer une partie des livres de la Bibliothèque Grise, bien que beaucoup restent encore à cataloguer. C'est un tel bazar que le bibliothécaire ne s'apercevra pas de leur disparition.

Pointant le doigt vers Crafty, elle ajouta :

– Tu t'es écorché la joue ?

Click n'avait pas cru à ses visions de Vieille Nell. Or, elle voyait l'estafilade laissée sur sa peau par la griffe de la sorcière. Oui, ce qu'il avait vécu était bien plus qu'un simple cauchemar.

– Ce n'est rien, dit-il, une égratignure. On va avoir du travail, aujourd'hui ?

Elle hocha la tête :

– Oh oui ! Il y a des tas de tâches de routine à accomplir chaque fois que le Shole a avalé un nouveau territoire. Tu te souviens du jour où on a récolté des échantillons dans le canal ? Cette fois, on a une surface beaucoup plus grande à étudier. La frontière passe maintenant au nord de Lancaster. On fera certainement des prélèvements très intéressants dans la rivière.

– Pas dans le château, j'espère, s'exclama Lucky.

– On l'évitera pendant un moment, le rassura Click. Preston, où le Shole a commencé, était considéré comme l'endroit le plus dangereux. À présent, le château l'est tout autant. Une foule de monstruosités pourrait se développer dans le système racinaire, sous les fondations. Ces derniers jours, nous avons fait nombre de découvertes à propos du Shole, dont aucune n'est à même de nous rassurer.

– Et quelle conclusion en avez-vous tirée ? s'enquit Crafty.

– Ce que Bertha t'a dit est exact : le Shole est vivant. C'est bien une sorte d'énorme bête, dont le pouvoir s'accroît régulièrement. Il est capable de créer une réplique à partir de n'importe quel être transformé en aberration ; il le garde en mémoire et le reproduit sous une forme différente. Il a fait une copie du duc, puis une de Vipère, toutes deux à partir des racines. Il contrôle les aberrations comme si elles n'étaient qu'un simple prolongement de son esprit, et...

– Pourtant, certaines lui résistent, l'interrompit Lucky. Donna nous a aidés. Elle est toujours notre amie. Minus aussi.

– Sans oublier Bertha, ajouta Crafty.

Une autre pensée lui traversa alors la tête :

– Tu as dit un jour qu'à chaque extension du Shole, une nouvelle aberration apparaissait. La dernière, me semble-t-il, c'était Vipère. Après l'ampleur de cette récente vague, à quoi faut-il s'attendre ?

– Je n'en sais pas plus que toi, Crafty. Nous en avons tout de même une petite idée : le système racinaire, sous le château, représente une nouvelle menace, particulièrement inquiétante. Et n'oublie pas que le véritable Vipère est encore là, quelque part. Le danger augmente d'heure en heure.

À cet instant, la porte s'ouvrit sur la haute silhouette du Chef Mancien. Il portait toujours son habit taché et arborait le même air sourcilleux. Crafty fut cependant heureux de le voir.

– Désolé de vous interrompre, déclara-t-il, mais on a une urgence. Proudfoot, tu m'accompagnes. Benson, tu assisteras Mlle Crompton-Smythe.

Les affaires reprennent, songea le garçon.

Tandis qu'il sortait derrière Bob Gingembre, il songea aux multiples difficultés auxquelles ils étaient confrontés. Comment Donna et Minus survivraient-ils dans le Shole ? Si seulement il pouvait imaginer un moyen de les aider ! Et sa mère ? Où était-elle à présent ? Elle lui manquait terriblement, même s'il espérait désormais que ses parents ne se trouveraient plus jamais face à face. Il revoyait son père enfonçant son poignard dans le placard. Que serait-il arrivé si sa mère y avait été cachée ? Son père aussi lui manquait.

Cela faisait bien longtemps qu'ils n'avaient pas parlé ensemble. Et si Crafty devenait courrier, qu'en penserait-il ? En serait-il fier ? Puisqu'ils étaient tous deux à Clitheroe, ils finiraient bien par se rencontrer. Crafty se promit de le chercher dès qu'il aurait terminé son travail de la journée.

Puis il pensa avec tristesse à ses frères, Broc et Ben. Même si le Shole les ramenait à la vie, ils seraient comme Donna et Minus, incapables d'en sortir. Et toutes les mouches de porte qui avaient été retirées du cimetière expérimental, qu'étaient-elles devenues ? Que voulait faire d'elles le batelier ? Encore un autre mystère...

Malgré tous leurs efforts, le Shole devenait chaque jour plus redoutable. Crafty se rappelait le discours courageux du duc, quelques mois avant l'engloutissement du château. Il ne voulait plus être connu sous le nom de Duc de Bois, mais sous celui de Duc de Fer, protecteur de son peuple et défenseur du château.

Tout en restant un chef sage et compatissant, il paraissait à présent bien affaibli. Peut-être cette nouvelle localisation permettrait-elle au Corpus d'intensifier la lutte contre le Shole ? Crafty s'efforçait d'entretenir des pensées positives, et ce n'était pas facile. Le duc estimait qu'ils étaient ici en lieu sûr ; mais le garçon avait encore en tête le champ que

Vieille Nell lui avait montré en rêve, où de sombres flaques se répandaient pour former de nouveaux Sholes. Un tel phénomène était-il vraiment possible ? Qu'arriverait-il si un autre Shole se formait non loin du château de Clitheroe ? Peut-être n'existait-il plus aucun lieu sûr…

Il suivit Click dans son bureau et s'assit sur la chaise. Elle lui tendit une balise en souriant.

Pris d'une soudaine inspiration, Crafty demanda :

– Existe-t-il quelque part dans le Shole un lieu appelé l'Arbre Tordu ?

Click réagit plutôt abruptement :

– Où as-tu entendu parler de ça ?

Crafty opta pour la vérité :

– La nuit dernière, j'ai encore vu Vieille Nell dans un cauchemar. Elle disait qu'elle était de mon côté, qu'elle utilisait les rêves pour communiquer avec moi. Elle me demandait de l'aider. Dans le rêve, elle m'a griffé la joue – tu as remarqué l'écorchure. Et elle m'a donné rendez-vous à l'Arbre Tordu.

– L'Arbre Tordu est une légende, Crafty. Les courriers y croient secrètement. Certains prétendent même y être allés. Selon eux, alors que le Shole s'est d'abord manifesté à Preston, cet arbre en marquerait le centre. Quand je les ai incités à me révéler son emplacement pour procéder à une véritable investigation, ils se sont fermés comme des huitres. Pour eux, apparemment, c'est un sujet sensible.

– Tu sais que, si on me trouve un remplaçant, je vais être embauché comme courrier ? C'est une proposition du capitaine Clayton, et le duc l'a approuvée. Ça ne m'emballe pas, mais apparemment, je n'ai pas le choix.

Click hocha la tête :

– Je sais. Le capitaine m'en a parlé. Ce ne sera plus pareil, sans toi ; tu vas me manquer. Cependant, te remplacer prendra peut-être des mois.

– On travaillera tout de même ensemble ? Tu utilises parfois le portail pour contacter les courriers, non ?

– Oui, sauf que tu seras le plus souvent en mission dans le Shole.

– Ce sera encore possible, Click ! Je serai membre de la Guilde des Courriers ! Je découvrirai la vérité sur l'Arbre Tordu !

Click parut choquée :

– Et tu transgresseras les règles de la guilde pour me la révéler ?

– Bien sûr, je le ferai ! Je ferai *n'importe quoi* pour vaincre le Shole. Vous, les chercheurs, vous avez besoin d'un maximum d'informations. Que valent les règles comparées à ça ?

Click siffla entre ses dents avant de conclure :

– J'y réfléchirai. En attendant, va donc jeter un coup d'œil à cette rivière !

Crafty acquiesça. La balise bien serrée dans sa main, il se concentra.

Ils avaient peut-être perdu une bataille, mais la guerre contre le Shole continuait.

GLOSSAIRE

Aberrations : Nom générique donné aux créatures vivant au cœur du Shole. La plupart sont des humains ou des animaux qui, au lieu de mourir après avoir été avalés par le phénomène, ont changé d'apparence et se sont adaptés à leur nouvel environnement.

Aberrations géographiques : Transformations localisées des lieux et du paysage à l'intérieur du Shole.

Arbre Tordu (L') : Un des secrets gardés par la guilde des courriers ; ils n'en parlent jamais à personne, on ignore où il se trouve. Ce serait, croient-ils, le centre du Shole, le lieu de son pouvoir.

Balises : Longs objets cylindriques qui ont été coupés en deux. Une moitié est généralement enterrée à l'extérieur du Shole. Quand celui-ci avance et l'avale, une mouche de porte porteur de l'autre moitié peut, grâce à ses dons de Fey, déplacer le portail jusqu'à l'endroit où la première est enterrée. C'est extrêmement utile, car une nouvelle section du Shole est très instable, ce qui complique l'usage des portails.

Bibliothèque Grise : Elle contient l'ensemble des connaissances rassemblées sur le Shole depuis presque soixante-dix ans. Son nom fait référence à l'aspect sombre et gris du Shole, ainsi qu'aux livres réunis sur ses rayonnages, dont les couvertures sont grises. Métaphoriquement, cela fait écho au fait que ce qui concerne le Shole n'est jamais blanc ou noir. Tout est incertain et ne cesse de changer : tout ce qu'on sait est *gris*.

Bowland : Chaîne de collines au sud de Lancaster. Bien qu'elle soit prise dans le Shole, ses sommets le dominent et appartiennent encore au Monde Diurne.

Brasse-de-l'air : Aberration incrustée dans une branche d'arbre, fusionnant en partie avec le bois. Elle agite ses bras et ses jambes en poussant des cris aigus, d'où son nom. Se nourrissant de la sève de l'arbre, elle peut survivre des années. Certains brasse-de-l'air sont incrustés dans la pierre. Privés de substances nutritives, ils dépérissent en quelques semaines. Si la plupart sont aveugles, quelques-uns sont doués d'une vision exceptionnelle. Le processus transformant les humains en aberrations est extrêmement lent, sauf pour les brasse-de-l'air : il ne dure que quelques minutes.

Canal : Menant de Preston à Kendal en passant par Lancaster, il permettait le transport de toutes sortes de marchandises grâce à des barges tirées par des chevaux. Tout le sud a été englouti. Seule la section située entre le nord de Lancaster et Kendal est encore utilisable.

Capture : Opération consistant à attirer une aberration dans le Monde Diurne pour que les chercheurs puissent l'étudier. Elle est exécutée par une mouche de porte, retenue sur sa chaise par des sangles pour assurer sa sécurité.

Capuchons Gris : Secte qui voue un culte au Shole. Ses membres croient qu'un jour, il engloutira le monde entier et qu'ils vivront éternellement. Ils contrent activement les efforts des chercheurs et des autorités du château.

Château de Lancaster : Très ancien bâtiment qui fut jadis le siège judiciaire et militaire de la province. Devenu centre de recherches, il héberge les manciens et autres experts qui espèrent repousser le Shole ou le détruire. Il possède sa propre garnison, quasi militaire, qui assure la sécurité du château et la police de la ville. Les gardes patrouillent le long de la frontière du Shole pour empêcher toute intrusion des aberrations.

Chercheurs : Scientifiques et techniciens hautement qualifiés, chargés de développer de nouvelles méthodes de lutte contre les effets du Shole.

Corpus : Désigne l'ensemble de personnes travaillant au château de Lancaster pour contrer la menace du Shole.

Courriers : Recrutés parmi les Fey, ils sont largement immunisés contre les effets du Shole. Ils portent les messages et parfois les médicaments aux Îles Diurnes encerclées. Ils patrouillent régulièrement, relèvent les changements survenus, les nouveaux dangers et établissent des cartes.

Ils utilisent des techniques protectrices – magiques ou non – contre les aberrations. Par exemple des chandelles disposées en triangle ou des objets en alliage d'argent.

Dame Blanche de Whittingham (La) : Plusieurs « Dames Blanches » se sont manifestées à la lisière du Shole, à l'intérieur ou à l'extérieur. La Dame Blanche de Whittingham a été la première. Elle s'est montrée amicale avec un groupe d'enfants et a même guéri l'un d'eux qui avait une jambe estropiée. Elle a également soigné de nombreux villageois des environs. Elle venait voir les enfants chaque semaine. Malheureusement, la dernière rencontre s'est terminée tragiquement. On n'a plus jamais revu ni la dame ni les enfants. On suppose qu'elle les a entraînés dans le Shole.

Duc de Lancaster : Gouverneur de la province de Lancaster, il n'est soumis qu'à l'autorité du roi. Il a pouvoir de vie et de mort sur ses sujets.

Fey : Les Fey sont des humains doués d'aptitudes magiques, qui se manifestent à mesure qu'ils grandissent. Certains ne possèdent qu'une seule compétence, d'autres plusieurs. Les courriers et les mouches de porte sont traditionnellement recrutés parmi les Fey, mais pas les manciens (appartenant aux autorités du château). Car les Fey ont une réputation d'imprudence et d'indiscipline. On les considère comme un mal nécessaire, à l'exception des plus doués, qui deviennent chercheurs.

Guillotine : Lame aiguisée coulissant entre deux montants verticaux. L'instrument est placé entre la chaise où s'assoit la mouche de porte et le cadre d'argent. Il est actionné par le mancien de porte au moyen d'une pédale pour tuer toute aberration qui tenterait de franchir le portail. Malheureusement, des mouches de porte sont parfois tuées ou mutilées par la lame. C'est leur deuxième cause de mortalité, après les disparitions en mission dans le Shole. Auquel cas la cause de la mort reste généralement inconnue.

Hybrides : Humains partiellement transformés en animaux, végétaux ou minéraux. Les premiers deviennent des prédateurs particulièrement féroces. Leur caractéristique commune est une triple rangée de dents acérées.

Îles Diurnes : Poches de Monde Diurne épargnées par le Shole lors d'une de ses soudaines expansions. La raison de cette exception reste un mystère.

Incursion : Intrusion d'une aberration dans le Monde Diurne, en quête de victimes. La *Dame Blanche de Whittingham* et le *Sinistre Laboureur* en sont deux exemples. Le Sinistre Laboureur a fait sept incursions avant de retourner dans le Shole. On désigne de telles aberrations sous le terme d'*incursionnistes*.

Lancaster : La plus grande ville de la province de Lancaster, sur les rives de la Lune. Au centre se dresse le château, où sont concentrées toutes les recherches et tentatives pour repousser la menace du Shole.

Leurre : Illusion avec laquelle un mancien attire une aberration vers le portail, de sorte que la mouche de porte puisse la capturer.

Manciens : Mages possédant des pouvoirs particuliers dans le domaine de la magie et de la technologie. Ils développent leurs facultés au fil du temps par la discipline et la méditation, ce qui les rend supérieurs aux Fey, dont la magie est innée et désordonnée. Les *manciens de porte* forment une de leurs nombreuses catégories ; les *nécromanciens* en sont une autre. Le Chef Mancien a autorité sur tous.

Ménagerie : Lieu où sont conservés les spécimens tirés du Shole, en vue d'études et d'expérimentations.

Mimics : Aberrations qui dupent leur proie en prenant une apparence trompeuse. Il existe de nombreuses sous-catégories, allant des insectes déguisés en brindilles aux carnivores qui ressemblent à des statues de pierre. Beaucoup choisissent des formes d'arbres. Ils se déplacent très vite et se nourrissent de chair.

Monde Diurne : Le monde ordinaire quand il n'a pas encore été touché par le Shole.

Mouche de porte : Jeune Fey capable de s'introduire dans le Shole sans risquer la mort immédiate ou la transformation. Devant un portail d'argent, une mouche peut également localiser des lieux, des objets ou des aberrations à l'intérieur du Shole. Leur espérance de vie n'est guère que de quelques mois.

Nécrophage : Cette aberration, ressemblant un peu à une chauve-souris, déchire la gorge de sa victime. À grands battements d'ailes, elle répand le sang sur le cadavre. Elle régurgite alors des spores contenues dans son estomac et les disperse sur le corps ensanglanté. Les spores s'enracinent dans la chair en quelques minutes et donnent naissance à des champignons, de la taille d'une tête humaine. Le nécrophage ne se nourrit donc pas de cadavres mais des champignons qu'il cultive.

Ne-mord-qu'une-fois : Aberration ressemblant à un énorme molosse, doté de la triple rangée de dents commune aux prédateurs. Elle s'est manifestée pour la première fois au cœur de Preston, quand le Shole était encore relativement peu étendu. Bondissant hors du Shole, elle attaque sa proie à une vitesse prodigieuse et ne lui arrache qu'une bouchée de chair, jamais plus. Cependant, cette unique morsure se révèle presque toujours fatale. La première de ces aberrations a été capturée et est exposée dans la Salle des Reliques. Une autre est enfermée à la Ménagerie. D'autres sont toujours en liberté.

Opération concertée : Travail effectué par deux ou trois mouches de porte, envoyées ensemble dans le Shole par leur portail respectif.

Ouroborus : Grand serpent parfois appelé le Dragon de la Terre. Sa tête et sa queue qui se rejoignent en font un symbole de renaissance. Vénéré par les anciennes tribus comme les Segantii, il était souvent représenté sur leurs armes et leurs amulettes.

Portails d'argent : Sortes de larges fenêtres circulaires dont le cadre est fait d'un alliage d'argent, à travers lesquelles une mouche de porte a accès au Shole.

Porte noire : Un type de portail que les chercheurs du château de Lancaster s'efforcent de créer, à ce qu'on dit. En cas de réussite, il ouvrirait aux manciens et aux mouches de porte l'entrée du monde des damnés.

Position fixe : Seules les mouches de porte savent localiser de nouvelles destinations dans le Shole. Les manciens ont ensuite la possibilité de les retrouver grâce au cadran à rochet, situé sur le côté du portail. On les appelle alors des « positions fixes ».

Preston : Ville commerçante au bord de la Ribble, à une trentaine de miles au sud de Lancaster, où le phénomène connu sous le nom de Shole s'est manifesté pour la première fois. Il n'a d'abord avalé qu'une rangée de maisons dans une rue appelée Water Lane, proche de l'artère animée de Fylde Road.

Salle des Autopsies : Local du château de Lancaster où on applique des technologies classiques ou magiques pour étudier les morts et les transformations dues au Shole. Au bout de sept jours, tout spécimen est remis à la Salle des Reliques, sauf si le Chef Mancien autorise une prolongation.

Salle des Reliques : Local du château de Lancaster où les spécimens rapportés du Shole sont confiés aux conservateurs. Ceux-ci gardent jalousement leurs secrets et entreprennent parfois des recherches sans partager leurs découvertes avec les responsables de la Salle des Autopsies.

Segantii : Ancienne tribu qui occupait la région de Lancaster avant l'invasion romaine. On pense qu'ils avaient un port sur la rive ouest de la Wyre.

Shéol : Autre nom de l'Enfer. Le mot *Shole* serait une déformation de ce terme.

Shole : La première manifestation du phénomène s'est produite à Preston, dans une maison de Water Lane, proche d'une artère animée appelée Fylde Road. Il s'est étendu graduellement jusqu'à recouvrir tout le centre-ville. Après soixante-dix ans d'expansion sporadique, il s'est étendu sur trente miles vers le nord et menace à présent le cœur de Lancaster. Le Shole tue ou transforme les créatures qu'il emprisonne, y compris les humains, à l'exception des Fey. Elles deviennent alors des *aberrations*, particulièrement dangereuses à la nuit tombée.

Sinistre Laboureur (Le) : Cette aberration visitait les fermes dans les faubourgs du village de Grimsargh. Très grand, émacié, doté de mains énormes, il paraissait d'abord bienveillant malgré son physique inquiétant. Il offrait ses services comme laboureur en échange d'un plat de ragoût et d'un morceau de pain. Toutefois, le dernier fermier qui l'a embauché l'a payé de sa vie et de celle de toute sa famille. Après les avoir mangés, il est retourné dans le Shole et n'en est jamais ressorti.

Sort de transfert : Moyen de transport d'objets à distance. C'est ainsi que les Îles Diurnes sont approvisionnées. La montée en puissance du Shole empêche parfois son fonctionnement.

Spécimens ou échantillons : Éléments de la flore ou de la faune rapportés du Shole pour être étudiés au château. Ils peuvent être de toutes tailles, morts ou vivants. Ils sont ensuite conservés, en totalité ou en partie, pour de futures recherches.

Cet ouvrage a été mis en pages
par DV Arts Graphiques à La Rochelle

Impression réalisée par Rotolito S.p.A.
en janvier 2020
pour le compte des Éditions Bayard

Imprimé en Italie